OCEANOS DE MAGIA

LEIA TAMBÉM:

A Caverna dos Magos
Histórias Sobrenaturais de Rudyard Kipling
PETER HAINING (Org.)

*As Aventuras da Águia
e do Jaguar*
A Cidade das Feras (Vol. 1)
O Reino do Dragão de Ouro (Vol. 2)
A Floresta dos Pigmeus (Vol. 3)
ISABEL ALLENDE

Reis, Viajantes e Vampiros
LIA NEIVA

OCEANOS DE MAGIA

13 Histórias Fantásticas numa Viagem
por Oceanos Imaginários
e Mares Encantados

Organização
BRIAN M. THOMSEN
&
MARTIN H. GREENBERG

Tradução
Ricardo Moura

Copyright © 2001 *by* Brian M. Thomsen and Tekno Books.
Introductions © 2001 *by* Brian M. Thomsen. *Oh, Glorious Sight* © 2001 *by* Tanya Huff.
The Sir Walter Raleigh Conspiracy © 2001 *by* Allen C. Kupfer. *The Winds They Did Blow High* © 2001 *by* Frieda A. Murray. *The Devil and Captain Briggs* © 2001 by John J. Ordover. *Tribute* © 2001 *by* Kristine Kathryn Rusch. *Midshipwizard* © 2001 *by* James M. Ward. *Catch of the Day* © 2001 *by* Jeff Grubb. *The Colossus of Mahrass* © 2001 *by* Mel Odom. *Walk upon the Waters* © 2001 *by* Paul Kupperberg. *The Sacred Waters of Kane* © 2001 *by* Fiona Patton. *Child of Ocean* © 2001 *by* Rosemary Edghill. *The Sea God's Servant* © 2001 *by* Mickey Zucker Reichert. *Ocean's Eleven* © 2001 *by* Mike Resnick and Tom Gerencer.

Título original: *Oceans of Magic*

Capa: Silvana Mattievich

2006
Impresso no Brasil
Printed in Brazil

CIP-Brasil. Catalogação na fonte
Sindicato Nacional dos Editores de Livros – RJ

O16   Oceanos de magia: 13 histórias fantásticas numa viagem por oceanos imaginários e mares encantados/organização Brian M. Thomsen & Martin H. Greenberg; tradução Ricardo Moura. – Rio de Janeiro: Bertrand Brasil, 2006.
    368p.

    Tradução de: Oceans of magic
    ISBN 85-286-1198-1

    1. Ficção científica juvenil. 2. Antologias (Conto americano). I. Thomsen, Brian. II. Greenberg, Martin Harry. III. Moura, Ricardo.

                CDD – 028.5
06-2482   CDU – 087.5

Todos os direitos reservados pela:
EDITORA BERTRAND BRASIL LTDA.
Rua Argentina, 171 – 1º andar – São Cristóvão
20921-380 – Rio de Janeiro – RJ
Tel.: (0xx21) 2585-2070 – Fax: (0xx21) 2585-2087

Não é permitida a reprodução total ou parcial desta obra, por quaisquer meios, sem a prévia autorização por escrito da Editora.

Atendemos pelo Reembolso Postal.

*Para C. S. Forester, Nordoff e Hall,
Robert Louis Stevenson, Herman Melville,
Dudley Pope, Patrick O'Brien e muitos
outros que tão eloqüentemente
navegaram antes por esses mares.*

SUMÁRIO

VIAGENS PELA HISTÓRIA

Ah, Visão Gloriosa, por *Tanya Huff*, 15

A Conspiração contra Sir Walter Raleigh,
por *Allen C. Kupfer*, 41

E os Ventos Sopraram Forte, por *Frieda A. Murray*, 61

O Demônio e o Capitão Briggs, por *John J. Ordover*, 77

Tributo, por *Kristine Kathryn Rusch*, 93

MAGIA MARÍTIMA

O Mago da Meia-Nau, por *James M. Ward*, 123

A Presa do Dia, por *Jeff Grubb*, 143

O Colosso de Mahrasș, por *Mel Odom*, 173

AS DIVINDADES E O PROFUNDO MAR AZUL

Caminhando sobre as Águas, por *Paul Kupperberg*, 269

As Águas Sagradas de Kane, por *Fiona Patton*, 289

A Filha do Oceano, por *Rosemary Edghill*, 315

O Servo do Deus Marinho, por *Mickey Zucker Reichert*, 329

Os Onze do Oceano, por *Mike Resnick* e *Tom Gerencer*, 353

Navio à vista, companheiro!
Bem-vindo a bordo!

O que se estende à nossa frente é um vasto oceano da imaginação no qual as crônicas de viagens do nosso passado misturam-se livremente com aquelas de lugares que podem nunca ter existido.

Alguns dos mares estão cheios de escuridão e perigo; outros, de magia e destruição. Faça a sua escolha.

Mantenha os olhos abertos e atentos, pois não podemos prever o que encontraremos enquanto estivermos navegando pelos *Oceanos de Magia*.

VIAGENS PELA HISTÓRIA

Alguns escolheram os oceanos pelos quais muitos já navegaram, preferindo viagens que aconteceram no nosso passado, embora, em muitos casos, os acontecimentos e os lugares talvez não sejam exatamente como ficaram guardados em nossa memória.

Dos antigos exploradores, como John Cabot e sir Walter Raleigh, aos combatentes dos conflitos náuticos entre a França e a Inglaterra, ou mesmo entre o Eixo e os Aliados, no século XX, fato e ficção navegam lado a lado e, em alguns casos, como no do legendário *Mary Celeste*, parecem misturar-se.

Portanto, navegue pelo passado mágico como ele poderia ter sido!

AH, VISÃO GLORIOSA

Tanya Huff

Will Hennet, primeiro imediato do *Matthew*, estava em pé junto à amurada e viu o capitão do navio atravessar o cais do porto, conversando animadamente com o homem que o acompanhava.
— Então, o francês viajará com vocês?
— Sim.
— Ele é marinheiro?
— Ele me disse que já navegou.
— E aquele homem, o italiano?
— É o barbeiro do capitão Cabot.

O piloto fluvial cuspiu na água, acertando em cheio o cadáver flutuante de um rato e esclarecendo sua opinião sobre a presença de barbeiros a bordo: — É bom estar com o rosto liso quando as sereias nos atraírem até o fim do mundo.

— É o que dizem. — Somente um marinheiro que nunca ultrapassou as fronteiras do Canal de Bristol poderia continuar acreditando que o mundo fosse plano, mas Hennet não tinha a menor intenção de discutir com um homem de cuja perícia necessitariam caso quisessem chegar ao ancoradouro de King's Road naquela maré.

16

— Parece que o capitão Cabot não está com pressa para subir a bordo.

Isso era algo com que Hennet podia concordar integralmente.

— Com a graça de Deus, amanhã a essa hora estaremos em mar aberto.

Gaylor Roubaix riu da excitação na voz do amigo.

— E a essa hora, daqui a um mês, estaremos em Cathay, dormindo nos braços das donzelas de olhos escuros.

— *Que* tipo de donzelas?

— Você não foi o único que leu as histórias de Marco Polo; não tenho culpa se você consegue se lembrar apenas das sedas e das especiarias. Vá devagar — acrescentou ele com uma risada. — Não fica bem para o capitão do barco correr pelas docas.

— Devagar? — Zoane Cabatto, agora John Cabot, graças à carta-patente concedida pelo rei da Inglaterra, abriu os braços. — Como? Quando o vento me traz o cheiro de terras distantes e eu ouço... — A voz dele se dissipou e ele parou de falar tão abruptamente que Roubaix já dera mais alguns passos antes de reparar que estava sozinho.

— Zoane!

— *Ascoltare*. Escute! — Com a cabeça abaixada, ele contornou um amontoado de fardos de lã.

Antes que Roubaix — que não ouvira absolutamente nada — pudesse se juntar a ele, gritos raivosos em italiano e inglês se sobrepujaram ao som ambiente das docas. A gritaria cessou subitamente, pontuada pelo barulho de algo caindo na água, e o marinheiro reapareceu.

— Um brutamontes das docas estava espancando uma criança — explicou ele. — Fiz com que parasse.

Roubaix suspirou e encurtou a distância entre eles. — Por quê? Você não tinha nada a ver com isso.

17

— Talvez, mas deixo três filhos sob a graça de Deus até que retornemos e parecia um mau presságio permitir que ele continuasse.

Ele deu um passo à frente e parou novamente ao reparar a expressão no rosto de Roubaix.

— O que foi?

O homem apontou algo como resposta.

Cabot se virou.

O menino era pequeno, pouco mais velho que uma criança, e subnutrido por causa da pobreza. Os cabelos escuros, emaranhados em mechas sujas, haviam acabado de ser polvilhados com cinzas; marcas roxas e verdes emprestavam alguma coloração à sujeira nos braços magros, e o derradeiro inverno, o mais frio dos últimos anos, congelara um dos dedos do pé descalço. Um antigo corte na bochecha, que fora reaberto, sangrava vagarosamente.

Os olhos dele eram de um azul brilhante, uma cor surpreendente naquele rosto esguio, e piscaram rapidamente quando ele baixou o olhar para as botas de Cabot.

— Vá embora, menino, agora você não corre mais perigo!

Roubaix bufou. — Ele não corre mais perigo até que o homem que o espancava saia da água, quando descontará nele a raiva que sente de você.

Começando a se arrepender de seu ato impulsivo, Cabot abriu as mãos. — O que posso fazer?

— Leve-o conosco.

— Você enlouqueceu?

— Diz um ditado que, quanto mais longe da costa, mais longe de Deus. Vamos nos afastar bastante da costa. Um pequeno ato de caridade pode convencer Deus a nos acompanhar por mais tempo. — Roubaix deu de ombros, revelando haver muito mais por trás do que dizia. — Ou você pode abandoná-lo aqui para morrer. A escolha é sua.

Cabot varreu o porto com os olhos em direção às ruelas e aos alojamentos das docas, escuros apesar dos raios de sol da alvorada que dançavam sobre a maré, e sussurrou: — Seu pai tinha razão, Gaylor, você devia ter se tornado padre. — Depois de uma longa pausa, ele voltou a atenção novamente para o menino. — Como você se chama? — perguntou, falando num inglês carregado.

— Tam. — A voz parecia enferrujada, pouco usada.

— Sou John Cabot, capitão do *Matthew*.

Seus brilhantes olhos azuis se viraram para o ancoradouro, retornando com uma indagação.

— *Si*. É aquele navio. Partimos hoje para o Novo Mundo. Pode vir conosco, se quiser.

Ele não esperava ser notado. Acompanhara o homem somente por este ter sido generoso com ele, e queria apegar-se àquele sentimento por mais algum tempo. Quando o homem se virou, ele por pouco não saiu correndo. Quando efetivamente lhe dirigiam a palavra, o coração dele começava a bater com tal intensidade que ele mal conseguia ouvir a própria resposta.

E agora isso.

Ele sabia, pois haviam lhe contado diversas vezes que navios não eram tripulados por pessoas como ele, que marinheiros tinham de arrumar vagas para seus filhos legítimos e que nunca haveria lugar para o produto do encontro entre um marinheiro e uma prostituta ordinária.

— E então, menino? Você vem ou não vem?

Ele engoliu em seco e fez que sim com a cabeça.

— O capitão Cabot vai mesmo trazer aquele menino a bordo?

— Parece que sim — respondeu Hennet num tom sinistro.

— Um francês, um barbeiro e um pedaço de lixo das docas. — O piloto fluvial cuspiu novamente. — Guarde as minhas palavras: ele vai fazer com que despenquemos do precipício quando chegarmos ao fim do mundo.

— Estamos prontos para zarpar, Sr. Hennet?

— Sim, senhor. — Hennet deu um passo à frente para se juntar a Cabot no topo da prancha de acesso, com o piloto fluvial ao seu lado. — Este é Jack Pyatt. Ele nos levará com segurança até King's Road.

— Sr. Pyatt. — Cabot cumprimentou a mão estendida envolvendo-a com suas duas mãos, ao estilo inglês. — Agradeço por nos emprestar sua perícia neste dia.

— Emprestar? — As sobrancelhas proeminentes do piloto se levantaram. — Vou ser bem pago para fazer isso, capitão Cabot.

— Sim, seguramente. — Cabot largou a mão do homem e começou a se dirigir para o castelo de proa. — Se estiver pronto... a maré não costuma esperar. Pode zarpar, Sr. Hennet.

— Zoane...

Cabot se virou, com as sobrancelhas levantadas. — Ah, sim, o menino. Sr. Hennet, este é Tam. Ensine-o a ser um marinheiro. Satisfeito? — perguntou ele incisivamente a Roubaix em francês.

— Inteiramente — respondeu Roubaix. — E quando o tiver transformado num marinheiro — sussurrou ele em inglês para Hennet —, acho que você estará pronto para transformar água em vinho.

— Sim, senhor.

Ele queria seguir o capitão Cabot, mas ficou paralisado ao reparar, subitamente, que uma dúzia de pares de olhos o fitavam.

20

Não era adequado, nem seguro, transformar-se no centro das atenções.

Hennet viu a devoção naqueles estranhos olhos azuis ser substituída pelo medo, viu os ombros ossudos se curvarem para que o alvo diminuísse de tamanho e olhou ao redor para descobrir a razão para isso. Em poucos instantes, ele notou que era a curiosidade da tripulação que suscitava tamanho temor.

— Certo, então! — Punhos na cintura, ele se virou sem sair do lugar. — Você ouviu o capitão!

— Então teremos de ensiná-lo a ser um marinheiro? — indagou Rennie McAlonie antes que qualquer um conseguisse se mover.

— Recolha as amarras, seu bastardo escocês sifilítico.

— Sabia que você ia dizer isso.

— Quanto a você... — O menino se encolheu e Hennet reduziu a voz a um rosnado. — Por ora, mantenha-se fora do caminho.

Ele não sabia como agir. Depois de ter sido xingado duas vezes e esbofeteado uma, o homem grande que o capitão chamava pelo nome de Hennet o empurrou para um lugar próximo ao galinheiro e o mandou não sair de lá. Ele ainda podia ver parte da perna do capitão Cabot; assim, abraçou os joelhos contra o peito e mastigou um punhado de verduras murchas que havia roubado sob os protestos de uma galinha indignada.

Os barcos auxiliares conduziram o *Matthew* pelo canal, deixando-o em King's Road, ancorado junto a uma dúzia de outros navios que aguardavam por um vento leste que lhes enfunasse as velas.

* * *

— Onde está o menino?

— Trata-se de uma boa pergunta, Sr. Hennet. — Rennie apertou o enfrechate e testou o nó. — Imagino que ele esteja em algum lugar escuro e seguro.

O imediato bufou. — Já temos lastro suficiente. O capitão Cabot quer que o ensinemos.

— Seria o mesmo que ensinar um duende. Ele está conosco, mas não é um de nós. É como se o único outro ser vivo que ele conseguisse enxergar fosse o capitão Cabot.

— É como se houvesse um cão vadio rondando — disse um outro tripulante —, do tipo que sai correndo com o rabo entre as pernas quando você tenta fazer amizade com ele.

Hennet olhou para o litoral. — Se for para expulsá-lo do barco, temos de fazê-lo rápido, antes que o vento mude de direção. Falarei com o capitão Cabot.

— Espere um pouco, ele só está conosco há três dias. — Com uma corda enrolada na mão, Rennie se virou para encarar o imediato. — Isso tudo é muito estranho para ele. Dê uma chance àquela pobre coisinha esquelética.

— Você acha que consegue domá-lo?

— Sim, acho que consigo.

Os olhos do menino eram da mesma cor que o pedaço de vidro veneziano que ele trouxera para a mãe em sua primeira viagem. Perguntando-se por que se lembrara disso naquele momento, Hennet fez um sinal afirmativo com a cabeça. — Está bem. Vou dar-lhe mais um dia.

O capitão Cabot queria que ele se tornasse marinheiro, e ele tentou, realmente tentou. Mas ele não podia aprender a ser um marinheiro se escondendo em cantos escuros, sem saber quando podia sair do esconderijo com segurança; no entanto, não aprendera a viver de outra forma.

Ele se sentia mais seguro depois do pôr-do-sol, quando não havia muito movimento a bordo e era mais fácil desaparecer. Com as costas grudadas na parede do castelo de popa, o mais perto possível do capitão Cabot, ele se escondeu numa sombra triangular, usando as mãos para proteger os biscoitos que havia amarrado na bainha rasgada da camisa. Até aquele momento, eles haviam comido duas vezes por dia, mas ninguém sabia quanto tempo isso duraria.

Tremendo um pouco, pois as noites ainda eram frias, ele fechou os olhos

E os abriu novamente.

Que som era aquele?

— Ren, olhe ali.

Rennie, que havia substituído a flauta pastoril por uma caneca de couro cheia de cerveja, olhou pela borda do recipiente. Olhos que lampejavam num azul brilhante, à luz da lua ou do sol, o fitavam.

— Ele surgiu de mansinho enquanto você tocava — sussurrou John Jack, se aproximando do ouvido dele. — Toque outra.

Sem olhar para os lados, Rennie bebeu o resto da cerveja, colocou a flauta entre os lábios e soprou uma breve giga. O menino se aproximava a cada nota tocada. Quando soprou as últimas notas, o garoto estava ao alcance do braço. Rennie podia sentir os outros prendendo a respiração, conseguia sentir o peso do estranho olhar do menino. Era como se algo fora do comum houvesse saído furtivamente das sombras. Com movimentos lentos, ele estendeu a flauta.

— Rennie...!

— Cale a boca. Tome, menino.

Dedos magros se fecharam sobre o lado que era oferecido e tentaram puxá-la das mãos dele.

* * *

23

Ele acariciou a madeira, espantado com o fato de que tais sons pudessem emanar de algo tão ordinário, em seguida encostou a flauta nos lábios da mesma maneira como vira o homem ruivo fazer.

O primeiro som foi ofegante e inseguro. O segundo tinha uma inesperada pureza sonora.

– Cubra e descubra os buracos, é isso que cria a música. – Rennie sacudiu os dedos e deu um sorriso forçado quando o menino também sacudiu os dedos, imitando-o, dando um tapa em John Jack quando reparou que este também o imitava.

Ele cobriu os buracos, um a um, e ficou escutando. Com as sobrancelhas cerradas, começou a juntar os sons.

Pés que não haviam saído do lugar enquanto Rennie tocava sua giga começaram a se movimentar espontaneamente.

Quando os sons cessaram e ele parou de tocar, quase saiu correndo ao ouvir o clamor de aprovação dos homens, mas não podia levar a flauta nem deixá-la para trás.

Rennie bateu com a unha nos dentes. – Você já tocou antes? – perguntou ele, afinal.

Tam fez que não com a cabeça.

– Você tocou o que eu toquei só de ouvido?

Ele fez que sim com a cabeça.

– Você quer ficar com a flauta?

Ele fez que sim com a cabeça novamente, com os dedos esbranquiçados segurando a haste de madeira e temendo quebrá-la caso respirasse.

– Se você sair do esconderijo e se tornar um membro da tripulação, eu lhe dou a flauta.

– Rennie!

– Cale a boca, John Jack, eu tenho outra. E – disse ele cutucando o menino com o dedo – você vai deixar que o ensinemos a ser um marinheiro.

Tam afastou-se do dedo e permaneceu imóvel. Ele olhou para o semicírculo de homens e, em seguida, olhou para a flauta. A música faria com que fosse seguro sair do esconderijo; portanto, enquanto tivesse a flauta, estaria a salvo. O capitão Cabot queria que ele se tornasse um marinheiro. Quando levantou a cabeça, notou que o homem ruivo ainda o fitava. Ele fez que sim com a cabeça pela terceira vez.

Passados cinco dias, os ovéns e os enfrechates estavam preparados e a tripulação se limitava a reclamar da demora, todos cientes de que esta poderia se prolongar por semanas.

— Ei, você!

Tam se virou sobressaltado e quase caiu ao tentar recuar diante de John Jack, que se assomava em sua direção.

— Você já subiu no cesto da gávea?

Ele fez que não com a cabeça.

— Então suba lá.

Era mais alto do que parecia e ele teria desistido no meio do caminho, não fosse a presença do capitão Cabot em seu lugar habitual, no castelo de proa, que não o observava, mas estava lá de qualquer maneira, portanto ele ignorou os tremores nos braços e nas pernas e seguiu em frente, finalmente pulando por sobre a amurada e caindo no pequeno entabuamento circular.

Após recuperar o fôlego, ele se sentou e olhou pelas frestas das tabuinhas.

Conseguia ver os confins da Terra, mas ninguém podia vê-lo. Faltavam-lhe palavras para descrever sua emoção.

Ventos que não eram sentidos lá embaixo, no convés, dançavam pelo cesto de gávea. Eles se perseguiam pela enxárcia, tocando uma melodia ao passar pelas cordas.

Tam retirou a flauta e tocou de volta para o vento.

O vento soprou mais forte.

* * *

— Foi você que o mandou lá para cima, McAlonie?

— Não, Sr. Hennet, não fui eu. — Com a cabeça voltada para trás, Rennie soltou um riso forçado. — De qualquer maneira, é melhor que ele suba pela primeira vez, enquanto o barco ainda esteja firme.

— É verdade. — Lutando contra a tentação de ficar olhando para o nada, o imediato franziu as sobrancelhas. — Mas isso não quer dizer que ele possa transformar o cesto da gávea num palco de menestrel. Tire-o de lá.

— Ele não está fazendo mal a ninguém e a serenata dele é agradável.

— SENHOR HENNET! — O grito do capitão fez com que todas as cabeças se voltassem na direção dele.

— Não me parece que o capitão Cabot concorde com você — explicou Hennet secamente.

O vento tentou enganá-lo, mudando de direção. Com os dedos voando, Tam o seguiu.

Embora o francês parecesse estar apreciando a música, tal não acontecia com o capitão Cabot. Com os lábios comprimidos, formando uma linha fina, Hennet subiu no castelo de proa.

Ele mal havia recuperado o equilíbrio, quando o capitão Cabot apontou para o cesto e abriu a boca.

Outra voz foi ouvida.

— O vento leste está soprando mais forte, senhor!

A canção de Tam se ergueu, triunfante, do topo do navio.

— Tire-o de lá imediatamente, McAlonie! — gritou Hennet, enquanto corria para a popa.

— Sim, senhor! — Mas Rennie passou mais um instante ouvindo a melodia e outro a mais observando como a enxárcia dançava ao ritmo do vento.

Depois de deixar o canal e navegar rápido rumo à costa irlandesa, a tripulação aguardou ansiosamente que Tam começasse a sofrer seus primeiros sinais de enjôo, mas, com a flauta amarrada firmemente na camisa, o fedelho das docas cruzava o tombadilho oscilante, de um lado para outro, como se estivesse pisando em terra firme.

Felizmente, o barbeiro genovês do capitão Cabot forneceu-lhes diversão suficiente.

— *Pai Misericordioso, por que devo esperar tanto tempo para que tenhas clemência por este, que é o mais atormentado de Seus filhos?*

Tam não compreendia o que ele dizia, mas entendia como ele se sentia: o homem despejara as tripas no mar antes e depois de fazer a declaração. Com as pernas cruzadas e o dorso encostado na parede do castelo de proa, ele franziu a testa pensativamente. O pequeno homem, trêmulo, tinha a aparência de um miserável.

— O enjôo não o matará — gritou um dos tripulantes de cima do mastro —, mas logo você vai desejar estar morto por causa dele.

Isso também era algo que Tam podia entender. Houve muitos momentos, ao longo da vida, nos quais ele desejara estar morto.

Ele tocou para fazer com que o barbeiro se sentisse melhor. Mas não tivera a intenção de fazê-lo chorar.

— O que você quer dizer, que pôde ver Gênova, enquanto o menino tocava?

O barbeiro endireitou a navalha no queixo de Cabot. — Foi o que disse, freguês. O menino tocou e vi Gênova. Parei de me sentir enjoado.

— Por causa daquelas dedilhadas?

— Sim.

— Isso é ridículo. Você se acostumou ao mar, foi só isso.

— Como queira, freguês.

— O que aconteceu com a sua cabeça, menino? Segurando-se por causa do balanço do navio, Tam tocou a cabeça nua e deu de ombros. — Raspei.

Hennet se virou para John Jack — que ria baixinho —, em busca de uma explicação melhor.

— Acredito que o barbeiro tenha feito isso como agradecimento. Não consigo entender as tagarelices dele.

— Ficou melhor — reconheceu o imediato. — Ou ficará, quando essas feridas sararem.

— Aquele é o Novo Mundo?

— Não seja estúpido, menino, aquilo é a Irlanda. Vamos aportar para encher os barris de água.

— Não podemos nos aproximar mais do vento do que já estamos. — Cabot lançou um olhar penetrante para o céu encoberto, em seguida olhou para o sino da vela latina. — Está soprando do oeste desde que partimos da Irlanda! Colombo foi agraciado com ventos do leste, enquanto eu sou zombado por Deus.

Roubaix abriu os braços, em seguida segurou firme numa corda, quando a proa mergulhou inesperadamente numa depressão entre duas ondas. — Colombo navegou para o sul.

— *Stupido!* Conte-me uma novidade! — Girando o corpo em um dos calcanhares, o equilíbrio aperfeiçoado por anos de mar,

Cabot se dirigiu com passos firmes para a escada e desceu o poço.

Após trocar um olhar que dispensava tradução com o vigia da proa, Roubaix o seguiu. No último degrau da escada, ele por pouco não tropeçou numa perna nua. A direção na qual se projetou e o olhar inconsolável dirigido para as costas de Cabot diziam o suficiente.

— Ele não está irritado com você, Tam. — A alegria intensa que substituiu a dor no olhar do menino fez com que ele parasse por um momento. Cabot duvidava de que Zoane soubesse o quanto o fedelho das docas o adorava. — Ele só é duro com você por não conseguir controlar os ventos. Você me entende?

Tam fez que sim com a cabeça. A compreensão de que ele não fizera nada de errado aos olhos do capitão já era o suficiente.

— O que ele está tocando? — resmungou Hennet, juntando-se a Rennie e a John Jack na proa. — Daqui não ouço nenhuma música.

— Acho que depende de quem está ouvindo — respondeu Rennie com um riso forçado. Ele fez um sinal com a cabeça para o lugar onde Tam se debruçava sobre a amurada. — Dê uma olhada, Sr. Hennet.

Com as sobrancelhas cerradas, Hennet se debruçou ao lado do menino e olhou para o mar.

Sete suaves corpos cinzentos nadavam na onda da proa.

— Ele está tocando para os golfinhos — disse Rennie, endireitando-se e virando novamente para os dois homens.

— Sim. E não poderíamos desejar melhor presságio.

O imediato suspirou. Com os braços cruzados, semicerrou os olhos na direção do vento. — Seria bom contar com um pouco de sorte.

— O capitão Cabot continua com um humor de cão?

— Melhor do que estar com um humor para galo — disse John Jack, soltando uma gargalhada. Dois dias antes, uma rajada de vento havia partido a malagueta do estai grande, fazendo com que a pesada vela caísse sobre o galinheiro. As galinhas sobreviventes ficaram tão histéricas que foram mortas, cozinhadas e comidas.

Um pouco surpreso com o fato de que John Jack tivesse capacidade para fazer um trocadilho, Hennet concedeu-lhe um sorriso antes de responder à pergunta de Rennie:

— Se o vento não mudar de direção...

Ele não precisou terminar a frase.

Tam parara de tocar ao ouvir o nome do capitão e, agora, segurando a flauta firmemente, aproximou-se de Hennet. — Nós temos... — começou ele a dizer, mas ficou paralisado quando o imediato se virou em sua direção.

— Temos de quê?

Ele lançou um olhar aterrorizado na direção de Rennie, que fez um sinal afirmativo com a cabeça para encorajá-lo. Ele lambeu o sal dos lábios e tentou outra vez:

— Nós temos de ir para o norte.

— Nós temos de ir para o oeste, menino.

O coração dele batia tão forte que Tam podia sentir as costelas tremendo. Pressionando a flauta contra o estômago, para não vomitar as tripas, balançou a cabeça. — Não. Para o norte.

Impressionado — a despeito da contradição — com o fato de que ele tivesse obviamente vencido o medo, Hennet bufou novamente. — E quem lhe disse isso, garoto?

Tam apontou para o lado.

— Os golfinhos? — Quando Tam concordou com a cabeça, Hennet se virou para os dois tripulantes, preste a lhes perguntar

30

qual deles estava enchendo a cabeça do menino com tolices. O olhar no rosto de Rennie fez com que ele parasse. — O que foi?

— Pesquei na costa da Islândia, Sr. Hennet, e perto daquelas ilhas, com meu pai, quando era pequeno. A corrente vai para o oeste de lá e mais para o norte. O vento sopra do leste, nordeste.

— Você disse isso para o menino?

— Juro que nem uma palavra sequer.

Os três homens ficaram olhando fixamente para Tam, em seguida para um barulho vindo do mar e, finalmente, eles se entreolharam. Os golfinhos estavam rindo.

— Para o norte. — Cabot baixou o olhar para as cartas de navegação, balançou a cabeça e estava sorrindo quando levantou os olhos de novo para o imediato. — Bom trabalho.

Hennet inspirou profundamente e expirou devagar. Ele detestava colher os louros pelas idéias alheias, mas gostaria menos ainda de contar para o capitão do barco que eles estavam mudando de direção porque Tam havia tocado a flauta para um grupo de golfinhos. — Obrigado, senhor.

— Faça as mudanças de curso.

— Sim, senhor. — Ele não gostou da maneira como o francês olhava para ele quando se virou para sair.

— Ele estava escondendo alguma coisa, Zoane.

— O quê?

— Não sei. — Sorrindo um pouco de suas próprias suspeitas, Roubaix balançou a cabeça. — Mas aposto que é algo que tem a ver com o garoto. Há algo estranho naquele olhar.

Cabot parou na porta da cabine, segurando o astrolábio. — No olhar de quem?

— Do menino.

— De que menino?

— Do Tam. — Quando reparou que o outro não sabia a respeito de quem estava falando, ele suspirou. — O menino das docas que você salvou do espancamento e trouxe conosco... Em que latitude estamos, Zoane?

Com um olhar iluminado, Cabot apontou para o mapa. — Cerca de quarenta e oito graus. Se esperar um pouco, posso fazer uma leitura e informá-lo com maior exatidão. Mas por que quer saber?

— Pouco importa. É melhor você ir antes que o sol se ponha. — Sozinho na sala, ele massageou o queixo e ficou olhando fixamente para as cartas de navegação. — Se ele tivesse sido atraído até aqui, você se lembraria dele, não é?

— Está frio.

— Ainda estamos ao norte, não é? Embora a corrente nos tenha levado um pouco mais para o sul do que estávamos. — John Jack entregou uma segunda caneca de cerveja para o menino. — Cuidado, suas mãos vão ficar meladas.

Ele passara a tarde alcatroando o mastro, para que a madeira não apodrecesse nos pontos onde a verga estava desgastada, e tinha quase gostado do trabalho sujo. Segurando as duas canecas com cuidado, conforme fora advertido, ele se juntou a Rennie na amurada sul.

— Tome, rapaz.

Os dois se debruçaram, silenciosamente, lado a lado, por um instante, olhando fixamente para um mar tão plano e escuro que as estrelas pareciam continuar acima e abaixo, sem fronteiras.

— Você fez um bom trabalho hoje — disse Rennie, afinal, limpando a barba com a mão livre. Ele percebeu a felicidade de Tam e sorriu: — Ainda vou transformá-lo num marinheiro. — Quando viu, no canto do olho, o menino se virar, ele também se virou, acompanhando o campo de visão dele, e semicerrou os olhos para enxergar na escuridão do castelo de proa. A silhueta do capitão era inconfundível. — Desista, menino — suspirou Rennie. — Pessoas como ele só notam gente como nós quando estamos atrapalhando.

Com os ombros caídos, Tam se virou completamente na outra direção e ficou paralisado. No momento seguinte, ele atravessou correndo o convés e jogou-se contra a amurada norte.

Intrigado, Rennie o seguiu. — Não sei ao certo o que ele viu, não é? — rosnou em sua própria pergunta. — Se bem que ainda não perguntei isso para ele. — Nem precisou perguntar: o corpo inteiro do menino apontava para o raio de luz verde no céu. — É o *Fir Chlis,* as almas dos anjos decaídos que Deus pega antes que cheguem ao reino da Terra. Também os chamam de Dançarinos Alegres, embora eles não estejam dançando tanto assim nessa época do ano.

Quando Tam escalou um enfrechate sem abrir a boca ou parar de olhar para o céu, Rennie bufou e voltou para perto do barril de cerveja. John Jack acabara de levantar a botija quando a primeira nota foi tocada.

A flauta pertencera a ele antes de ser dada a Tam, mas John nunca a ouvira produzir sons como aqueles. A cerveja entornou com displicência no pulso quando ele se virou para o norte.

Uma segunda luz se juntou à primeira.

A cada nota surgia uma nova luz.

Quando uma vasta extensão de céu se iluminara, as notas começaram a se unir numa melodia.

— Macacos me mordam — suspirou John Jack. — Ele está tocando para os Dançarinos.

Rennie concordou com a cabeça. — A dança rápida traz tempo ruim, menino! — alertou ele. — Toque devagar para termos bom tempo!

A melodia se tornou mais lenta, assim como a dança.

As luzes mergulharam, tocaram seus reflexos na água e rodopiaram.

— Eu nunca as vi tão perto.

— Eu nunca as vi tão... — Embora não conseguisse escolher a palavra exata, Rennie a viu refletida em todos os rostos que olhavam para o alto. Era como... como ver anjos dançando.

As velas brilharam em verde, azul, laranja e vermelho.

A música subitamente cessou, interrompida no meio de uma nota. Os Dançarinos permaneceram no céu por um instante e, em seguida, ele ficou escuro novamente, as estrelas mais pálidas do que antes.

Piscando para acostumar os olhos à escuridão, Rennie correu para a amurada norte e notou que um outro homem chegara antes dele. O capitão era tão inconfundível quanto sua silhueta.

Tam fora puxado do enfrechate e estava caído no convés, atordoado.

Cabot se abaixou e pegou a flauta. Com o peito ofegante, ele levantou a flauta, cerrada em seu punho, no ar. — Não permitirei esse tipo de feitiçaria no meu barco!

— Capitão Cabot...

Ele se virou e cutucou o imediato com o dedo da mão livre. — *Tacere!* Você sabia que isto estava acontecendo?

Hennet levantou as mãos no ar, sem recuar. — Mas ele é apenas um menino.

— Um menino amaldiçoado! — Erguendo o braço para trás, o capitão jogou a flauta com a maior força possível na escuridão, virando-se para fuzilar Tam com um olhar. — Toque mais uma nota e você seguirá o mesmo caminho! — E, num movimento contínuo, se virou e partiu para a sua cabine.

Hennet teve dificuldades para conter a investida de John Jack.

34

No silêncio que se seguiu, Roubaix deu um passo à frente, baixou o olhar para Tam, que estava deitado nos braços de Rennie, e, em seguida, foi atrás de Cabot.

— Solte-me — rosnou John Jack.

Hennet ficou sobressaltado, como se nem tivesse notado que ainda segurava os ombros do homem. Ele os soltou e ajoelhou-se ao lado de Rennie.

— Como está o menino?

— Você já ouviu o som de um coração sendo partido, Sr. Hennet? — Os olhos do escocês estavam úmidos, enquanto ele ajeitava o peso do menino nos braços. — Eu ouvi esta noite e rezo a Deus para que nunca tenha de ouvir isso novamente.

Cabot estava debruçado sobre as cartas de navegação quando Roubaix entrou na cabine. O som da porta sendo batida fez com que ele se levantasse e virasse.

— Você é um tolo, Zoane!

— Cuidado com o que você diz — rosnou Cabot. — Ainda sou o capitão deste barco.

Roubaix balançou a cabeça, demasiadamente irritado para ser cauteloso. — Capitão do quê? — perguntou ele. — De balizas, velas e cordames! Você ignora os corações de seus homens!

— Estou salvando-os da maldição. Esse tipo de feitiçaria condenará a alma deles...

— Não era feitiçaria!

— Então o que era? — perguntou Cabot, com os olhos semi-cerrados e as mãos fechadas rente ao corpo.

— Não sei. — Roubaix inspirou longamente e soltou o ar devagar. — Só sei de uma coisa — disse ele em tom baixo: — não há maldade alguma naquele menino, apesar de ele ter vivido de uma forma que poderia tê-lo destruído. E, embora a perda da flauta tenha sido um golpe duro para ele, o fato de este golpe ter

35

sido desferido pela sua mão, a mão do homem que o tirou da escuridão, o homem que ele venera e sempre quis agradar, este sim foi o golpe maior.

— Não acredito nisso.

Roubaix ficou olhando fixamente para o outro lado da cabine por um longo instante e viu a lanterna balançar uma, duas, três vezes, pintando sombras sobre o rosto do outro.

— Então lamento muito por você — disse ele, afinal.

Tam novamente teria recuado para os cantos escuros, mas não conseguia mais encontrá-los, pois os abandonara há muito tempo. Em vez disso, ele se cobriu fortemente com sombras grossas o suficiente para varrer o rosto do capitão da memória.

— Ele já falou?

— Não. — Com os braços cruzados, Rennie olhava fixamente para a figura esguia que estava sentada com o corpo curvado na base da parede do castelo de popa.

— Parece que antes ele também não falava muito — suspirou John Jack. — Você deu a outra flauta para ele?

— Tentei ontem. Mas ele a recusou.

Eles viram o barbeiro do capitão Cabot emergir do poço e enrolar um cobertor em torno do menino, e o tempo todo sussurrar suavemente palavras em italiano.

John Jack bufou. — Eu não ficaria tranqüilo sentado na cadeira do capitão Cabot enquanto esse homem estivesse empunhando uma navalha, embora acredite que ele não seja inteligente o suficiente para ter noção do risco que corre.

— Não quero mais ouvir esse tipo de conversa.

Os dois homens se viraram e viram Hennet a um braço de distância.

— Se você parasse de se aproximar sorrateiramente, não ouviria — reclamou John Jack, em meio a um ataque de tosse.

36

Hennet o ignorou. — Um nevoeiro está se aproximando e o vigia da proa avistou alguns icebergs ao longe. Quero que os dois subam nas cordas, a bombordo e a estibordo.

— O melhor a fazer quando se trata de icebergs é jogar a âncora e esperar até que a visibilidade melhore.

— Não há nenhum lugar para fincar âncora por aqui — lembrou-lhe o imediato. — Não nesse lugar. Agora andem, antes que as coisas piorem.

As coisas pioraram muito.

Hennet abaixou o maior número de velas que pôde para continuar mantendo o *Matthew* virado na direção das ondas, mas eles navegavam a mais de dois nós quando foram encobertos pelo nevoeiro. Este se esgueirou pelo convés, molhando tudo em seu caminho, fazendo com que gotas de água pingassem dos cílios de homens silenciosos que olhavam desesperadamente para a escuridão. Eles não conseguiam enxergar nada, mas, por sobre os gemidos dos cordames, das velas e das vergas, podiam ouvir o barulho das ondas batendo contra o gelo.

Ninguém viu o iceberg que roçou levemente contra a lateral de bombordo.

O barco tremeu, adernou para estibordo e eles passaram.

— Essa foi por pouco.

O medo era mais denso do que o nevoeiro.

— Estou ouvindo o som de outro! A bombordo!

— Você enlouqueceu? Ouça! O gelo está bem à nossa frente!

— Calem a boca! Calem-se todos. — A ordem de Cabot mergulhou no nevoeiro. — Quanto tempo falta para o amanhecer, Sr. Hennet?

Hennet se virou para acompanhar a passagem gélida e invisível de uma montanha de gelo. — Ainda falta muito, senhor.

— Precisamos de luz!

* * *

A primeira nota vinda do cesto da gávea coloriu o nevoeiro de um azul brilhante.

Cabot dirigiu-se para a borda do castelo de proa e lançou um olhar feroz para o poço. – Tire-o de lá, Sr. Hennet.

Hennet cruzou os braços. – Não, senhor. Não farei isso.

A segunda nota coloriu o nevoeiro de verde.

– Dei-lhe uma ordem!

– Sim, senhor.

– Cumpra-a!

– Não, senhor.

– Você! – Cabot apontou para um tripulante que estava manuseando as vergas. – Tire-o de lá.

John Jack bufou. – Não.

A terceira nota era dourada e trazia, em seu canto, uma lasca de céu noturno.

– Então eu mesmo o tirarei de lá! – Mas, quando ele chegou no enfrechate, Roubaix já estava lá.

– Deixe-o em paz, Zoane.

– Isso é feitiçaria!

– Não. – Ele falou em inglês para que todos pudessem entender. – Você pediu luz e ele está fazendo isso por você.

A dança continuou a se mover, vagarosa e pomposamente, pelo céu.

Cabot olhou ao redor e viu apenas rostos fechados e raivosos. – Ele vai levar todos vocês para o inferno!

– Melhor do que nos levar para o fundo do mar – disse-lhe Rennie. – A dança lenta traz bom tempo. Ele está tocando para dispersar o nevoeiro.

Tam parou quando viu um caminho aberto entre os brilhantes castelos de gelo branco-esverdeados. Ele se inclinou para a frente e deixou a flauta cair suavemente nas mãos estendidas de

Rennie. Em seguida, subiu na amurada e examinou os rostos que olhavam para cima, procurando pelo do capitão. Quando o encontrou, respirou fundo e pulou o mais distante possível. Todos permaneceram em silêncio. Ninguém esboçou sequer um protesto ou soltou um mínimo gemido.

O pequeno corpo fez uma curva, muito mais distante do que seria possível, e, em seguida, desapareceu na escuridão...

Eles permaneceram em silêncio.

— Você o matou. — Hennet deu um passo na direção de Cabot, com os punhos fechados, agressivo. — Você disse que, se ele tocasse outra nota, seguiria o mesmo caminho da flauta. E foi isso que ele fez. E foi você quem o matou.

Ainda cego pelo brilho dos olhos azuis do menino, Cabot recuou. — Não...

John Jack pulou do enfrechate. — Sim.

— Não. — Enquanto todas as cabeças se viravam na direção dele, Rennie limpava o sal do rosto. — Ele não caiu na água.

— Impossível.

— Você ouviu o barulho de alguém caindo na água? Ouviu algum barulho? — Ele lançou um olhar ácido para o resto da tripulação. — Alguém ouviu? Ninguém gritou "homem ao mar", ninguém sequer correu até a amurada para procurar o corpo. Não há corpo algum. Ele não caiu na água. Olhem.

Lentamente, como se estivessem enfileirados, todos os olhos se viraram para o norte, onde um fiapo brilhante de luz azul dançava entre o céu e a Terra.

— Anjos decaídos. Ele apenas se aproximou deles mais do que todos; e agora se juntou a eles novamente.

Em seguida, a luz se apagou, e todos os sons que um barco faz ao navegar preencheram o silêncio.

— Sr. Hennet, um iceberg perto da proa, a bombordo!

Hennet se lançou na amurada, a bombordo, e debruçou-se.

— Timoneiro, dois graus a estibordo! Todos para a vela mestra!

Enquanto o *Matthew* fazia uma curva em busca de uma posição segura, Roubaix puxou o braço de Cabot e levou-o, sem resistência, para longe dos olhos da tripulação.

— Gaylor — sussurrou ele —, você acredita?

Roubaix levantou os olhos para o céu e abaixou-os novamente para o amigo. — Você é um marinheiro hábil e experiente, Zoane Cabatto, e um cartógrafo sem igual, mas às vezes se esquece de que há coisas na vida que você não pode mapear e maravilhas que não encontrará em nenhuma carta de navegação.

O *Matthew* levou trinta e cinco dias para viajar de Bristol até o novo território que Cabot batizou com o nome de Bona Vista. Transcorreram-se apenas quinze dias até que o barco retornasse para casa e, em cada um daqueles dias, o céu brilhou num azul tão intenso como nenhum dos homens a bordo jamais vira, e o vento tocou melodias familiares no cordame.

A CONSPIRAÇÃO CONTRA SIR WALTER RALEIGH

Allen C. Kupfer

Londres, primeiro dia de novembro de 1618.
Sir Walter Raleigh sem dúvida estava morto.

Eu, Robert Defoe, devo ao menos supor, sendo um homem racional, em completo controle de minhas faculdades, que o corpo que vi perante mim *era*, realmente, o de sir Walter Raleigh.

Esta cela na Torre estava trancada desde a chegada dele, exceto quando eu nela entrava ou dela saía. A entrada ou a fuga de qualquer outra pessoa seria impossível. Mesmo assim... poderia aquela estranha forma que vi à minha frente realmente ser o famoso poeta, cortesão e explorador?

Permita-me, como uma vez sugeriu Aristóteles, caro leitor, começar do princípio. Embora eu antes seja forçado a escrever as *seguintes* palavras: *Estou registrando essas informações, pois, dadas as circunstâncias desse caso extremamente peculiar e chocante, temo por minha vida.* Esperançosamente, nos parágrafos seguintes, você entenderá o porquê.

Mas... de volta ao princípio.

42

A menos de quinze dias, conheci um certo sir Roger Kent, que me impressionou com sua coragem e dedicação ao nosso rei Jaime. Tratava-se de um homem um tanto imponente que, com pouco mais de um metro e oitenta, podia ver por sobre as cabeças da maioria dos outros homens. Ele possuía uma personalidade altiva e uma disposição que, embora não fosse exatamente ameaçadora, parecia impacientar-se com tolices. De fato, haviam circulado rumores, nos dias anteriores, de que o homem até matara um dragão marinho nas águas do Novo Mundo.

Imaginem o estado de choque que me acometeu, há três dias, quando soube que ele havia morrido. Seu fiel primeiro imediato — um jovem oficial chamado Henry Wilmot — aproximou-se de mim naquele dia, quando eu saía de uma das audiências com Raleigh, e colocou um pequeno panfleto nas minhas mãos, tomando grande cuidado para que ninguém o visse. Ele parecia um tanto perturbado e, se ouso dizer isso a respeito de um dos marinheiros de Sua Majestade, consideravelmente amedrontado. — Leia isso — sussurrou ele para mim. — Em seguida, guarde num lugar seguro. — Depois que escondi o livreto dentro da minha jaqueta, ele e o que imaginei serem os outros membros da tripulação do *Buoyant Moon*, o navio de sir Roger, deixaram as cercanias da Torre apressadamente.

Mas talvez seja *possível* que eu esteja atropelando o relato. O que, você deve estar se perguntando, caro leitor, têm essas tolices a ver com o renomado sir Walter? Tentarei explicar.

Um grupo de guardas reais armados intimou-me a comparecer ao tribunal há dez dias. Sendo o meu campo de trabalho e estudos a prática e a execução das leis do país, não ficaria, sob circunstâncias normais, surpreso com esse tipo de intimação. Entretanto, como os mensageiros estavam *armados*, e a escuridão que tomava o céu era do tipo que só se vê à noite, nas horas que se seguem imediatamente à meia-noite, fiquei um tanto surpreso. Concederam-me apenas cinco minutos para que me vestisse e, em seguida, fui levado – talvez *conduzido em marcha* seja a descrição mais apropriada, visto que os guardas que me acompanhavam dos dois lados apressavam os meus passos, segurando-me pelos braços – a uma sala na Torre, na qual encontravam-se, sentados, diversos conselheiros do rei, assim como o grande monarca em pessoa. Lembro-me de que, ao longo do caminho, os guardas negaram-se a responder a quaisquer das minhas perguntas e, ao chegarmos à Torre, temi que *eu* pudesse, a qualquer momento, estar prestes a perder a cabeça por causa de algum crime inenarrável.

Os conselheiros do rei, depois de confirmarem minha identidade, minha profissão e, acrescento hesitantemente, meu triste estado de penúria, ordenaram-me a aceitar a designação como advogado de defesa de um prisioneiro que eles esperavam que fosse entregue naquele local brevemente. Disseram-me que eu seria regiamente remunerado e que todas as minhas dívidas seriam, dessa forma, quitadas; garantiram-me que meu cliente não tinha, como declarou um dos conselheiros, "a mínima chance de ser absolvido" e que eu estava sendo contratado meramente para emprestar um ar de autenticidade às formalidades legais; fui ordenado a jurar sigilo absoluto em relação a todas as questões que tivessem a ver com, ou que envolvessem, aquele caso.

Primeiramente, fui perguntado se entendia a gravidade da questão. Balancei a cabeça afirmativamente como resposta. Em seguida, fui perguntado se entendia que eu *não* deveria empenhar-me diligentemente para provar a inocência do prisioneiro. Mais uma vez, balancei a cabeça para dizer que sim. Finalmente, fui forçado a jurar a todos os presentes que o sigilo envolvendo o caso era de suma importância – por questões de segurança nacional – e que o conhecimento que tinha dele me acompanharia, silenciosamente, ao túmulo. Anuí com a cabeça mais uma vez.

– Do contrário – disse meu grande monarca, Jaime I –, você necessitará de dois caixões: um para o seu corpo... e outro para a sua cabeça!

O orgulho que sentia pelo fato de o rei estar dirigindo a palavra a um humilde cidadão como eu, devo admitir, foi ofuscado pelo medo, que fez com que meu corpo tremesse.

Durante os dois dias seguintes, fiquei em casa, aguardando ansiosamente pela intimação real. Mas ela não veio. No terceiro dia, entretanto, fui escoltado à Torre, vendado e conduzido por uma escada estreita e aparentemente interminável. Quando finalmente chegamos ao destino almejado, ouvi o ranger de uma porta de cela sendo aberta, ordenaram-me que eu permanecesse imóvel, e a venda foi removida. Enquanto meus olhos se acostumavam à fraca luminosidade, um dos guardas disse, num tom extremamente sarcástico: – Apresento-lhe seu cliente, o nobre sir Walter Raleigh. – Em seguida, os guardas riram enquanto me trancavam lá dentro.

Quando meus olhos finalmente se acostumaram à escuridão e vi o homem que estava à minha frente, soltei um grito de temor. Lá estava, à distância de um braço, um feroz selvagem, do tipo que me contaram existir nos cantos mais distantes das Américas. Ele estava completamente nu, o corpo pintado, imundo, e seus cabelos ralos desciam quase até a altura dos quadris. Meu coração bateu mais forte quando ele estendeu o braço na minha direção, mas, para dizer a verdade, quase desmaiei quando escutei sua voz débil: – Você veio aqui para me salvar, não é? – Em seguida, ele soltou uma gargalhada como ouvi dizer que soltam os infiéis do Novo Mundo, selvagem e insana, o tempo todo coçando o órgão genital.

45

Tendo ouvido a voz e as palavras que pronunciou em inglês, e reparando que o homem à minha frente, tão estranho quanto isso possa parecer, era inglês, o choque que eu sentia transformou-se em repulsa. — O senhor não tem nenhum pudor? — perguntei-lhe. — Posso ver suas vestes empilhadas ali, no canto da cela. Por que está nu, então?

— Todos nós algum dia ficaremos nus perante os olhos de Deus — respondeu ele, soltando outra gargalhada. — Não é isso que diz a sua Bíblia?

Fiquei surpreso novamente. — A "minha" Bíblia? O senhor rejeita as palavras de Deus da mesma maneira que rejeita suas vestes? — perguntei-lhe.

— Não rejeito nada, simplesmente *aceito* mais coisas — respondeu ele enigmaticamente. — Sente-se, por favor, e não tenha medo de mim.

Sentei-me relutante e nervosamente.

Vou poupar-lhe, caro leitor, da reprodução de cada frase do diálogo que se passou entre mim e essa bizarra versão de sir Walter Raleigh — pois se *tratava,* seguramente, dele — nas horas seguintes. Direi, resumidamente, que conversamos ao todo durante nove horas nos três dias seguintes. O conteúdo do que ele me relatou parecia-me, naquela ocasião, fatos incríveis, embora indiscutíveis. Durante nosso primeiro encontro, por exemplo, ele me disse que estivera, há muitos anos, vivendo na Guiana, uma região extremamente cobiçada do Novo Mundo. Ele havia, contou-me, se apaixonado pela terra e, particularmente, pelo povo, pelos costumes e pelo que ele descrevia como sendo "o sentido de possibilidades mágicas" daquela parte do mundo. E, assim, rejeitou o propósito inicial que o levara a navegar até lá — explorar e aproveitar-se da terra e do povo em nome da Inglaterra — e permaneceu com o povo primitivo, que aprendera a respeitar.

46

Parti depois daquela primeira conversa com sir Walter totalmente estupefato e um tanto confuso. Na saída, fui apresentado a sir Roger Kent, o qual mencionei anteriormente e sobre quem falarei mais, em breve, neste relato. Quando opinei que achava uma grande pena Raleigh ter enlouquecido, Kent colocou a mão no meu ombro e disse, num tom sério: — Eu também pensei que ele tivesse enlouquecido. Mas no momento, eu *não* diria isso. Ele pode ser muitas coisas, inclusive um traidor, mas louco ele não é!

Notei que dois dos conselheiros do rei escutavam as palavras de sir Roger e se entreolharam estranhamente, mas não dei maior importância a isso naquele momento e, assim, agradeci a Kent por sua opinião e fui embora — escoltado, naturalmente — para casa.

No dia seguinte, instruíram-me que preparasse a minha defesa, pois Raleigh seria julgado dentro de dois dias e secretamente decapitado um dia depois. Encontrei-me com Raleigh outra vez naquele dia. Diferentemente da conversa da véspera, esta foi preenchida com os delírios de um louco. Ele narrou histórias de bestas selvagens e monstros aterrorizantes que se escondiam nas exuberantes florestas da Guiana. Contou-me histórias sobre sacerdotes (pagãos) que eram capazes de fundir seus intelectos com seus corpos carnais de tal forma que seus crânios deixavam de existir e os orifícios dos sentidos — termo pelo qual, naturalmente, refiro-me a orelhas, olhos e narinas — fundiam-se com seus torsos. Na verdade, disse ele, esses xamãs estavam tão "unidos" com a totalidade do ser e com a "alma" da própria natureza, que os rostos deles (por falta de uma palavra melhor) podiam ser vistos bem no meio do tronco.

Nem é preciso salientar que, naquele dia, tive ainda mais certeza de que sir Walter perdera qualquer noção de realidade. Minha atenção começou a se desviar enquanto ele prosseguia, embora ainda tenha ouvido alguns de seus relatos sobre as tentativas de aprender as filosofias místicas e as práticas mágicas de seus amados índios da Guiana. Talvez ele tivesse sentido que eu estava ficando cansado de seus fantásticos devaneios verbais. Lembro-me de que estendeu a mão e pressionou minhas pálpebras com os polegares...

Fui acordado por um guarda. Notei que tinha adormecido. Quando olhei para sir Walter, ele se limitou a sorrir e declarou:

— Você dormiu pelo menos durante uma hora. Agora você entende o que aprendi? Isso foi um mero truque de salão comparado com o que hoje sou capaz de fazer.

— Está na hora de ir embora — ordenou o guarda, trazendo-me de volta à plena consciência.

Eu me sentia como se minha cabeça estivesse estranhamente pesada. Enquanto descia a escada atrás do guarda, fiquei refletindo sobre se Raleigh realmente havia, de alguma maneira, me induzido ao sono. Mas, depois de pensar um pouco mais sobre o assunto, concluí que adormecer era algo inteiramente natural, considerando o estresse e as noites que passara em claro desde que fora intimado pelo monarca.

Naquele dia, o guarda não me escoltou até em casa, não que eu desejasse que o rufião prestasse esse serviço. Ele se limitou a me despejar no pátio com a seguinte recomendação: — Esteja preparado para retornar amanhã.

Tão logo a porta foi fechada, fui abordado por Henry Wilmot, oficial subalterno de sir Roger, o homem que mencionei anteriormente neste relato. Foi nesse momento que ele me entregou o pequeno livro.

O que não havia mencionado antes — esta narrativa é uma tarefa que, só agora me dei conta, seria melhor se deixada a cargo de algum poeta como sir Philip Sidney — foi que, quando cheguei em casa, depois de me certificar de que estava sozinho e ninguém me observava, abri o livro e vi as palavras *O Diário Particular de Kent* escrito na primeira página. Dentro, havia um pedaço de papel que dizia: "Kent foi assassinado na noite de ontem pelos guardas do rei, seus olhos tendo sido arrancados. Outros tripulantes do *Buoyant Moon* também foram encontrados mortos e sem os olhos, ou simplesmente desapareceram. Temo que todos os envolvidos na captura e na prisão de Raleigh corram risco de vida." O bilhete era assinado por "um amigo".

Esse "amigo", concluí, devia ser Wilmot. Mas por que sir Roger havia sido assassinado, se isso era mesmo verdade? Por que o rei mandaria executar um fiel oficial da marinha? Ou será que Raleigh e sua infernal magia tinham, de alguma forma, contribuído para isso?

Não, raciocinei, isso era ridículo, era como dar credibilidade aos delírios de um louco.

Sentei-me nervosamente à minha modesta escrivaninha e abri o diário. Passo a relatar-lhe, caro leitor, trechos selecionados — em ordem cronológica — das anotações feitas pelo falecido Kent:

1617: 3 de dezembro

Sob as ordens e o comando de Sua Majestade Jaime I, parto neste dia para o Novo Mundo, a fim de encontrar e capturar o traidor, sir Walter Raleigh, que abandonou seu rei e seu país. Fui informado por Sua Majestade que o traidor, depois de receber verbas e apoio para empreender sua viagem exploratória e comercial, permaneceu no território conhecido como Guiana e considera-se membro de uma primitiva comunidade selvagem...

1617: 5 de dezembro

Sua Majestade explicou-me a natureza de minha missão; mais do que isso, ele deixou bem claro para mim que ela deve ser conduzida com o máximo de discrição no exterior e com o maior sigilo possível em nossa amada terra natal. Os conselheiros do rei explicaram-me que, se as massas ignorantes de nossa população souberem que um cavalheiro que esteve intimamente ligado aos nossos atuais líderes, e ainda mais intimamente ligado à nossa cara rainha Elizabeth, que Deus a tenha, abandonou seu rei juntando-se a selvagens, isso sugeriria às massas ignaras que elas, também, poderiam vir a rejeitar o atual rei, apontado por Deus, de nossa nação e o nosso estilo de vida. Logo, devo capturar o traidor vivo, se possível, e trazê-lo de volta à nossa nação, não para ser julgado e punido publicamente, mas para ser executado secretamente, logo que nossos ministros tenham extraído do traidor todas as informações sobre o povo, os recursos etc. referentes a essa terra da Guiana e áreas adjacentes. Foi-me dito que os cidadãos comuns de nossa nação nunca deverão saber sobre a afronta de Raleigh a seu rei, pois se trata de uma informação perigosa para as massas...

1617: 29 de dezembro

Esta manhã, enquanto o céu púrpura clareava, alguns membros da minha tripulação perceberam algo muito estranho: nossa vela de gávea foi inteiramente partida ao meio! Ela está praticamente inutilizável. O mastaréu de joanete, um pouco acima, e o mastaréu da sobregata da vela de estai, que ficam logo atrás, estão perfeitamente intactos e inteiriços. O que poderia ter acontecido durante a noite é um mistério. Wilmot suspeita de que talvez um de nossos tripulantes — muitos dos quais não estão conosco por vontade própria — tenha avariado o mastaréu de joanete durante a noite, encoberto pela escuridão. Como ele conseguiu realizar essa deplorável proeza sem a cooperação de outros homens da vigia noturna...

Tenho profunda esperança de que os membros de minha tripulação, que trato com o máximo de amizade e respeito possíveis numa embarcação, não sejam daquele tipo específico de criminoso que seria capaz de se envolver nessa espécie de sabotagem.

50

Embora a vela tenha sido abaixada e esteja sendo consertada — se é que conseguiremos repará-la —, esta tragédia acrescentará semanas à nossa viagem. Rogo a Nosso Senhor Jesus Cristo, cujo dia do nascimento celebramos (modestamente) há alguns dias, que nossos suprimentos sejam suficientes.

1618: 14 de janeiro

O incessante rugido dos ventos e as chuvas de granizo têm nos atormentado há dias. Às vezes, a natureza parece estar tão feroz que mal conseguimos ver as águas do oceano. Nosso navegador, Patrick Swift, informou-me que acredita que tenhamos cruzado boa parte do Atlântico, mas nem ele nem os outros navegadores a bordo são capazes de dizer com precisão a latitude na qual nos encontramos. Por essa razão, abaixamos as velas consideravelmente; os ventos, afortunadamente, continuam a nos empurrar para o oeste.

O Buoyant Moon foi açodado pelas contínuas tempestades de tal forma que vários marinheiros foram designados, simultaneamente, para retirar a água do navio. Meus homens estão com frio, estão exaustos; eles acham que Deus nos abandonou. Alguns acreditam que o Deus cristão virou Suas costas para nós em protesto, por estarmos nos aproximando da terra dos selvagens. A fome faz com que o melhor dos homens cultive esse tipo de pensamento selvagem e herege...

Continuamos a navegar a menos de quatro nós, pelo menos até que a tempestade se disperse. No momento, nossas velas estão duras como a madeira e a enxárcia está totalmente congelada...

1618: 4 de fevereiro

Navegamos, neste dia, tendo gloriosamente avistado terra firme pela primeira vez em muitas semanas. Se estiver correto, nos encontramos ao norte das ilhas em que Colombo supostamente desembarcou (visto que uma das terras que avistamos com certeza é uma ilha), mas bem ao sul da colônia de cultivo de tabaco estabelecida por Raleigh (reiterando, com verbas reais) no território conhecido como ilha Roanoke. A terra que procuramos fica mais a oeste. Rogo que cheguemos lá brevemente; cerca de um quarto dos tripulantes morreu de desnutrição ou escorbuto, outro quarto está gravemente enfermo e a maioria daqueles que sobreviveram sussurra conspirativamente, segundo Wilmot, que permanece dedicado e fiel ao seu capitão. Agradeço a Deus pela presença dele...

1618: 15 de fevereiro

Acabei de consultar as duas cartas de navegação e o tratado sobre este Novo Mundo que o próprio traidor redigiu há alguns anos. Estou certo de que estamos navegando para o sul no rio conhecido como Orinoco. Devo admitir que o clima e a vegetação são exatamente como o traidor os descreveu. Há miríades de insetos em meio a um calor e uma umidade infernais, alguns são do tamanho do punho de um homem. Um enxame desses insetos atacou-nos na noite passada. Um deles perfurou a pálpebra de um dos timoneiros com uma picada, fazendo com que o olho inchasse e, em seguida, saltasse do rosto. Muitos dos outros homens sofreram com as picadas e as ferroadas desses insetos infernais. Ao longo de várias horas, na noite passada, ninguém conseguia andar a bordo do barco sem ouvir o som nojento de insetos sendo esmagados...

1618: 16 de fevereiro

Um dos membros de minha tripulação, que navegou com Raleigh em sua viagem anterior, disse-me que conhece bem a região. Ele também me advertiu de que, em breve, teremos de desembarcar, pois as águas do rio tornam-se muito rasas. Wilmot está no convés, recrutando homens para a jornada terrestre, que me garantiram ser de cerca de quinze quilômetros...

52

Perdoe-me, caro leitor, *mas* sou obrigado a explicar que a caligrafia de Kent piora enormemente deste ponto do diário em diante. Portanto, espero que me permita simplesmente apresentar-lhe suas idéias, na proporção em que fui capaz de entendê-las, com base em alguns trechos legíveis. Isto porque tentar apresentá-las como venho fazendo sem dúvida causará irritação: as citações estarão salpicadas com lacunas, falhas de lógica e uma série de outras distrações. Portanto, relato-lhe as anotações do diário de sir Roger filtradas por minha própria sensibilidade.

Após viajar a pé por um dia, o grupo de sir Roger foi capturado por dezenas de nativos. Kent afirma que não lhes opôs resistência, pois o marinheiro que viajara com Raleigh anteriormente garantiu-lhe que as vestes desses nativos (o pouco que usavam) e as pinturas faciais — feitas com a tinta de algum tipo de frutinha ou planta e que tinham uma aparência terrível — eram idênticas às da tribo com a qual Raleigh negociara.

O tripulante de Kent tinha razão. Em pouco tempo, Kent e companhia foram levados perante os anciãos da tribo. Um desses sumos sacerdotes, sem qualquer hesitação, encostou nos lábios algum tipo de tubo ou canudo e soprou-o, lançando um pequeno dardo colorido que perfurou o pescoço de um dos homens de Kent (chamado Joseph Crane). Em poucos segundos, o rosto de Crane tornou-se púrpura-escuro e as veias do pescoço e do rosto dele inexplicavelmente explodiram, jorrando sangue nos outros membros da tripulação, assim como no chão. Horrorizado e indefeso, Kent previa outras execuções. No entanto, não ocorreu nenhuma mais.

Dois homens surgiram de uma das choupanas, um dos quais, branco, quase tão obviamente deveria ser sir Walter Raleigh. Estava imundo. Sua indumentária limitava-se a um pedaço de pano em torno do quadril e uma faixa enfeitada com contas na cabeça. Ele dava a impressão indiscutível de se ter transformado num selvagem. Entretanto, relata Kent, Raleigh disse algo incompreensível para o xamã que segurava o canudo, o xamã fez um sinal afirmativo com a cabeça e não houve mais execuções. Pelo menos nesse sentido, concluiu Kent, sir Walter conservara um pouco da decência e do espírito britânicos.

Pedirei, novamente, que o leitor tenha paciência, caso pareço apressar a narrativa, omitindo alguns detalhes e mencionando outros por alto. Por determinação de Raleigh, os homens do *Buoyant Moon*, daquele momento em diante, foram bem tratados pela tribo. Eles foram alimentados, receberam abrigo e suas armas, devolvidas. Nem Kent nem qualquer dos outros tripulantes revelaram o verdadeiro objetivo da viagem. Em vez disso, conquistaram a amizade de Raleigh, que acreditou naquilo que Kent lhe contara. O rei Jaime enviara uma missão para renegociar com os povos da Guiana. Sir Walter, embora incrédulo, disse para Kent que serviria como intérprete para o povo que adotara e, assim, assumiria o papel de negociador, atuando em prol do interesse *deles*.

Algumas noites mais tarde, Kent e sua tripulação precipitaram-se sobre Raleigh no meio da noite, amarraram-no, amordaçaram-no e levaram-no. Eles tiveram de matar silenciosamente alguns dos selvagens que serviam como guardas. Uma perseguição seguiu-se, mas com um mínimo de perdas de sua tripulação. Kent conseguiu colocar Raleigh, no dia seguinte, a bordo do *Buoyant Moon,* e o navio partiu rumo ao norte. As frágeis canoas dos nativos não eram páreo para o navio, que logo as deixou para trás.

Assim que atingiram uma distância segura da tribo, Raleigh, ainda vestido com a indumentária nativa, foi desamarrado e

54

permitiram que circulasse livremente pelo convés do navio. Segundo Kent, naquela noite, sir Walter, ou Okeeshwa, a maneira como ele insistia em ser chamado, ficou olhando fixamente para o rio, ocasionalmente fazendo um gesto com as mãos. E, de vez em quando, levantava o olhar para a lua e entoava algum cântico de magia pagã.

Kent, numa caligrafia notadamente confusa, descreve a hora seguinte em detalhes, incrível como ela possa parecer. Primeiramente, escreve ele, diversos pontos no peito de Raleigh começaram a palpitar. Em seguida, um vento frio varreu o tombadilho do navio, derrubando um homem no rio. Enquanto vários tripulantes, incluindo sir Roger, olhavam para a água naquele lado do barco, um monstro do mar, que outros exploradores chamaram de lagartos marinhos ou *a-li-ga-to-res*, emergiu das águas. Kent garante que essa criatura tinha o comprimento de pelo menos seis ou sete homens adultos, com a largura de pelo menos um homem e meio. Ele se chocou contra a lateral do navio, avariando bastante a aparência da embarcação, embora, por sorte, pouco dano tenha causado à sua estrutura. Segurava, em suas mandíbulas, o pobre homem que fora jogado na água. O homem ainda estava vivo e gritava desesperadamente, até que a poderosa besta fechou a bocarra e cortou-o ao meio, as duas metades caindo no mar.

A tripulação preparou e apontou dois canhões na direção do monstro, que se precipitou novamente contra a lateral do navio. Kent ordenou que os homens atirassem, mas enquanto fazia isso reparou que um medonho brilho púrpura surgira nos olhos de Raleigh; ele parecia estar totalmente alheio ao tumulto e ao perigo que corriam. Os canhões finalmente atiraram. O tiro acertou o monstro num dos flancos, mal arranhando a grossa pele, mas um segundo tiro ultrapassou as mandíbulas abertas, aparentemente atingindo-o na garganta. Sangrando, o animal distanciouse do *Buoyant Moon* para não mais ressurgir.

Raleigh parabenizou Kent por sua vitória, mas advertiu ao capitão que ele aprendera muito sobre assuntos ocultos e místicos, durante o tempo que passou com seu povo adotado. Sir Roger não demonstrou qualquer tolerância com os delírios de Raleigh; o traidor passou grande parte da viagem de volta para a nossa amada terra despido, amarrado e vendado. E, embora ele não ousasse crer que o traidor tivesse o poder de conjurar bestas das águas, concluiu que seria melhor não abusar da sorte.

Há muito mais coisas no diário de sir Roger. Mas não sobrecarregarei os leitores com elas, a fim de apressar a conclusão do *meu* relato.

Visitei o prisioneiro novamente no dia seguinte, mas, dessa vez, eu o vi com outros olhos, influenciado, sem dúvida, tanto pelo diário de Roger Kent... quanto por sua morte. Mal podia crer que nosso monarca ordenaria a execução de um de seus fiéis oficiais da marinha. Mas, ao entrar na cela do prisioneiro, cumprimentei-o, pronto para tentar reunir elementos para preparar sua defesa; e ele respondeu com as seguintes palavras, ditas lentamente e em tom sério:

— Você sabia que Kent foi assassinado? Os olhos dele foram removidos do rosto. — Fiquei surpreso. Teria um dos guardas contado isso a Raleigh? Parecia-me muito pouco provável.

— Como você sabe disso? — perguntei-lhe.

— Posso ver, ouvir e *sentir* muitas coisas — respondeu ele.

— Você foi o responsável por isso? — continuei.

A pergunta parecia verdadeiramente atormentá-lo. — Não. Foi seu monarca quem ordenou que o matassem.

— Isso é absurdo — acrescentei, embora secretamente também suspeitasse disso. — Por que o rei faria algo assim?

56

— Porque Kent viu e sabia de muitas coisas. Ele sabia a verdade.

— Que *verdade* é essa?

— A verdade sobre o meu ser. Sobre os meus poderes. Sobre o meu conhecimento. Poderes e conhecimentos que nenhum pretenso cidadão inglês jamais conhecerá, enquanto não abandonar os grilhões de sua sociedade. Pois somente quando uma pessoa fundir-se com as forças da natureza, possuirá o poder e o conhecimento verdadeiros.

— Não consigo compreender — disse-lhe sinceramente.

— Você *não pode* compreender. Entretanto, você sabe que eu possuo esses dons.

— Eu... eu sei.

— Então você tem de me ajudar. — Ele se levantou. — Não sou, apesar do que nosso estimado rei pensa, nenhuma espécie de traidor. Para a posteridade, ficará registrado que minha viagem foi um fracasso e eu serei decapitado aqui nesta prisão, amanhã.

— Ainda temos uma chance — disse eu. — Estou reunindo...

— Não há chance *alguma* — interrompeu ele. — Estou condenado à morte. Eu *vou* morrer. Tem de ser assim. Além de meus supostos atos de traição, o rei me considera uma ameaça. Ele impedirá que qualquer de seus súditos jamais me veja, jamais veja aquilo em que me tornei. Nesta terra cristã, onde os católicos são vistos como revolucionários, imagine, se você puder, o que devo representar. Sou o subversivo definitivo. Devo morrer.

Procurei me recompor e disse:

— Li o diário da viagem de sir Roger Kent para me encontrar com você. Ele sugere que você teve o poder de invocar uma besta das águas do rio. Por que você não usa esses poderes agora para se libertar?

— Meus poderes não são ilimitados e quaisquer poderes que utilizo são, na verdade, poderes que usurpo da natureza. Na Guiana, os ingredientes necessários, tais como as ervas e a flora, são facilmente encontrados e a própria aura da terra não está maculada pelas mentiras e pela hipocrisia como aqui.

— Então você não tem o poder para se libertar?

— Não fisicamente. Entretanto, juro a você que o rei Jaime jamais terá o privilégio de me decapitar.

— O que está querendo dizer com isso? — perguntei-lhe.

— Nada mais direi, amigo — concluiu Raleigh. — Você está perdendo o seu tempo aqui. Prepare a defesa em seus próprios aposentos.

Totalmente confuso, mas, sem me sentir minimamente insultado, me virei para sair da cela. Mas Raleigh colocou a mão sobre o meu ombro e sussurrou:

— Proteja-se, amigo — disse ele. — Não permita que o destino de Kent seja também o seu.

Eu me senti aliviado ao deixar a Torre. A luz do sol e o ar fresco — se é que eles podem assim ser descritos em Londres — me revigoraram. Então, subitamente, vi dois guardas do rei se aproximarem de mim carregando um corpo numa maca. Parei para permitir que passassem. Mas enquanto passavam por mim o tosco cobertor que cobria o cadáver escorregou, deixando a cabeça à vista. Pude ver o rosto do falecido. Era Henry Wilmot; eu o reconheci mesmo com sua fantasmagórica tez pálida e a cavidade ocular vazia.

Wilmot também estava morto, pensei ao entrar em minha residência. Mas por quê? E por que de forma tão cruel? Então, reconsiderei algumas das palavras de Raleigh. *Ele viu muitas coisas. Ele sabia de muitas coisas.* Seria a remoção dos olhos algum *simbólico* golpe mortal? Seria um aviso para outros que...?

58

Foi então que consegui entender o significado por trás do aviso de Raleigh. *Eu, também, sabia de muitas coisas*, mesmo que, na verdade, nada tivesse *visto*. Ele estava tentando me avisar de que minha vida corria perigo!

Sentindo-me agitado e incapaz de me acalmar, servi uma dose de vinho do Porto da única garrafa que possuía. Bebi rapidamente e tranquei as portas de minha casa. Em seguida, bebi mais um pouco.

Parecia que apenas alguns instantes haviam se passado quando ouvi baterem com força à minha porta. Abri-a e um dos dois guardas uniformizados informou-me de que era chegada a hora de apresentar a minha defesa perante o rei e seus magistrados. Dei-me conta de que havia dormido durante quase três quartos de um dia! Implorei aos guardas que me dessem alguns minutos para reunir minhas anotações e meus papéis, mas eles me concederam apenas alguns segundos. Peguei o que podia apressadamente e fui escoltado até a Corte.

Não vou insensibilizar os sentidos de meus leitores descrevendo o julgamento de sir Walter Raleigh. Eu me limitarei a dizer que sua iniqüidade foi caracterizada por um fato típico dos procedimentos em geral: o réu não pôde sequer comparecer a seu próprio julgamento, por ser considerado um perigo para todos os presentes! Permitiram-me, como advogado de defesa, fazer três declarações que não ultrapassassem o tempo total de dois minutos e meio. Em seguida, fui ordenado a permanecer "sentado e em silêncio". Foi lida a sentença de morte por decapitação, e eu e diversos carcereiros subimos as escadas até a cela de Raleigh, enquanto o rei era escoltado ao local da execução para aguardar a chegada do condenado.

Chegamos à cela de Raleigh e a porta foi aberta. Mas um som maldito emanava dos lábios de sir Walter. Enquanto eu me aproximava para ver — caro leitor, talvez tenha sido a grande quantidade de vinho do Porto que eu consumira no dia anterior —, pensei ter visto o corpo ereto de sir Walter, com os braços esticados para os lados, começar a contrair-se e a tremer levemente. E, à medida que o som aumentava, a cabeça dele afundou — pois não tenho como explicar o que vi de outra forma — e fundiu-se com o tronco do corpo, que ficou vermelho brilhante, tão brilhante que fui forçado a fechar os olhos por alguns segundos. Quando os reabri, o corpo nu de sir Walter estava caído no chão, sem cabeça. Olhos sem vida olhavam fixamente do peito dele. Lábios sem cor permaneciam silentes e imóveis abaixo deles.

Pensei que tivesse enlouquecido. Estava certo disso até que ouvi um dos carcereiros dizer: — Meu Deus do céu! Ele está sem cabeça!

Devo ter desmaiado, pois, quando acordei novamente, horas mais tarde, estava de volta à minha casa, sentado na mesma cadeira em que havia adormecido no dia anterior. Meu primeiro pensamento consciente foi o de que todo o episódio não passara de um sonho. Mas a razão dizia o contrário. Raleigh realmente aprendera muito com o povo da região do Orinoco. No poente de sua vida, ele finalmente atingira o estado místico de unicidade tão apreciado por aquela tribo.

E também pude notar que o dom satírico de Raleigh, anteriormente tão evidente nos versos escritos para a sua amada rainha Elizabeth, permanecia intacto. Pois, de fato, como ele havia profetizado, *O rei Jaime jamais terá o privilégio de me decapitar!*

* * *

60

Londres, 2 de outubro de 1713

Anotação número 763

Enquanto estou sentado aqui, lendo este relato fantástico escrito por meu tio-avô Robert, que, segundo os rumores familiares, foi morto por assassinos a mando do bom rei Jaime I, noto a técnica narrativa confusa do cavalheiro, assim como suas revelações sinceras, porém assaz estranhas. Talvez o que ele tenha escrito aqui, há muito tempo, seja a verdade, embora, para todos os efeitos, Raleigh tenha sido decapitado em 1618, perante várias testemunhas. Guardarei o relato de meu antepassado, pois contém algumas informações sobre a região conhecida como Guiana, que é o local onde se passa a história que estou escrevendo no momento, A Vida e as Estranhas e Surpreendentes Aventuras de Robinson Crusoé. *Para acrescentar um pouco de verossimilhança ao meu trabalho — baseado até certo ponto nas aventuras vividas por Alexander Selkirk, que ficou preso durante algum tempo naquela parte maldita do mundo selvagem —, devo de alguma forma familiarizar-me com o panfleto, escrito por Walter Raleigh, intitulado* A Descoberta da Guiana, *mencionado no trabalho de meu tio.*

Embora a opinião geral seja a de que meu tio-avô Robert fosse um advogado limitado, gostaria muito que ele estivesse aqui para me retirar desta prisão para devedores na qual me encontro atualmente encarcerado. De qualquer forma, manterei sigilo sobre esse relato. Não é interessante para mim arrumar mais problemas com os agentes da lei.

Daniel Defoe

E OS VENTOS SOPRARAM FORTE

Frieda A. Murray

Saí para visitar meu amigo, o capitão Boughton, três dias depois que um grande vendaval de primavera varreu o continente. Ele causou grandes estragos à vegetação que crescia nos campos e nos pomares, e muitos galinheiros foram pelos ares. Árvores tombadas e riachos transbordados representavam um perigo adicional aos viajantes.

Os feiticeiros do vento locais sentiram que a tempestade tinha raízes mágicas e concluíram que seria melhor deixar que ela passasse sem tentar detê-la.

Assim, numa manhã de sol pálido, porém firme, depois de garantir ao vigário que eu o auxiliaria com o trabalho de assistência local, parti para Abbottsford. O capitão Boughton era um oficial da marinha aposentado e seria o homem mais apto, no distrito, a revelar a origem daquela estranha tempestade. Além disso, tinha de levar em consideração a Srta. Boughton, algo que vinha fazendo muito ultimamente. Ela era uma morena elegante, cujos cabelos nunca exibiam um fio fora do lugar, mesmo nas piores ventanias. Imagino que ela possuísse alguma magia dos ventos, embora nunca tivesse me dito isso.

62

Quando Fenton me conduziu até a sala do café da manhã, descobri que não era o único visitante. O capitão Northcott, da guarda alfandegária, encontrava-se sentado numa poltrona que não era suficientemente espaçosa para acomodar o seu cinturão. Eu o conhecia superficialmente e agora me lembrava de que ele tinha um parentesco distante com os Boughton.

— O que o traz tão longe, a Somerset? — perguntei-lhe depois de nos cumprimentarmos. Na verdade, Abbottsford leva alguma vantagem sobre Devon, mas, ainda assim, fica bem longe de Bristol, sem falar em Cork, os portos normais da costa irlandesa.

— Licença-prêmio — respondeu ele com o sorriso de um marinheiro para o qual, uma vez na vida, haviam soprado os ventos da boa sorte. (Essa é uma das vantagens de trabalhar no serviço alfandegário, embora atualmente não seja tão raro para os oficiais da marinha receberem prêmios em dinheiro. Com a família real francesa exilada na Suíça e na Áustria, e a França sendo governada — para todos os efeitos — pelas bruxas dos salões de Paris, os tributos alfandegários estão uma confusão só. Qualquer capitão de chalupa pode retirar uma carga de Brest e se livrar dela lucrativamente em só Deus sabe quantas enseadas entre Bournemouth e Land's End, sem sequer se preocupar em levá-la até a Irlanda. Não que o contrabando na Irlanda — uma terra sem leis ou comportamento civilizado — ainda surpreenda alguém, pois, tão vergonhoso quanto isso possa parecer, alguns de meus próprios conterrâneos consideram o contrabando uma atividade não necessariamente criminosa, mas apenas vulgar. Ouvi dizer que esses tripulantes se referem a si próprios como "*comerciantes* honestos".)

O capitão Boughton livrou-me da indelicadeza da indagação soltando uma sonora *gargalhada*. — Licença-prêmio! Isso é como chover no molhado, Cyril. Foi assim que você enriqueceu.

— Uma habilidade útil, sem dúvida — respondeu o capitão Northcott. — E temo que alguns de vocês tenham pago por isso. — A tempestade... o que você sabe sobre ela, capitão Northcott? — perguntei. — Disseram-nos que foi feitiçaria...

Os dois capitães aparentaram desconforto, e eu estava começando a me desculpar desajeitadamente quando a Srta. Boughton entrou na sala, cada fio de cabelo no lugar, como de costume. O tailleur dela era azul-escuro e, embora não seja exatamente um conhecedor de moda feminina, devo frisar que a Srta. Boughton estava sempre elegantemente trajada.

A entrada dela, acompanhada por Fenton trazendo uma bandeja de chá, desviou a atenção de minha triste linha de questionamento, mas senti que ela me cumprimentou de maneira menos calorosa do que no passado.

Em seguida, ela se virou para o capitão Northcott.

— Então, primo — disse ela —, quero saber a história toda, tintim por tintim. Passei a manhã fazendo a contabilidade e a maior parte do dia de ontem inspecionando os estragos causados à nossa terra e ao nosso povo, portanto quero saber o que está por trás de tudo isso. Se você não se importar — terminou ela, virando-se para mim.

— Terei grande prazer em ouvir qualquer coisa que o capitão Northcott tenha a dizer — respondi.

— O contrabando francês tem piorado nos últimos três anos — começou o capitão, revigorado pelo chá. — Se avistamos qualquer coisa menor do que uma chalupa de guerra perto da costa francesa, as chances de estar envolvida com o contrabando são grandes. Os cruzadores que permanecem na ativa estão fazendo a patrulha costeira. — Ele fez uma careta.

— Quem o atual governo acha que iria querer invadir nossa terra? — perguntou o capitão Boughton, repugnado. — O primeiro-ministro Pitt esvaziaria todas as suas garrafas de vinho do Porto no Tâmisa se a questão fosse discutida no Parlamento.

— Estão sempre falando sobre o retorno da família real — disse eu. — John Romsey, que acaba de ser nomeado para a equipe de auxiliares do embaixador em Lisboa, escreveu-me que esses rumores são fortes por lá, tanto na Corte quanto na cidade.

— Pode haver alguma verdade nesses rumores desta vez — disse o capitão Northcott. — Ouvi dizer que o príncipe Metternich poderia subornar o número necessário de administradores, mentores, como eles se referem a si mesmos, para apoiar a Áustria na questão da restauração da Coroa francesa.

(A rainha exilada era uma Habsburgo de berço, mas, ainda assim, a idéia de uma presença imperial poderosa em Versalhes, mesmo com a restauração da Coroa francesa, soava-me um tanto desconfortável.)

— E o que seria de Hanover, se isso ocorresse? — perguntou a Srta. Boughton, e notei qual era a fonte de minha apreensão.

— Pitt preferiria que não houvesse qualquer pressão sobre nossos aliados germânicos — respondeu o capitão Northcott. — Mas não há escassez de princesas Habsburgo e a Lei de Sucessão obriga somente a Coroa britânica. Portanto, nós nos limitaremos a observar — concluiu. — Trata-se, *oficialmente*, da única coisa que a marinha francesa faz atualmente. Aqueles administradores mal alocam verbas para a guarda costeira, e já conheci contrabandistas franceses que dividem os lucros com os capitães para ajudar na manutenção dos barcos. Obviamente — acrescentou —, você pode ter certeza de que os capitães retribuirão a cortesia de alguma maneira.

— Você já ouviu rumores de que a frota francesa esteja envolvida escancaradamente em atividades de contrabando? — perguntei.

65

— Ou o que sobrou dela — sorriu ele. — Não, mas... — interrompeu. E depois continuou: — Há três anos seria tão raro encontrar assobiadores de vento ou encantadoras de ondas num navio francês quanto nos nossos. Agora eles certamente os estão recrutando. O tenente Sommers, que serve em Plymouth, contou-me ter visto pelo menos três navios chegando facilmente à costa nesta temporada enquanto a patrulha de Plymouth observava. E no outono passado — disse ele com um sorriso entristecido — eu estava rondando as ilhas Sicilly quando uma chalupa passou-me contra a corrente. Se os ventos estivessem soprando normalmente, ela teria se espatifado contra Land's End.

A Srta. Boughton encheu a xícara dele outra vez e lhe passou os biscoitos.

O capitão prosseguiu:

— Mas ela conseguiu passar, provavelmente dirigindo-se para Cork. Não consegui impedi-la. A tripulação estava suficientemente tensa, vendo aquele vento que enfunava suas velas, e assobiar um sotavento seria desastroso para todos. Não era o momento de correr o risco de me tornar um bode expiatório.

Ele fez outra pausa, mas apenas para encher a caneca novamente. Parecia que o capitão se acostumara com sua habilidade para assobiar ventos, já que estava disposto a falar tão francamente a esse respeito com um desconhecido como eu. Sabia que isso tinha lhe custado sua carreira naval. Haviam pedido discretamente que fosse transferido para o serviço alfandegário, pois essa habilidade perturbava seus superiores. E não eram somente os oficiais. A tripulação também o teria como o bode expiatório natural sempre que algo de errado acontecesse.

Essa proibição silenciosa era menos explícita no serviço alfandegário, no qual a habilidade de um assobiador para manter os navios de Sua Majestade longe dos perigos era mais apreciada, embora mesmo ali fosse sábio manter a discrição.

66

— Aliás, por falar em magias — disse o capitão Northcott —, ouvi dizer, e é claro que são apenas especulações, que alguns desses barcos levam encantadoras de ondas a bordo.

(Admito que levar uma encantadora a bordo pode ser útil no mar, mas daí a permitir que mulheres façam parte da tripulação... Qualquer capitão da marinha de Sua Majestade que permitisse — ou mesmo deixasse de impedir — que isso acontecesse seria jogado ao mar para espantar a má sorte. Assim como a mulher, a não ser que ela fosse capaz de provar que tivesse sido forçada a subir a bordo. Mesmo as passageiras pisando macio nos navios, muitos deles já chegaram a ter seus aposentos divididos por uma linha tabu.)

— Estamos enfrentando problemas na Irlanda, Cyril? — perguntou o capitão Northcott em tom baixo, embora o rosto dele refletisse o choque que todos sentíamos.

— Quando é que não enfrentamos problemas na Irlanda! Mostre-me um comerciante irlandês que não aja como se estivéssemos cortando seus punhos ao lhe pedir que pague os impostos! E aqueles soldados recrutados à força, uns brigões, todos eles! Eles se orgulham de forçar as malaguetas!

— Não há muita riqueza na Irlanda e, além disso, eles têm grande aversão a cumprir com obrigações de qualquer natureza — disse eu —, a não ser que você considere que abusar da paciência do governo de Sua Majestade seja uma obrigação.

— Sim, sem dúvida, mas você notou alguma influência francesa, Cyril?

— Bem, temos visto mais navios franceses dirigindo-se para Cork ou para aquelas proximidades — o capitão acrescentou num tom seco. — Mas, como o Sr. Handforth mesmo disse, não há muitos homens ricos na Irlanda. E quanto a uma *revolution à la française*, desafio o panfletista mais fervoroso ou a mais sedutora bruxa de salão a tentar começar *uma*! Talvez conseguissem arrumar uma briga, um bando de caipiras com lanças e cajados cantando antigas canções sobre o Velho Pretendente, eles acabariam brigando entre si mais cedo ou mais tarde. Só teríamos de recuar e ficar observando.

— E garantir que a situação não fugisse do controle — disse o capitão Boughton. — Mas os problemas na Irlanda poderiam nos atrapalhar num momento crucial.

— Creio que não — disse o capitão Northcott. — Já a intervenção francesa nas Índias Ocidentais poderia se transformar em algo sério.

— Mas a Irlanda fica mais perto.

— Primo — disse a Srta. Boughton —, as cabeças dos irlandeses podem ser mais duras do que as vigas de um barco e, para falar a verdade, com tantos poços sagrados, ou mal-assombrados, você não pode confiar na água benta nem nos padres...

— Isso sem falar — disse o irmão dela — na magia que eles destilam na bebida local. Você tomaria bebidas alcoólicas em Cork, Cyril?

A Srta. Boughton lançou um olhar admoestador para o irmão e se virou novamente para o capitão Northcott. — Não foi um irlandês, primo, que queimou três redis até as cinzas e afogou o melhor touro reprodutor de nossas terras quando a ponte de gado caiu?

— Minha querida e prática prima — disse o capitão Northcott —, você deve me acompanhar a Cork da próxima vez que o *Helena* precisar de reparos. Sua aparência será capaz de encantar o major de suprimentos, seu incrível bom senso o deixará perplexo e ele fará qualquer coisa que você pedir.

— Faça você o mesmo — ordenou a Srta. Boughton, mas com um sorriso.

68

— Sim, senhora. Há cerca de quinze dias, estávamos em Falmouth para reabastecer. Ventos contrários, naturais, mantiveram-nos no Canal, mas tínhamos boas chances de nos encontrar com um barco de suprimentos de Plymouth. A sorte estava do nosso lado. O capitão Graham, do *Portsmouth*, foi extremamente gentil e soubemos das últimas notícias. O *Anne* estava sendo reparado em Plymouth, inclusive trocando as bombas, e iria navegar para as Índias Ocidentais sob o comando de sir William Gordon em dois dias, caso o tempo permitisse. E o porto de Cherbourg estava extraordinariamente movimentado para aquela época do ano.

— Os administradores mantêm um controle rígido sobre a Normandia — disse o capitão Boughton. — Já a Bretanha...

— Os bretões são um poder autônomo desde antes de a França existir — disse o capitão Northcott. — Entretanto, não podemos reclamar. Eles costumam ajudar nossos homens ocasionalmente... desde que não estejam tentando passar por nós com contrabando, quero dizer.

— E você... — adiantou-se a Srta. Boughton.

— Fiquei satisfeito com as notícias. A tripulação já estava ficando impaciente.

Podia imaginar que deveria estar mesmo. A guarda costeira é um dos serviços mais enfadonhos na marinha de Sua Majestade, e vem descambando para os motins (normalmente, devido às poucas folgas de serviço) ou, de vez em quando, jogando o capitão ao mar, por vê-lo como um bode expiatório. Seguramente, se o capitão não fosse a fonte da má sorte, a tripulação seria julgada por assassinato, sujeitando-se tanto à corte marcial quanto à vingança do mar, que não tem nenhum respeito por assassinos.

— Rumamos para sudeste; não haveria mal algum em dar uma olhada antes de voltarmos ao nosso posto. O vento soprava da direção contrária, mas era leve, por isso assobiei uma brisa que permitisse nos manter firmes em nosso curso.

A expressão alegre do capitão não mudou enquanto mencionava esse detalhe. A tripulação dele devia se sentir bem confortável com um capitão assobiador, e ele deve ter tido muita prática se assobiava somente durante as grandes emergências.

— Pensei em esperar três dias, caso o tempo permitisse. Ele permaneceu firme e, cerca de duas horas antes do pôr-do-sol do segundo dia, o vigia avistou uma grande quantidade de velas. Subi para dar uma olhada. Só podiam ser francesas, e era um número muito grande de barcos para enfrentarmos, embora fossem, em sua maioria, navios de um mastro. Ainda assim, independentemente do que estivessem transportando, não podíamos permitir que uma frota francesa, mesmo pequena, atravessasse o Canal.

(É óbvio que não.)

— Lembrei-me do *Anne*. Ele devia ter saído de Plymouth com a maré favorável e, com os ventos que sopravam naquele momento, devia estar a caminho do cabo Lizard, mas não demasiadamente rápido. Se pudéssemos trazê-lo logo para o sul, seus vinte e dois canhões nos permitiriam lidar com o que quer que os franceses estivessem levando.

"Demos uma rápida guinada. Naquele momento estávamos a favor do vento e tracei as coordenadas do *Anne* no mapa. Devíamos estar um pouco ao norte, mas não o suficiente para o perdermos de vista — ou a frota — antes que eu assobiasse um vento para virar o navio.

"O vento aumentou antes do pôr-do-sol, dobrei o número de vigias e disse para a cozinha continuar fazendo chá. Chegamos antes, mas de uma forma tão perfeita que fiquei considerando se não haveria um assobiador de ventos nos navios franceses. Pouco depois da meia-noite, mandei que ficássemos

70

à capa." — Ele deu um sorriso forçado. — "Não estávamos enfrentando tempo ruim naquele momento, mas estávamos prestes a enfrentar.

"Verifiquei a carta de navegação novamente, garanti que qualquer vigia que falhasse seria jogado ao mar, entreguei ordens seladas a meu imediato e mandei que descessem o barco salva-vidas."

O capitão estava prestes a assobiar um sotavento, uma manobra muito mais arriscada do que reforçar um vento que já está soprando ou começar um em tempo calmo. Mas, tal como ocorre com qualquer vento, há o perigo de que saia de controle. Portanto, o capitão mandou que o navio permanecesse imóvel e o deixou. Melhor para o barco e, provavelmente, pior para o capitão.

— O vento estava soprando para o oeste e um pouco para o sul, tanto assim que eu sabia que outro assobiador de ventos tinha de estar por trás disso. Sir William devia estar bem satisfeito. Virei-me para o oeste e, em seguida...

Foi então que ele fez a magia que mudaria a direção do vento. Assobiadores não falam a respeito disso; supostamente isso traz *muito* azar. Além disso, o capitão Northcott conjurou magias para serem usados no mar. Se algum idiota resolvesse usar um deles em terra firme, quem poderia dizer o que aconteceria?

— Não foi fácil. Eu me senti como se estivesse duelando, e era isso que eu estava fazendo, evidentemente. O vento subiu e desceu, assim como o barco. Disse para os homens que estávamos enfrentando outro assobiador e eles cerraram os dentes, mas continuaram remando. Enfim, sentimos o vento começando a mudar de direção. Ordenei que voltássemos enquanto, sentado na popa, certificava-me de que os ventos estavam soprando tranqüilamente para leste-sul. Em seguida, bebi dois cantis e mais meia garrafa de água, depois que voltamos para o *Helena*.

Um perigo adicional: não se pode parar para comer ou beber nada enquanto se realiza uma magia. O capitão Northcott devia estar prestes a desmaiar de sede para se permitir abrir o cantil.

— Eram cerca de quatro horas da manhã quando voltamos. Verifiquei a carta de navegação novamente e acertei o curso para interceptarmos o *Anne*. Lembrei aos vigias que minha ameaça ainda estava valendo, mas que o primeiro homem a avistar o *Anne* receberia um guinéu. Ordenei que me acordassem imediatamente caso os ventos mudassem de direção e me recolhi.

"Tinha acabado de tomar o café da manhã quando ouvi o grito de 'navio à vista'. Era o *Anne*. Anotei o nome do marinheiro e coloquei minha melhor indumentária para fazer uma visita a sir William.

"Você já foi apresentada a ele, prima, portanto sabe como ele é. — O capitão Boughton riu. — Ainda assim, duvido de que você mesma ficasse feliz em me ver, dadas as circunstâncias."

— Eu lhe teria repreendido exemplarmente, para o bem do serviço, naturalmente. Mas isso porque eu saberia que você certamente tinha algo a ver com a mudança de direção dos ventos. E ele, conhecia você?

— Ele não me reconheceu imediatamente. Reconheceu o meu nome, quando por fim pude me apresentar.

"'Cyril Northcott, capitão do *Helena,* navio da guarda alfandegária de Sua Majestade', disse-lhe, e ele empalideceu de um minuto para outro.

"'O que o senhor está fazendo por *aqui*, capitão Northcott?', perguntou ele.

"'Há cerca de dez navios franceses de um mastro, carga desconhecida, dirigindo-se a Land's End', disse-lhe. 'Em nome da Fazenda de Sua Majestade, requeiro o auxílio do *Anne*, navio de Sua Majestade, para inspecionar e, caso necessário, apreender essas embarcações.'

"Começamos a quebrar o gelo. Sir William convidou-me para subir a bordo, abrimos as cartas de navegação e começamos a trabalhar. Ele estava prestes a enfurecer-se novamente, quando admiti que eu assobiara o sotavento, mas se conteve ao saber que havia um outro assobiador na área."

(É óbvio que se conteve. Que capitão cauteloso gostaria de se encontrar no meio de um duelo entre assobiadores de vento?)

— Consideramos o curso provável do comboio francês. Eles poderiam, certamente, dobrar Finisterra e sair em direção ao Atlântico, mas levando-se em consideração a batalha que travaram na noite anterior, era mais provável que estivessem a caminho de Land's End. Nesse caso, as chances maiores seriam as de que estivessem a caminho da Irlanda.

"'Você acha que eles se aproximarão muito do cabo Lizard?', perguntou ele.

"'Eles tentarão manter alguma distância do litoral, de qualquer forma', eu disse . 'Mas aquele é o melhor lugar, do ponto onde estamos, para interceptá-los.'

"O vento mudara de direção outra vez, e agora soprava do leste, calmamente. Parecia ser um vento natural, que recebia um pouco de ajuda.

"Verificamos nossos mapas novamente e chegamos a um acordo sobre o ponto de encontro e reconhecimento. Mas, antes que eu saísse da cabine, sir William disse: 'Capitão Northcott, preferiria interceptar esse comboio sob condições *naturais*, se o senhor permitir.'

73

"'O vento está soprando em nossa direção no momento', respondi-lhe. 'Não imagino que meus esforços serão necessários.'

"O barco salva-vidas levou-me de volta para o *Helena* e partimos para o ponto de encontro. Retirei a minha ameaça, mas ordenei que os vigias ficassem de olhos bem abertos tanto para avistar o *Anne* quanto os navios franceses. O vento soprou mais forte à tarde, mas sem mudar de direção, portanto chegamos rápido.

"O *Anne* atingiu o ponto de encontro mais tarde do que o esperado, perto das nove horas da noite. Eles não haviam avistado qualquer navio francês. Sir William estava disposto a esperar, como eu estivera anteriormente, por no máximo três dias. Fiz com que os homens comessem e descansassem bem, mas disse ao carpinteiro do barco que ele somente receberia seus espólios depois que o *Helena* passasse por uma minuciosa inspeção. Também fiz com que nossos atiradores exercitassem a mira.

"Em seguida, ficamos esperando. O *Anne* ficou, à capa, mais próximo do litoral, enquanto mantínhamos alguma distância. A luz do luar brilhava suficientemente para que pudéssemos avistar possíveis velas. Ainda assim, não havíamos visto nenhuma desde que fizéramos os ventos soprarem mais forte nas velas do *Anne,* e fui forçado a crer que o comboio realmente dirigia-se para Finisterra. Mas o vento continuava soprando firme do leste.

"Por volta das dez horas do dia seguinte, ouvimos um 'navio à vista' vindo dos vigias. Quando consegui avistá-los pela luneta, no tombadilho superior, enviei os atiradores aos ovéns, ordenando que alvejassem o assobiador e preparassem as armas.

"Enquanto eles se aproximavam, pudemos finalmente ver contra quem lutávamos. Havia sete navios de um mastro e um de dois mastros, todos com aprestos de proa e popa e canhões de quatro libras, e uma chalupa com doze canhões de seis libras. Todos exibiam a bandeira tricolor.

74

"Tivemos de atacar a chalupa. Talvez o *Anne* pudesse lidar com o resto do comboio, mas seguramente tínhamos menos armas do que eles.

"Olhando pela luneta, vi que a chalupa – o *Lyons* – também estava com os canhões preparados. Ela provavelmente não podia ver o *Anne,* que estava tentando posicionar-se entre o comboio e o cabo Lizard. O vento se tornara um pouco mais fraco – e aparentemente soprava com naturalidade naquele momento –, mas ainda estava contra o *Anne*, tentando jogá-lo sobre o cabo Lizard.

"Talvez o assobiador estivesse na chalupa, mas era mais provável que estivesse a bordo do navio de dois mastros, que parecia fazer a retaguarda. Avisei isso aos homens e nossos canhões abriram fogo.

"O *Lyons* também atirou, mas estávamos fora do alcance dele. Isso queria dizer que também não poderíamos atingi-lo – ambos tínhamos canhões de seis libras.

"'Mantenham o barco firme!'", gritei para baixo. O vento e as ondas nos aproximavam, e se conseguíssemos atingir seus mastros!...

"O vento e as ondas – o vento abrandava, permitindo que a escolta se mantivesse junto, mas as ondas não se acalmavam. A escolta trazia um encantador de ondas e também um assobiador! O que ele *estava* carregando?

"Os mastros", gritei. Todos os canhões daquele lado dispararam e o mastro principal despencou. Isso seria o suficiente para mantê-los fora de ação, junto com aquele maldito assobiador, até que o *Anne* surgisse, esperava. Onde estava ele?

"Nesse meio-tempo, alguns dos navios de um mastro estavam virando seus canhões em nossa direção. Eles estavam ao nosso alcance, mas eram mais numerosos. Não eram versados em táticas de esquadra, contudo, um dos navios do comboio acertou o mastro de outro. Atacamos os navios do comboio alvejando os mastros e procurando pelo *Anne. Onde estava ele?*

"Em apuros, descobrimos. Tínhamos avariado o *Lyons* e ele estava ao alcance do *Anne*, mas o assobiador estava conseguindo arremessá-lo contra o cabo Lizard. Com quase todos os marujos ocupados na tentativa de mantê-lo longe das pedras, não havia tempo para disparos certeiros e o vento começou a soprar mais forte...

"Estávamos a nordeste do *Anne* agora. Seria preciso manter o *Anne* em mar aberto e, para tanto, necessitaria de um vento oeste tranqüilo. Também assobiaria contra o comboio, até que o assobiador francês começou a agir. Já estava na hora de nos aproximarmos para destruí-lo.

"Enchi a boca com água e assobiei. O vento veio imediatamente e, em menos de dez minutos, o *Anne* conseguiu afastar-se para o mar novamente. Ele demorou um pouco para disparar, pois os canhoneiros tiveram de preparar as armas outra vez, mas enquanto dávamos a volta por trás do comboio podíamos ver uma nuvem de pólvora.

"Tive de manter o vento firme, e os homens trabalhavam numa harmonia maior do que a de muitos músicos que já vi tocarem. Como queríamos nossos espólios, disparamos para avariar, o que significava que teríamos de tomar cuidado com heroísmos de última hora. Mas eles foram eficientemente apaziguados; meus atiradores acertaram cada um dos vigias do navio de dois mastros para se certificarem de ter matado o assobiador. Notei no momento em que ele caiu, pois dava para sentir um vento que ele estava construindo prestes a soprar mais forte. Eu o mandei para nordeste, para longe de nós. Não, não foi um irlandês, prima, foi um francês.

76

" Até as cinco da tarde, todas as bandeiras tricolores haviam sido arriadas. A carga era a de sempre: vinho e conhaque, chá, sedas e bordados, armas, ouro e documentos."

— Mas em grande quantidade? — perguntei-lhe. — Por quê? Para onde se dirigia?

— Isso eu não posso revelar.

— E os tripulantes? — perguntou a Srta. Boughton.

— Eram cidadãos franceses, a maneira como se referem a si próprios. Eles serão libertados em solo francês, nas Índias Ocidentais ou, quem sabe, em Nova Orleans.

— E o que aconteceu com sir William? — perguntou a Srta. Boughton.

— Foi bom ele ter trocado as bombas. O barco dele engoliu muita água enquanto lutava contra aquelas ondas. Mas a parcela que ele recebeu vai ser um belo acréscimo à sua fortuna, e eu tampouco posso reclamar da minha! Ainda assim, ele ficou feliz de se distanciar de mim. Ele ia *prosseguir* até Kingston ontem.

— Quando sairá novamente com o *Helena*? — perguntou ela.

— O tenente Marsdon sairá com ele na semana que vem. Disseram-me para permanecer em Bristol para cuidar de... alguns problemas. Acho que ficarei por lá durante um mês. Depois disso, veremos.

— Veremos — disse ela sorrindo.

Fiquei pensando naquele sorriso, enquanto voltava de Abbottsford, e decidi aumentar a freqüência de minhas visitas. Na verdade, o vigário certamente *não* aprovaria isso, mas talvez o consultasse discretamente sobre alguma poção do amor...

O DEMÔNIO E O CAPITÃO BRIGGS

John J. Ordover

ssim falou o velho lobo do mar:
Se, no ano de 1926, o padre Dominicus, da ilha de San Pedro (e da missão do mesmo nome), não tivesse encontrado e prontamente destruído o seguinte relato, o mistério do *Mary Celeste* não teria chegado a nós como um conto que alerta sobre os caprichos do mar. Pelo contrário, a nau amaldiçoada teria desempenhado apenas um papel coadjuvante na trágica história de outro lendário navio.

O relato foi rabiscado pela mão de um certo capitão Benjamin S. Briggs, que outrora fora o comandante do navio abandonado. O padre Dominicus resgatara o capitão Briggs, quase afogado, das turbulentas águas da costa sul de San Pedro. Com seu caridoso coração cristão, o padre acolheu Briggs na missão e o acomodou num quarto ao lado do seu, devolvendo-lhe o máximo de saúde possível.

Apesar do cuidadoso auxílio prestado pelo homem santo, o juízo do capitão Briggs nunca voltou inteiramente ao normal. Ele dormia durante o dia e passava as noites escrevendo fervorosamente, jurando vingança contra o demônio pelo que este havia feito a ele e à sua família. As conversas noturnas do capitão Briggs com o amaldiçoado serviam apenas para motivar o bom padre a tomar cuidados ainda maiores por ter, perante ele, claramente, uma alma bastante necessitada de conforto.

Quando o capitão Briggs morreu, vários meses mais tarde, nunca tendo desistido de suas tentativas noturnas de se comunicar com as forças demoníacas, seria possível facilmente perdoar o padre Dominicus por ter dado apenas uma rápida olhada nos pedaços de papel rabiscados pelo capitão, reparando em seu conteúdo, e por tê-los queimado. Se não tivesse feito isso, entretanto, talvez algo assim tivesse chegado a nós:

Meu nome é Benjamin Spooner Briggs e no passado fui o capitão do *Mary Celeste*, como também, no passado, tive uma família e acreditava ser um homem dedicado ao poder e à misericórdia infinitas de Nosso Senhor.

Acreditava, ainda, que o mar fosse um mestre duro, embora não cruel, e que, apesar de lançar muitos desafios, estes não fossem maiores do que aqueles apresentados por uma montanha alta ou uma caverna profunda; que seus desafios, embora verdadeiros e difíceis de vencer, estavam inseridos, em sua totalidade, dentro da esfera do que os homens costumam descrever como sendo o mundo natural.

Não tinha tolerância alguma com histórias sobre sereias, monstros marinhos ou serpentes enormes que destroçavam navios. Considerava-as apenas como divagações ébrias de pobres marinheiros que procuravam desculpas para a sua loucura por meio de relatos aterrorizantes. As lendas de fantasmas marítimos, quer as de homens que se afogaram, quer as de navios amaldiçoados, também não surtiam qualquer efeito em mim.

Ao assumir o comando do *Mary Celeste*, eu me familiarizei com sua história. Ele anteriormente chamava-se *Amazon* e adquirira a detestável reputação de ser um navio fadado aos contratempos. Para mim, esse tipo de conversa era tolice. O que acreditava ter aprendido nos três navios que comandara anteriormente era que um barco é fadado a acidentes na mesma medida em que o capitão e a tripulação dele o são.

O que via à minha frente era apenas um brigue de madeira de pouco mais de trinta metros de altura e cerca de cento e quarenta quilos. Ele fora lançado ao mar na Nova Escócia e acabara de ser reparado de popa a proa e, antes que você me tome por um incauto pelo que aconteceu comigo e com a minha tripulação, deixe-me tranqüilizá-lo quanto a isso. Atravessei o navio pessoalmente, verificando cada linha de costura, e passei a minha mão em cada metro de vela. Tudo estava perfeito, exceto por uma coisa.

Acima da cama, em minha cabine, que preparara para acomodar minha esposa, Sarah, e minha filha (ah, se o meu amor por minha esposa não fosse tão forte a ponto de não suportar ir para o mar sem ela, como meu destino poderia ter sido diferente!), um infeliz artesão talhara uma blasfema prece marítima: "Se Deus achar que devemos afundar, que o demônio nos mantenha flutuando." Naquele tempo, eu era um homem meticuloso e temente a Deus; portanto ordenei que removessem o pedaço de madeira talhado e o trocassem. Mas a prece continuou a me acompanhar assim mesmo.

Quanto à tripulação, era muito variada. Meu primeiro imediato era Albert Richardson, um homem robusto que piscava amigavelmente e tinha a reputação (apesar de ter somente um metro e cinqüenta e cinco de altura) de ser capaz de derrubar ursos, uma fama que ele não alimentava, mas também não refutava. Ele tinha tanta capacidade para comandar um navio quanto eu.

Sabia pouco sobre o segundo imediato e, como ele era dinamarquês e falava apenas sua língua natal, não aprendi muito mais a respeito dele, exceto seu nome, Andrew Gilling.

80

Os outros membros da tripulação eram alemães e consistiam em dois Lorenson, um mais velho e o outro mais jovem, e Martens e Gondeschall, que falavam um pouco de inglês e sabiam navegar como se tivessem sido criados a bordo de um navio. Nosso camareiro de bordo e cozinheiro era um americano, Edward Head, e conhecia bem o seu ofício.

Navegamos do porto de Nova York no dia 7 de novembro de 1872. Despedi-me de meu filho Arthur, que ficou em terra firme para continuar os seus estudos e, assim, evitou o destino que desabou sobre o resto de nós. Partimos numa manhã ensolarada, rumo a Gênova, com uma carga de 1.701 tonéis de álcool americano, enviados por Meissner Ackermann & Co., que seriam usados para encorpar vinhos.

Era um dia movimentado, mas límpido, o próprio oceano calmo e hospitaleiro e o forte vento que soprava do sudoeste não poderiam ter sido mais bem talhados para nós se os tivéssemos encomendado a um mestre-artesão. O primeiro imediato, Richardson, que tentava calcular a velocidade do barco jogando lascas de madeira por sobre a amurada da proa e contando os segundos que levavam para passar pela popa, estimou que navegávamos a uma velocidade de cerca de oito nós. Era um começo de viagem tão promissor quanto qualquer outro que fizera.

Não havíamos nos distanciado nem vinte e quatro horas do continente quando ouvimos um estranho som rascante ecoar pelo barco. Imaginei que fossem despojos e ordenei que todos os homens, à exceção de Richardson, que estava ao leme, fossem para os costados do navio. Não havia nada nem a bombordo nem a estibordo, mas o som rascante continuava. Um dos Lorenson — agora não me lembro se foi o mais jovem ou o mais velho — sugeriu que nossa carga estivesse se movimentando e que o navio meramente ecoava o som disso de alguma maneira.

Quando desci até o compartimento de carga para verificar a teoria de Lorenson, descobri, para meu horror, que o som vinha da parte inferior do navio.

Aqueles dentre vocês que acreditam em lendas das profundezas talvez não compreendam a fonte do meu temor. A primeira coisa que me veio à mente foi que, de alguma maneira, tivéssemos saído da rota para águas muito mais rasas do que imaginávamos, ou que tivéssemos perdido o rumo e batido em um pico de montanha submarino desconhecido. A possibilidade de um casco partido ao meio em pleno oceano é algo que deve fazer (e faz) com que o coração de qualquer marinheiro congele.

Corri de volta ao tombadilho e ordenei que as velas fossem abaixadas e a velocidade do navio fosse reduzida o máximo possível. A tripulação obedeceu rapidamente. O primeiro imediato, Richardson, depois que as velas haviam sido abaixadas, questionou-me sobre a razão por trás de minhas ações e, em seguida, concordou prontamente. A velocidade do navio diminuiu e navegávamos levemente seguindo a corrente. Mesmo assim, com tudo isso, o som rascante não cessou — na verdade, tornou-se mais forte.

Subitamente, o navio adernou a bombordo e os homens foram derrubados. Em seguida, adernou para o outro lado, ou talvez não tenha adernado, mas se inclinou a estibordo de forma tão súbita a ponto de fazer com que deslizássemos pelo tombadilho em direção às profundezas do oceano. Ouviram-se gritos no ar, gritos de medo, os meus assim como os dos outros. O navio se manteve erguido durante um longo tempo e, em seguida, com uma atordoante sensação de liberdade, caiu de novo na água na posição correta. O ar se tornou mortalmente calmo.

O som rascante também cessou. Longos momentos se passaram sem que nada chegasse aos meus sentidos além do familiar

82

aroma do sal e os sons do mar. Espantei o medo e concluí que aquilo não fora causado pelo pico de uma montanha ou por águas rasas. Não sabia do que se tratava, mas queria que mantivesse distância do meu navio a qualquer custo. Da mesma forma como antes determinara que o navio parasse, agora revia as minhas ordens, ordenando que navegasse a toda a velocidade possível.

As velas foram içadas e o navio estava pronto para navegar mais rápido do que minhas mãos trêmulas levam para escrever sobre isso. O vento soprava a nosso favor, as velas se enfunaram magnificamente e o navio seguiu adiante em boa velocidade, ou assim pensávamos.

Foi Richardson quem concluiu que não nos movíamos. As velas nos empurravam com força suficiente, mas algo estava nos ancorando no lugar, algo abaixo de nós que não conseguíamos enxergar.

Descobri, por intermédio de Richardson, que Gilling era o melhor mergulhador da tripulação. Por meio de sinais, combinamos que ele desceria para descobrir o que nos mantinha presos. Não era meu costume arriscar a vida dos meus tripulantes, portanto Gilling foi abaixado com a cintura amarrada a uma corda forte, para que pudéssemos puxá-lo de volta em caso de perigo.

Depois do primeiro mergulho, ele sinalizou que não conseguira submergir suficientemente, portanto demos mais corda e lhe entregamos um pesado pedaço de metal para fazer com que descesse mais rápido. Gilling desapareceu sob a superfície e passaram-se apenas alguns instantes antes que sentíssemos algo forte puxando e empurrando a corda, e acreditamos que fosse o sinal para que trouxéssemos Gilling de volta o mais rápido possível.

Num primeiro momento, ele parecia tão pesado que não daríamos conta de resgatá-lo; a corda resistia à medida que a puxávamos. Seguramente, pensamos, ele teria largado o pedaço de metal e sinalizara pedindo que o puxássemos.

Subitamente, a tensão na corda diminuiu e ela afrouxou em nossas mãos. Nós a puxamos o mais rápido que pudemos. O corpo de Gilling fora cortado ao meio por uma mordida, como se um peixe tivesse comido parte da isca presa ao anzol. Sobraram apenas a cabeça e os braços, assim como parte de seu peito. A água do mar e o sangue se misturavam e eram expelidos do corpo por buracos que nenhum homem poderia imaginar.

Soltamos a corda e o corpo do pobre Gilling caiu no oceano. Recompusemo-nos e corremos até a amurada para ver se ainda havia restos mortais de Gilling que pudessem ser resgatados e entregues a seus entes queridos.

Em vez disso, fomos confrontados com uma visão horripilante: uma criatura gigantesca, com mandíbulas do tamanho de uma baleia e tentáculos azul-claros que se estendiam de seu rosto como larvas fugindo da luz do sol. Tinha olhos gigantescos, um em cada lado de sua cabeça cuneiforme, e presas afiadas que saíam dos cantos da boca. Havia sangue em sua bocarra, o sangue de Gilling.

A criatura abaixou a cabeça e vasculhou a água. Ao ver os restos de Gilling, ela os engoliu depressa e, em seguida, virou-se para nos olhar.

Minha pistola, a única arma a bordo, surgiu espontaneamente em minha mão. Carreguei-a rápido e disparei no rosto horripilante que flutuava à minha frente. O tiro não surtiu qualquer efeito aparente. A criatura se aproximou do costado do navio e começou a tentar sair da água em direção ao tombadilho.

O que aparecia na superfície era apenas uma porção pequena do gigantesco corpo do animal. Enquanto tentava subir, o navio balançava com seu peso e concluí que seu objetivo era nos afundar para se deleitar com nossos corpos. Meus homens golpeavam com facas, tentando cortar os ganchos carnudos da criatura para fazer com que voltasse para as profundezas. Não adiantava. O navio adernava cada vez mais.

Enquanto lutávamos para permanecer em pé no tombadilho molhado e escorregadio, os tentáculos pareciam se tornar maiores e mais longos a olhos vistos. Descrevendo longas curvas, três deles estenderam-se para colher homens do tombadilho e carregá-los pelo ar, gritando, até a boca cavernosa do animal. Quatro outros se esgueiraram, tateando pelo tombadilho e escorregando até o compartimento de carga e a galeota — vi o pobre Edward Head ser arrastado e engolido —, e abriram a porta de minha cabine, atrás da qual minha amada Sarah e nossa preciosa filha, de apenas dois anos, haviam se escondido. Em instantes, os gritos de minha esposa, misturados com os de minha filha, se juntaram aos gritos agonizantes de meus homens para criar o berreiro mais horripilante que já tive o infortúnio de ser forçado a ouvir.

Estávamos acabados. Como teria sido melhor morrer honrosamente sem que as infelizes e infiéis palavras tivessem saído de minha boca! Mas, naquele momento, pensei somente em salvar minha família, minha tripulação e, sim, a mim mesmo também.

— Se Deus achar que devemos afundar — roguei —, que o demônio nos mantenha flutuando.

No momento em que acabei de fazer a súplica macabra, vi um navio grande surgir ao nosso lado. (Como ele se aproximara tanto sem que eu percebesse não tinha como saber e nem reparei, naquele momento, que a escuna não deixava rastros na água e parecia estar navegando no ar. O fato de os mastros serem negros e as velas, cor de sangue, também escapou à atenção de meus olhos aflitos.)

Vi cerca de duas dúzias de marinheiros bem armados, suas vestes pálidas na luz do sol refletida pela água. Antes de se terem aproximado suficientemente, imaginava eu, eles saltaram a distância entre o meu navio e o deles e se juntaram aos poucos sobreviventes na luta para fazer com que o monstro nos soltasse e também ao barco. O capitão do outro navio gritou uma ordem numa voz grossa e um arpão de ferro farpado voou de seu navio, penetrando na carne do animal que nos mantinha cativos.

A maior parte da tripulação dele puxou a corrente de ferro do arpão e, logo, a batalha travada em duas frentes por aqueles salvadores – pois naquele momento pensava serem isso – começou a virar a maré a nosso favor. Um segundo arpão foi disparado, em seguida um terceiro e, à minha volta, os tentáculos da criatura eram retalhados pelos braços fortes e as facas afiadas dos homens do misterioso navio.

Não demorou muito para que o enorme bicho fosse arrancado do meu navio e jogado novamente na água. Assim que a situação se acalmou, o capitão ordenou que seus homens cortassem as cordas dos arpões e a criatura afundou novamente sob as ondas, o tempo todo regurgitando um sangue negro.

Antes que me desse conta, os homens do outro navio haviam, de alguma forma, voltado para lá, deixando-me junto com o imediato Richardson para contar os mortos. Não foi uma tarefa agradável e, infelizmente, durou um bom tempo. Além de Richardson e de mim, descobrimos que a única outra sobrevivente era minha jovem filha, Sofia, que estava sentada chorando pela mãe, mas minha bela esposa não podia mais responder ao chamado.

Depois que entregamos ao mar todos aqueles que o monstro marinho (pois de que outra forma poderia chamá-lo?) não leva-

86

ra, sentei-me no tombadilho com Richardson, Sofia dormindo inquieta em meu colo, eu tentando entender como aquilo tudo desabara sobre mim. Um movimento no outro navio sacudiu o meu estupor. Um marinheiro gesticulava, deixando claro que éramos esperados a bordo da silenciosa embarcação que salvou nossas vidas.

Levantei-me, com a pequena Sofia em meus braços, e limpei a poeira de minha roupa na medida do possível. Não sentia vontade de conversar com ninguém, mas como poderia rejeitar o convite do homem cuja presença salvara o pouco que me restava? Gritei que iria dentro de algumas horas.

Naquela noite, Richardson, Sofia e eu subimos a bordo do último barco salva-vidas que restava e remamos para longe do *Mary Celeste*, sem saber que nunca mais pisaríamos em seu convés.

Notei que havia algo de estranho antes mesmo de entrarmos no navio. Em primeiro lugar, ele era de um modelo que não era mais construído havia cem anos, talvez até cento e cinqüenta. Entretanto, parecia ter acabado de sair do estaleiro havia apenas algumas semanas. Ademais, como estava escurecendo e o sol já se punha no horizonte, notei que, além de as velas serem pintadas de vermelho, uma sinistra luminosidade rubra emanava delas.

Apesar do brilho rubro, podia ver o rosto de Richardson pálido de temor, como se ele reconhecesse que o navio no qual agora embarcávamos fosse um pesadelo ainda maior do que aquele do qual ele nos salvou. O que poderia amedrontar tanto um homem que eu sabia ser tão corajoso?

A tripulação do navio também era pálida, apesar da luz avermelhada, e permaneceu de pé, em silêncio, quando o capitão deu um passo à frente para falar conosco. Ele também vestia roupas que estiveram na moda havia mais de um século. A voz dele, quando falou, era a de um homem movido por forças além de seu alcance.

Independentemente de suas crenças, o capitão nos acolheu como colegas, e não como refugiados. Ele falou sobre o laço de ajuda mútua existente entre os marinheiros e de como, nas raras ocasiões em que os homens pediam auxílio a seu atormentador — essa foi a palavra que ele usou, *atormentador* —, saía de seu interminável caminho para fazer o que era certo.

Ele disse que, como o navio dele não podia atracar em nenhum porto, ele nos levaria a um lugar próximo ao litoral e permitiria que seguíssemos nossa viagem no barco salva-vidas que nos levara ao seu navio.

Perguntei-lhe sobre o meu navio e sua carga, oferecendo-lhe que dividíssemos os suprimentos como forma de agradecimento por nos ter salvo, mas ele recusou, alegando que essas coisas não tinham qualquer utilidade para ele e para os seus homens. Quanto ao navio, ele não podia e não deixaria que retornássemos para ele. Ele era tão amaldiçoado, agora, quanto o navio dele, disse o homem. Deixe que navegue sozinho sem uma tripulação escrava.

Notei que Richardson, apesar de todo o temor, sabia quem era aquele estranho capitão e que estranho navio era aquele a bordo do qual nos encontrávamos. Eu, que rejeitava as lendas do mar, não tinha esse tipo de conhecimento. Tudo o que pude fazer foi agradecer ao capitão por salvar a minha vida e a de minha filha e concordar com as condições por ele impostas.

A um sinal do capitão, o navio começou a navegar silenciosamente. Um tripulante levou minha filha, Richardson e a mim até uma cabine vazia na coberta de proa.

Depois que minha filha adormeceu no beliche preso à parede, Richardson chamou-me em um canto e explicou-me qual era o navio no qual navegávamos e quem era o seu capitão. (Devo dizer que, mesmo com meus pés fincados naquela realidade, recusei-me, inicialmente, a acreditar nele.) Irritado com o que considerei ser uma estupidez da parte dele, saí da cabine para o convés. O mar para o qual eu olhava fixamente era o mesmo de sempre. Passaram-se realmente apenas algumas horas desde que navegara calmamente pelas águas, na condição de confiante capitão de meu próprio navio, com uma esposa que eu amava profundamente ao meu lado?

Enquanto olhava fixamente para a superfície da água, senti a presença silenciosa de alguns membros da tripulação atrás de mim. Virei-me para lhes divertir com a idéia insana que Richardson tinha sobre o navio. Foi quando reconheci um deles, e meu coração parou de bater por um momento.

Era um dos Lorenson e, novamente, não consigo me lembrar se era o mais novo ou o mais velho dos dois.

Tinha visto aquele homem morrer com meus próprios olhos. Entretanto, ali estava ele entre a tripulação de Van Der Decken.

Soube, então, que era verdade, que Richardson tinha razão, que estávamos a bordo do mais amaldiçoado de todos os navios, o *Holandês Voador*, e que foi a minha prece ao demônio que o trouxera até nós.

Dei-me conta do alcance da tragédia do navio e desejei fervorosamente que pudesse fazer algo por aqueles pobres homens, espíritos fadados a navegar pela eternidade, auxiliando aqueles que pedem ajuda ao demônio. Decidi-me que, assim que chegasse a terra firme, tentaria encontrar uma igreja, não, um mago, que pudesse ser consultado para tentar acabar com a maldição que mantinha o *Holandês Voador* singrando os mares. Eles haviam salvado a minha vida e a de minha filha, e talvez eu pudesse salvá-los.

No momento seguinte, Gilling vagou por mim, o corpo fantasmagórico inteiriço, enquanto seu corpo de carne e osso fora esquartejado. Foi então que o pensamento veio à minha mente. Aqueles que haviam morrido no *Mary Celeste* se encontravam, agora, ali, naquele navio. Isso significava que, em algum lugar daquele tombadilho, vagava o espírito de minha esposa.

Corri para falar com o capitão e pedir-lhe que a chamasse à minha presença, para que pudesse falar com ela uma última vez. Ele se limitou a rir de mim. Uma mulher num navio?, disse ele. Nunca. Afinal de contas, era um mau agouro.

Fiquei imaginando como um homem amaldiçoado por toda a eternidade podia se preocupar com sua sorte. Respondi-lhe que mulheres, seguramente, de vez em quando morriam no mar, assim como os homens, e que os espíritos delas certamente também ficariam no navio.

Ele concordou que isso podia até ser verdade, mas que, caso o fosse, tais espíritos se manteriam bem distantes dele e de sua tripulação.

A aceitação dele, entretanto, me deu esperanças de ver e de conversar com minha esposa pela última vez. Se conseguisse vasculhar o navio de cabo a rabo mil vezes, encontraria Sarah e estaria com ela por um último momento. Por isso, fiz meu segundo pedido ao demônio naquele dia. Pedi ao capitão que não me mandasse embora com Richardson e minha filha, mas que me fosse permitido permanecer a bordo até o momento em que encontrasse o espírito de minha mulher.

Ele olhou fixamente para mim, com um olhar que me atravessou até a alma. Em seguida, concordou em me manter no barco por algum tempo, embora, disse ele, talvez fosse por um tempo bem mais longo do que eu jamais pudesse sonhar.

Entreguei minha filha aos cuidados de Richardson e contei-lhe sobre meu filho em Nova York. Ele me jurou que criaria

90

Sofia como se fosse sua filha e faria o maior esforço possível para encontrar e também cuidar de Arthur. Nós o deixamos perto do litoral sul da América e ficamos olhando enquanto ele remava rumo à costa.

Quando o perdemos de vista, o navio se virou e voltou para o mar.

Poderia contar muito sobre o que aconteceu com o navio enquanto ele navegava e eu procurava. Para mim, era como se apenas alguns meses estivessem se passando, mas, com base nos ocasionais passageiros que pegávamos, descobri que o tempo se passava muito mais rápido do que eu poderia imaginar. As roupas se tornavam estranhas e os navios, ainda mais estranhos. O mundo para o qual eu voltaria, sabia eu, seria totalmente diferente. Minha filha estaria crescida, talvez até com sua própria família. Mas, mesmo assim, continuei procurando por minha esposa, esperando pelo dia feliz em que a reencontraria.

Eu realmente a reencontrei, mas não foi um dia feliz. Tinha terminado de vasculhar o navio minuciosamente e estava pronto para recomeçar. O capitão não se encontrava no tombadilho, e eu queria fazer-lhe algumas perguntas sobre a estrutura do navio e o lugar onde se encontrariam os compartimentos secretos utilizados pelos contrabandistas. Fui até a cabine dele e ouvi uma voz feminina familiar vindo de dentro.

Radiante, abri a porta rapidamente para ver minha esposa Sarah abraçada com o próprio capitão Van Der Decken. Ela ficou olhando fixamente para mim por um bom tempo sem me reconhecer. Em seguida, como se estivesse se lembrando de uma vida passada, ela disse o meu nome, num tom de indagação, e admiti que era eu mesmo.

Sarah desvencilhou-se do capitão e postou-se à minha frente, com o espectro tão bonito quanto seu corpo vivo havia sido.

Ela falou comigo calmamente, num tom amável, porém distante. Ela me amara muito quando viva, Sarah reconheceu, mas agora a morte nos havia separado e nossos destinos não mais podiam se entrelaçar. A morte dela no mar a lançara ali, naquele navio, e seria ali que a história dela continuaria.

Fiquei em pé, estupefato. Então, não havia mais qualquer esperança, pensei, de me reunir com Sarah, mesmo na vida após a morte.

A não ser que eu também morresse no mar.

Se hesitasse, mesmo que por um instante, eu fraquejaria. Virei-me, saí correndo da cabine e joguei-me da amurada.

Tomar coragem por um momento é fácil, difícil mesmo é manter a determinação durante todo o ato de autodestruição. Enquanto a água do mar enchia os meus pulmões, senti que estava, involuntariamente, lutando por minha vida com toda a força possível. Mais uma vez, meu medo da morte levou-me à prece que jurei nunca mais pronunciar:

— Se Deus achar que devo afundar, que o demônio me mantenha flutuando.

A água me sugou para baixo rapidamente e tudo ficou escuro até que acordei, não a bordo do *Holandês*, com minha Sarah, mas aqui nesta missão, onde o bondoso padre Dominicus explicou-me que Deus me salvara de morrer afogado e me confiara às mãos dele.

Permanecer vivo, mas sem Sarah? Não fora Deus, sabia eu, quem me salvara, e sim o demônio que me mantivera flutuando.

Sei que terei apenas alguns momentos de lucidez antes que o ódio que sinto de mim mesmo e de minha covardia me consuma e este momento se aproxima novamente.

Pelo menos consegui concluir meu relato, que espero seja de valia para os outros.

O demônio deu-me a vida quando desejei viver, mas, em seguida, negou-me a morte quando buscava a libertação. Não busco mais nenhum dos dois, apenas quero vingança contra o maldito, algo que tenho pouca esperança de obter nesta vida ou na outra. Pouca esperança, mas agora, talvez, fé suficiente.

O capitão Briggs morreu pouco tempo depois de concluir seu relato. O padre Dominicus o enterrou no pequeno cemitério que ficava atrás da missão. Pelo resto da longa vida dele, o bom padre rezou diariamente pela alma do capitão... ou pelo menos foi isso que ouvi dizer.

TRIBUTO

Kristine Kathryn Rusch

Estávamos no Pacífico, um longo trecho de nada, cinza sobre cinza, estendendo-se eternamente.

Isso foi no começo da guerra e nossos traseiros ainda doíam da surra que os japoneses nos infligiam. Eu era um tenente recém-promovido, encarregado de uma tarefa detestável: cabia a mim ler e censurar a correspondência antes que deixasse o navio.

Tenho certeza de que nossos rapazes sabiam que alguém lia a correspondência. Tenho certeza de que todos sabiam que era eu. Mas não ficávamos exatamente discutindo o que fazíamos. Eu era apenas um, dentre alguns burocratas de patente, num navio em que a maior parte dos homens realizava o trabalho sujo. Imagino que me sentia mais desconfortável do que eles; afinal de contas, sabia mais sobre qualquer um do que eles me contariam abertamente.

... Judy, querida: sonhei com você nas últimas três noites. Sanders, meu companheiro de beliche, acabou me dizendo que tivesse pensamentos mais puros — acho que me entreguei ao gemer enquanto sonhava...

... Martha, você se lembra daquela noite em Wisconsin Point? Às vezes, sinto como se ainda estivesse com areia em minhas ceroulas...

94

... E, mãe, não diga nada a Carl sobre quando eu voltarei. Não vale a pena desapontar o garoto. Mas tenho um pressentimento de que as coisas não sairão exatamente como planejamos...

Esperanças, sonhos e temores, todos manuscritos, todos íntimos. Os rapazes certamente sabiam que alguém os leria, mas mesmo nessa, a primeira missão deles — talvez especialmente nessa —, estavam amedrontados e com saudades de casa. A excitação que os levara a se alistar foi abandonada no primeiro dia de treinamento.

Eu era um veterano mais experiente. Alistei-me em 1939 por diversos motivos. Meus pais haviam morrido e minha namorada se casou com outro homem. Tinha partido de Connecticut irritado e deprimido. Havia indícios de que entraríamos em guerra; todos sabíamos disso, e eu acreditava que, caso me alistasse logo, teria uma chance maior de sobreviver.

É difícil descrever o quão ingênuos nós éramos. Tínhamos acabado de sair de Seattle, fazendo uma parada no Havaí. Olhamos para aqueles navios carbonizados que ainda enfeitavam Pearl Harbor, vimos alguns dos sobreviventes gemendo nos hospitais que restaram e renovamos nosso sentimento de patriotismo.

Mas, no meio de um oceano acinzentado, com apenas água e céu ao redor, era fácil esquecer o quanto queríamos nos vingar. Passávamos as noites ouvindo o barulho dos motores — a única coisa que nos separava de um túmulo úmido — e sabíamos que nos dirigíamos rumo ao desconhecido. Não importava quanta razão tínhamos em nossa missão. Nossas vidas haviam mudado e ainda não tínhamos nos acostumado com isso.

Não fazíamos parte de uma frota. Pensávamos que nos juntaríamos a uma em Pearl Harbor, mas as ordens mudaram. Naturalmente, não soubemos sobre a mudança antes de pararmos, reabastecermos e partirmos sozinhos.

95

Sentíamos como se as batalhas estivessem sendo travadas à nossa frente, como se estivéssemos sempre nos esforçando para alcançá-las. Alguns alferes faziam a vigia no tombadilho, preocupados com as missões suicidas dos japoneses. Essas preocupações também eram externadas nas cartas — e eu as censurava, usando uma grossa tinta preta em ambos os lados do papel para que ninguém pudesse ler o que os rapazes diziam. Às vezes eu literalmente recortava o papel e colava o que sobrava com fita adesiva. Dessa forma, o pessoal nos Estados Unidos não saberia se o pequeno Johnny estava lutando no Pacífico ou no Atlântico e o quão amedrontado ele estava.

Mas eu sabia. O medo se apegava a mim, me assombrando por meio de diversas vozes quando me deitava no beliche. Tive direito a uma cabine — menor do que a latrina, mas pelo menos privada — devido à natureza sigilosa de meu trabalho. Acredito que os oficiais temessem que eu me abrisse com meu colega de beliche ou falasse enquanto dormia, portanto eles me censuraram da única maneira que podiam: permitindo que eu tivesse privacidade.

Em minha privacidade, não restava muito a fazer, a não ser pensar sobre o que eu lia. A esperança de Hastings de que sua filha recém-nascida estivesse bem; as preocupações de Carmichael com sua esposa, que nunca havia morado sozinha; e todos aqueles investimentos que LeMeu fazia a distância. Ainda assim, quando as coisas estranhas começaram a acontecer, não dei muita atenção a elas. Estava concentrado nas fofocas, perguntando-me como um sujeito esquelético como Daemer conseguia convencer uma mulher a sair com ele, o que dizer cinco mulheres diferentes às quais ele declarava amor eterno.

Acredito que Muriak tenha sido o primeiro a mencionar o navio. *Parece um navio-pirata* — escrevia ele em sua prosa impostada — *com muitos mastros e cordames. Mas também deve ter um motor, pois ele está sempre à nossa espreita. Sempre nos perseguindo bem de perto.*

Cortei a menção sem refletir muito a respeito – exceto por reparar na maneira supersticiosa como ele se referia ao navio. Lembro-me até de ter pensado em adverti-lo: não era permitido aos homens fazer qualquer referência à guerra (não é de estranhar que tantas daquelas cartas acabassem soando pornográficas: não havia outro tema sobre o qual eles pudessem discorrer), mas mudei de idéia quase que imediatamente. Se advertisse todos os rapazes que quebravam as regras, ficaria sem uma ocupação. Ou, pior ainda, todos eles se lembrariam de que eu era o sujeito que lia suas correspondências e sabia exatamente tudo o que eles queriam fazer com suas namoradas (freqüentemente em terríveis detalhes gráficos) quando voltassem para casa.

Já me tornara muito visado naquela viagem. Eu cumpria com as minhas obrigações e, embora fosse a coisa certa a fazer, isso havia desagradado a todos – inclusive a mim mesmo. Ainda assim, eu prestava atenção. (Tinha de fazer isso.) Era o meu dever.

Muriak cumpria o primeiro turno da vigia na maioria das noites, e parecia que ficar sentado sozinho no escuro começou a enlouquecê-lo. Pelo menos foi isso que pensei. Se algum navio estivesse nos perseguindo, como ele escreveu, ele teria avisado o capitão – era um de seus deveres. Verifiquei, discretamente, e descobri que ele não fizera isso.

A segunda menção surgiu numa carta diária que DeBeyr escrevia a um velho amigo de Princeton, dispensado por motivos médicos. *Ao que tudo indica, o Barba Negra está nos perseguindo,* escreveu ele. *Fico imaginando o que devemos fazer se ele tentar nos abordar.*

Também censurei essa. Embora fosse apenas fantasiosa, parecia algo escrito em código – e não seria apropriado que caísse em mãos inimigas.

Na carta seguinte, a de Briscoe, estava escrito isto: *Alguns dos rapazes avistaram um navio-fantasma. Acho que isso se deve ao fato de ter de ficar olhando para o nada o dia inteiro. Você não tem idéia de quão deprimente isso é, ficar olhando para o mar e o céu sem que veja nada que lhe permita vislumbrar a linha do horizonte. Quando você só vê o vazio ao seu redor, começa a inventar coisas para preenchê-lo.* Minha caneta preta também censurou aquele trecho, apesar de toda a sabedoria que continha. No entanto meu estômago ficou apertado. Não por o estar censurando – acredite ou não, me acostumei com isso rapidamente –, mas por causa do tom e da idéia de que alguns recrutas estivessem lenta e decididamente enlouquecendo.

Li a carta de Briscoe pouco antes do almoço. Acabei de lê-la (ele escrevia para a irmã todo dia, embora os dois não estivessem muito próximos quando ele partiu). *Imagino que necessite de uma pessoa solidária com quem possa me abrir*, dizia ele em sua primeira carta. Também cortei aquela frase, coloquei a carta no pacote que seria deixado no porto seguinte – onde um outro censor verificaria o meu trabalho antes de enviar a correspondência – e saí do meu cubículo.

Meu escritório também era particular e cubículo era uma boa forma de descrevê-lo. Pequeno, quadrado e repleto de papéis, mal havia espaço suficiente para colocar uma cadeira e uma mesa. Eu trabalhava em silêncio, lendo as cartas alheias e tomando decisões a respeito delas. O quarto não tinha janelas ou qualquer charme, e, durante o tempo que passei no navio, não o decorei. Acho que uma parte de mim queria que parecesse sujo e secreto como o trabalho que eu fazia.

Quando saía do escritório, como fiz depois de ler a carta de Briscoe, tinha de esconder tudo na escrivaninha, trancar a porta e botar a chave no bolso. Sempre girava a maçaneta para me certificar de não estar cometendo um erro. Era mais para me proteger do que para proteger as cartas. Os rapazes sabiam que estavam sendo censurados; eles só não podiam saber a que ponto.

Procurei o capitão e o encontrei no refeitório dos oficiais, preparando-se para almoçar.

— Você chegou cedo, Kenyon — disse ele, enquanto ia com uma xícara de café até uma mesa próxima. Ele era um homem robusto, com um rosto sempre corado. Os cabelos curtos e louros deixavam o crânio totalmente plano, como se alguém o tivesse podado com um facão.

— Sim, senhor — eu disse. — Tenho um assunto para discutir com o senhor.

Ele resmungou e fez um gesto aparentando desconforto. Na última vez em que tivéramos esse tipo de conversa, eu mostrara a ele quatro cartas do alferes Zuklor nas quais ele mencionava que pretendia cometer suicídio antes de chegarmos ao front de batalha.

Zuklor foi enviado para o médico do navio e acabou ficando no Havaí, tido como alguém muito desequilibrado para lidar com a panela de pressão em que se transformava um navio de guerra.

Decidi ir direto ao assunto.

— O senhor ouviu rumores sobre um navio-fantasma?

O capitão deu um sorriso apagado.

— Alguém sempre menciona um navio-fantasma em todas as viagens. Você vai ter de aprender a lidar com as lendas do mar, Kenyon.

Queria argumentar sobre a questão, mas me segurei. Há muito aprendera que o capitão não gostava de ser contrariado.

— Vi um navio específico ser mencionado em três cartas diferentes, senhor — comentei.

O capitão levantou a cabeça e olhou para mim. Os olhos dele estavam avermelhados e com olheiras. Fiquei imaginando se, em algum momento, chegava a dormir mais de quatro horas por noite.

— Se o navio realmente existe, alguém está sendo negligente. — O tom dele era ameaçador e tive de lutar para manter a calma. Nunca tivéramos um bom relacionamento, e as coisas só haviam piorado depois do incidente com Zuklor.

— Não acredito que seja um navio de verdade, senhor. Um dos rapazes disse que parecia um navio-pirata, com mastros e tudo o mais. Um outro escreveu para casa dizendo que estávamos sendo espreitados pelo navio do Barba Negra.

Naquele momento, o cozinheiro surgiu e colocou um prato na frente dele. Sanduíche de lombo assado com molho. Àquela altura, os homens no refeitório comum estavam comendo carne defumada com o que quer que fosse. Somente os oficiais ainda comiam carne fresca.

Meu estômago roncou. O cozinheiro olhou para mim como se eu tivesse invadido a cozinha dele. — O senhor quer que eu faça um para ele? — perguntou o rapaz ao capitão.

— Não vai fazer nenhuma falta — disse o capitão, embora seu tom fosse um tanto relutante. Ele aparentemente queria fazer sua refeição com alguma privacidade. Na verdade, até aquele momento, eu nunca refletira sobre com que freqüência ele almoçava mais cedo. Ele normalmente estava terminando de almoçar quando estávamos sentando para comer.

O cozinheiro sumiu.

— Você já navegou por essas águas antes, Kenyon? — perguntou-me ele.

— Não, senhor.

100

Ele grunhiu e cortou o sanduíche ao meio. Não tinha qualquer pudor de comer antes de mim. — Sempre há algum rumor rondando esse lugar. Não me surpreende que os homens estejam vendo um navio-fantasma. Há lugares no mar que têm trechos amaldiçoados, ecos, como quer que você queira chamálos. Você acaba se acostumando com eles.

— Briscoe também mencionou isso na carta que escreveu para casa — disse eu. — Ele acredita que a tripulação esteja enlouquecendo.

O capitão esboçou um sorriso. — Vou mandar alguém verificar isso — disse ele num tom que mostrava que não faria nada disso.

— Senhor, fiquei suficientemente preocupado a ponto de trazer isso ao seu conhecimento...

— E agradeço, marinheiro. Disse que vou tomar providências. — Ele comeu uma fatia de lombo e olhou para mim, como se estivesse me sondando. — Tem algo mais a dizer?

— Não, senhor — respondi.

Ele recostou a faca no molho, suspirou e olhou ao redor do refeitório. Até aquele momento, éramos os únicos presentes. — Devo dizer-lhe, Kenyon, que você está aqui por uma questão democrática. A marinha faz questão de que, numa guerra como essa, tenhamos um homem como você a bordo, e eu cumpro ordens. Mas o seu trabalho é certificar-se de que nada vazará nas cartas para o pessoal em casa. E não o de trazer qualquer problema para mim.

— Senhor, segundo o meu treinamento, devo trazer coisas estranhas ao seu conhecimento.

— Coisas estranhas! — Ele inclinou-se para a frente. — Acho que os homens têm direito à privacidade, tenente. Tenho de conviver com o fato de você violá-la diariamente como parte do seu trabalho. Mas, em termos gerais, não quero tomar conhecimento disso. Os homens precisam de algo para acalmá-los e fazem isso ao escrever para casa. É melhor do que partir um para cima do outro ou transformar este navio num inferno.

O cozinheiro estava parado na porta, meu sanduíche de lombo de porco fumegando nas mãos dele. O capitão fez um sinal para que avançasse. O cozinheiro se aproximou rapidamente, colocou o sanduíche na mesa e desapareceu de novo — como se quisesse manter a maior distância possível daquela conversa.

Meu estômago roncava. A comida tinha um aroma maravilhoso. Difícil de acreditar que um homem pudesse ter algum apetite depois de ler a correspondência alheia.

— Sim, senhor — disse, pegando o meu garfo.

— Mas você não concorda comigo. — Ele deve ter sentido algo no meu tom de voz. Eu não concordava. E agora ele havia compreendido isso.

— Não, senhor. Desculpe-me, senhor, mas, se não cumprisse com o meu dever, o alferes Zuklor poderia estar morto a essa altura.

— Metade desses rapazes poderá estar morta dentro de um mês. Talvez até na semana que vem, se os japoneses tiveram minado algumas áreas sem que saibamos. — O capitão soava despreocupado, mas as rugas ao redor dos olhos dele se aprofundaram. Ele estava dando voz a uma de suas preocupações mais constantes.

— Mas Zuklor era desequilibrado!

— É o que você diz. — O capitão passou o último pedaço de pão no que restava do molho. — Fico imaginando quantos dos outros rapazes não colocam seus temores no papel. Talvez tenhamos punido Zuklor por ter sido honesto, por ter confidenciado os dele a alguém que o escutasse. Talvez estivesse tentando apenas se acalmar, e seria um marinheiro capaz, no final das contas. Já parou para pensar sobre isso, Kenyon?

Na verdade, não.

— O que é particular deve permanecer particular — disse o capitão.

— E se Zuklor tivesse se matado enquanto estivéssemos em alto-mar, impossibilitados de aportar em algum lugar? O que faríamos nesse caso? O senhor acabou de dizer que marinheiros são supersticiosos. Isso não faria com que o barco se tornasse amaldiçoado?

O capitão ficou olhando para mim fixamente por um momento. Seus olhos azuis estavam duros e frios e pensei ter visto ódio neles. — As pessoas vivem e morrem em navios. Algumas passam a vida inteira felizes neles, torcendo para serem sepultadas no mar.

A intensidade com que ele disse isso me perturbou. Forcei-me a comer mais um pedaço do sanduíche. O lombo estava salgado demais e um pouco passado.

— Então, o suicídio de Zuklor não traria problema algum?

— Se é que ele cometeria suicídio — disse o capitão. — Acho que era apenas conversa.

— Mesmo assim, você o enviou ao médico do navio.

— Que lhe perguntou se ele escrevera as cartas e baseou a recomendação nisso. — O capitão colocou as mãos sobre a mesa e empurrou a cadeira para trás. — Este navio é uma panela de pressão. Tem sido assim desde que partimos de Pearl Harbor.

— E você me culpa por isso.

O capitão se levantou. — E você não?

Não me culpava até aquele momento. — Senhor, faz parte de minhas atribuições reportar coisas suspeitas.

— Suspeitas — disse ele. — Não acredito que o fato de navios-fantasmas serem avistados ou que as dúvidas pessoais de um homem sejam motivos para suspeita. A não ser que você tenha provas sobre assassinatos ou atos de colaboração com o inimigo, não quero nem saber. Você me entendeu?

Foi a minha vez de ficar olhando fixamente. O treinamento tinha deixado isso bem claro — claro até demais. As cartas eram como uma janela para o interior do navio, para o estado de espírito e os ideais (ou a falta deles) da tripulação. Sim, eu deveria evitar que informações deixassem o navio, mas também deveria usar as informações que recolhia para o bem do navio, e agora o capitão não queria que eu fizesse isso.

— Você entendeu, tenente?

— Acho que sim, senhor.

— Não quero que ache, Kenyon. Você está no meu navio. O que quer que aquelas toupeiras que o treinaram tenham lhe dito é problema deles. Aqui você fará o que eu mandar. Se discordar disso, deixarei você na próxima base e minhas recomendações a seu respeito não serão caridosas. Você entendeu?

— Sim, senhor.

— De agora em diante, seu horário de almoço neste refeitório será à uma hora. Se o vir aqui um instante antes, você estará acabado. Tenha um bom dia, Kenyon.

Ele partiu antes que eu pudesse responder, batendo a porta do refeitório ao sair. Forcei-me a comer um pouco mais do meu almoço. Minha mão tremia enquanto eu levava a comida até a boca. Fora advertido, quando entrei para o serviço de inteligência, que a velha guarda nos odiava. Acho que até aquele momento não tinha noção do quanto isso era verdadeiro.

Ninguém se juntou a mim durante a última meia hora de minha refeição. Ninguém sequer entrou no refeitório. Era como se todos soubessem que eu estava lá e quisessem evitar contato comigo.

Retornei ao meu cubículo e continuei a ler em silêncio.

* * *

104

Um trecho da carta de Steig para a sua mulher: *Lembra-se de como comparávamos sonhos, Irene? Tive um sonho muito estranho ontem à noite. Um grande e antigo navio-pirata, com a bandeira de caveira e ossos, parou nosso navio e exigiu que pagássemos tributo. Eu estava na vigia. Disse-lhes: "Somos dos Estados Unidos. Nós não pagamos tributo a ninguém." E o pirata, um sujeito encardido, como os que você vê no cinema, só que ainda mais sujo, disse: "Não estou falando de uma homenagem, seu imbecil. Queremos que paguem pedágio ou não deixaremos que vocês passem."*

"Bem", disse eu, "não tenho autoridade para tomar essa decisão. Você terá de falar com o capitão." "Traga-o", disse o pirata. Mas acordei antes de ir procurá-lo.

Um trecho da carta de McNamee para seu melhor amigo: *Então, fui procurar o capitão e, obviamente, não consegui encontrá-lo em lugar algum. Voltei para a proa e gritei: "Somos um navio de guerra. Não transportamos dinheiro. Mas podemos afundá-los." E os homens do navio-pirata riram...*

Um trecho da carta de Porter para a sua mãe: *Durante três noites, procurei pelo capitão. Finalmente, encontrei-o e ele disse que resolveria o problema. Ouço-o dizer, pelo alto-falante, que, como a escuna não existe de verdade, eles não podem cobrar pedágio.*

Mas o mais estranho, mãe, foi que encontrei o capitão no dia seguinte e, quando o olhar dele se encontrou com o meu, era como se ele soubesse, como se nós tivéssemos tido o mesmo sonho. Isso não é possível, não é, mãe? Você já ouviu falar que algo assim possa acontecer?

As cartas estavam repletas de coisas estranhas: sonhos, navios-fantasmas, luzes brilhantes no mar. E neblina. Parecíamos amaldiçoados pela neblina.

Comecei a considerar se as cartas não seriam uma vingança por causa de Zuklor. Alguém, algum gaiato subalterno, queria ver se eu enlouqueceria. Talvez o capitão tivesse tramado tudo para que eu relatasse isso a ele prontamente e ficasse ciente do que estava acontecendo, que a tripulação estava tendo uma experiência que eu não compartilhava, uma experiência irreal. Pensei em confrontá-lo novamente, mas isso só o deixaria ainda mais irritado. E eu não podia, segundo as minhas ordens, discutir as cartas com ninguém, a não ser com outro oficial do setor de inteligência ou com o capitão do meu navio. Decidi aguardar até o momento em que tivesse acesso a alguém que pudesse consultar. Mas isso não esmoreceu a minha curiosidade. Tinha uma imaginação razoavelmente fértil. Esse fora um dos motivos que me levaram a aceitar aquele trabalho em primeiro lugar; eu era capaz de imaginar toda sorte de roteiros de tristeza e perdição a partir de uma única frase. Sabia, intelectualmente, que tudo talvez não passasse de um ardil, mas me descobri emocionalmente torcendo para que o navio-fantasma existisse.

Encontrava evidências de que ele existia nos lugares mais improváveis. Homens que normalmente não se falavam estavam descrevendo sonhos e experiências comuns. Queria acreditar que eles não se falavam, que não me odiariam tanto a ponto de unir seus esforços. Entretanto, sabia que era isso, provavelmente, que estava acontecendo.

Tinha sido avisado, durante o treinamento, que meu trabalho podia me transformar num pária. Eu me via como uma pessoa solitária e pensei que não me importaria com isso. Mas eu me importava.

Simplesmente detestava ter de admiti-lo.

Não consegui dormir nas duas noites seguintes. Finalmente, à uma hora da segunda noite, levantei-me do meu pequeno beliche, limpei o suor do rosto, coloquei meu uniforme e saí para o tombadilho.

O ar frio me deixou ainda mais acordado, mas também ajudou a limpar as teias de aranha de minha mente. Uma neblina havia surgido, como acontecera em todas as noites naquela semana. Uma camada fina de neblina, parecida com uma névoa terrestre — o tipo que você vê sobre pântanos e rios nas noites de outono no continente. Mas não estávamos no outono e nos encontrávamos bem distantes de qualquer pedaço de terra.

O jovem Ashburton estava na vigia. Ele me viu, bateu continência e se virou, como se não quisesse perder tempo comigo. Estranho. Se não fosse pela guerra, não quereria perder tempo com ele. Tínhamos formações muito distintas — ele vinha dos guetos de Columbus, Ohio, e eu de uma das famílias mais ricas de Connecticut. Foram as cartas dele que fizeram com que eu notasse que ele era um sujeito com o qual poderia fazer amizade. Ele era surpreendentemente articulado, culto e muito mais ambicioso do que eu jamais seria. Ele amava a namorada de adolescência com ardor, um sentimento que me era estranho, e parecia, sob minha perspectiva altiva e solitária, que Ashburton aprendera mais sobre a vida em dezoito anos do que eu em vinte e cinco.

Por isso, foi doloroso quando ele me deu as costas — e ele provavelmente nem apercebeu-se disso. Não havia como ele saber tanto a meu respeito quanto eu sabia a respeito dele. De maneira alguma.

O convés estava escorregadio com a umidade da neblina. Andei até a amurada e fiquei olhando para o rastro de espuma que o navio deixava ao passar. A lua estava quase cheia, iluminando a estranha neblina que pairava acima da superfície da água com seu brilho claro. Normalmente, a neblina vedava o som, mas naquela noite este parecia dissipar-se. Em vez de ouvir o som constante dos motores, eu apenas o sentia pelas solas de meus sapatos.

A própria água parecia estranhamente silenciosa. Normalmente, o barulho causado por nosso movimento consistia num som contínuo e tranqüilizador. Era como se eu pudesse ver e sentir o mundo, mas não pudesse ouvi-lo, quase como se eu estivesse sonhando.

Foi quando Ashburton ganiu, como um cachorro que é acordado abruptamente depois de uma boa noite de sono. Virei-me, mas não conseguia vê-lo. Meu coração batia forte. Minha mente me dizia que isso fazia parte do ardil – apavorar Kenyon quando ele subisse ao convés –, mas eu tinha de verificar. Seria negligente se não o fizesse.

Caminhei até o posto de observação de Ashburton. Ele estava todo encolhido, olhando fixamente para a frente, e eu sabia que nem reparara na minha presença. Ele não estava preocupado comigo. Estava olhando fixamente para o oceano como se nunca o tivesse visto antes.

Também fiquei olhando, mas estaria mentindo se dissesse que vi o navio. O que vi era branco como a neblina e lembrava vagamente um navio, da mesma forma que as nuvens, às vezes, lembram formas reconhecíveis. O ar ficou mais gelado e coloquei os braços em torno do corpo para me aquecer.

Parte de mim queria correr para dentro do navio, mas o resto estava curioso. Avancei, imaginando se meus olhos estariam me enganando, imaginando se estaria vendo aquilo que desejava ver. Meus passos ecoavam no convés. Enquanto me aproximava, Ashburton se virou, assustado. Seus olhos arregalados se encontraram com os meus e ele ficou corado, como se tivesse sido flagrado fazendo algo errado.

– Está tudo bem? – perguntei-lhe no mais calmo tom de voz.

Ele fez que sim com a cabeça, um movimento curto e assustado que desvirtuava sua resposta.

– Você viu alguma coisa?

— Não — disse ele, entretanto não conseguiu resistir e deu uma olhada para o mar por cima do ombro. A neblina continuava no mesmo lugar, subindo pelas ondas como um ser vivo. Semicerrando os olhos, pensei ter visto três mastros e um casco, todos brancos e opacos.

— Aquilo é um navio? — perguntei, apontando para os mastros.

— N-não — disse Ashburton. — É a neblina.

Fiz que sim com a cabeça, semicerrei os olhos, mas não sabia dizer se ele tinha razão ou não. Parecia ser a neblina. Parecia ser um navio. Parecia ser qualquer coisa que eu quisesse imaginar.

Estava ficando com muito frio. Tremi e gotas de água caíram de meus cabelos em meu rosto. Pareciam de gelo.

Ashburton também estava coberto com gotas de água. A neblina havia subido na altura do tombadilho e a umidade do ar estava nos molhando.

— Já viu algo como aquilo antes? — perguntei.

— Não passa de neblina — disse Ashburton.

Ele não me convenceu. Fiquei parado lá por mais um instante, esperando ver o Barba Negra mencionado nas cartas, mas não vi nada. Até o pretenso navio parecia perder sua forma. Tremi uma vez e desci, tirei minhas roupas molhadas e voltei a me deitar na cama.

Mas não consegui dormir.

A exaustão pode fazer coisas estranhas com um homem. Pode fazer com que ele se desespere se não existir uma causa subjacente. Eu nunca fora torturado pela insônia antes, mas agora era. Passaram-se mais duas noites sem que conseguisse dormir satisfatoriamente. Não voltei ao convés. Não queria ver a neblina ou o espectro de um navio que realmente não existia. Em vez disso, passei as noites inquietas rolando de um lado para outro no meu beliche, tentando apagar as palavras dos outros de

109

minha mente. Tentava pensar em qualquer coisa, exceto no mistério que envolvia o navio.

Finalmente, reservei uma tarde para caminhar pelo convés, exercitando-me o máximo possível para que o sono se tornasse inevitável. Pedi ao cozinheiro que me desse um pouco de leite quente antes de ir para a cama, e ele fez isso, acrescentando um pouco de mel e limão — uma mistura que minha falecida mãe fazia quando eu ficava doente.

Não sei se foi o leite ou o exercício que fez a mágica. Caí na cama e adormeci bem antes de começar a rolar entre os lençóis. Nem sequer sonhei. O ciclo das preocupações, ou o que quer que fosse, terminara.

No dia seguinte eu me sentia revigorado. A recusa de Ashburton em me encarar quando nos encontramos ao meio-dia não me deixou chateado, tampouco as três cartas adicionais que li fazendo menção ao navio-fantasma. Corriam boatos em nosso navio de que entraríamos em ação brevemente, embora eu achasse que isso não passava de conversa de uma tripulação inquieta. As atenções pareciam se voltar para outro foco.

Fui para a cama naquela noite sem pensar em caminhar pelo convés na neblina, em leite quente ou em insônia. Em vez disso, fechei os olhos e caí em sono profundo como fizera em grande parte da minha vida.

Entretanto, dessa vez, sonhei.

A neblina se esgueirava por baixo da minha porta como um espectro, rodopiando e se movendo para a frente, com sua alvura tão brilhante que iluminava o quarto. A neblina me chamava para fora, me atraindo. Levantei, comecei a caminhar e abri a porta para ver o que acontecia de errado.

A neblina descia pelas escadas e escoava pelo estreito corredor. Neblina terrestre, fina e ondulante, a neblina de minha juventude, a neblina dos brejos, pântanos e rios. A neblina da terra, não do mar.

Sentia saudade da terra firme. Não admitira isso até aquele momento. Subi as escadas, seguindo a neblina até o convés. O tombadilho estava vazio, os motores silenciosos pela primeira vez desde que deixáramos o porto. A neblina encobria tudo, parecendo que estávamos enclausurados em gelo. Um navio-pirata, entretanto, estava diretamente no nosso encalço. Ele tinha três mastros e o casco de madeira. Parecia velho e bem usado. Mas não exibia uma bandeira de pirata. Não exibia bandeira alguma. Eu não tinha a menor idéia de como sabia que o navio pertencia aos piratas. Eu simplesmente sabia que pertencia.

— Então — disse uma voz atrás de mim.

Virei-me. Um homem escuro e encardido encontrava-se atrás de mim, com os pés mergulhados na neblina. Ele se vestia com três camadas de roupas, a maior parte delas esfarrapada, e segurava uma pistola na mão esquerda. Não uma pistola moderna, mas uma arma de antecarga com um cano longo e uma pedra-de-fogo.

— Seus amigos se recusam a pagar o tributo. — Os olhos dele eram negros e brilhavam na estranha luz. — Eles não acreditam que sejamos uma ameaça.

— Vocês não são uma ameaça — disse eu. — Vocês são um sonho.

O sorriso dele era tênue. — Talvez. Mas, se não formos, todas as vidas deste navio estarão em nossas mãos.

Olhei rapidamente para o navio dele, com os canhões nas laterais, homens maltrapilhos olhando fixamente para mim através do espaço encoberto pela neblina. — Se vocês forem reais, não terão chance alguma contra nós. Poderíamos afundar o seu navio em questão de minutos.

Ele riu e, em seguida, fez que sim com a cabeça. — É a primeira coisa sensata que ouvi dizer.

— Se vocês fossem piratas reais — disse eu, me sentindo encorajado —, não estariam nos dando tantas chances.

Ele levantou o queixo levemente, como se eu o desafiasse. A água, graças à umidade do ar, estava deixando gotas em mim, mas não nele.

— Se você fosse real — disse eu — e se pode, de alguma maneira, penetrar em nossos sonhos, não precisaria falar conosco para saquear nosso navio.

— Nós não estamos mais atrás de ouro — disse ele. — O ouro não tem qualquer utilidade para nós.

— Então, o que vocês querem?

— Um tributo.

— Reconhecimento? É por isso que vocês visitam os nossos sonhos?

— Não. — Subitamente, ele pareceu se impacientar comigo. — Cobramos um preço de todos aqueles que navegam por estas águas. Se vocês não nos pagarem um tributo, você, seu navio e os tripulantes não chegarão vivos ao final deste ano.

— E se pagarmos?

— Estarão protegidos do perigo. Para sempre.

Meu olhar cruzou com o dele. — Como é que qualquer homem pode garantir isso?

— Um homem não pode — disse ele. — Mas nós dois sabemos que não sou mais um homem.

Acordei em minha cama, sem lembrança alguma de como voltara para a cabine. Num minuto estava no tombadilho; no minuto seguinte, na cama.

Sentei-me. O sonho tinha sido muito real, assustadoramente real. Se fosse aquilo que os homens estavam vendo, não me espantava que estivessem relatando-o nas cartas para os parentes. Também fiquei assustado.

Tremi. O quarto estava gelado. Esfreguei os braços com as mãos e notei que as mangas de minha camisa estavam molhadas. Toquei o meu cabelo. Também estava molhado.

Abri a porta de minha cabine. Não havia neblina no corredor e os motores produziam o som monótono de sempre.

Não passara de um sonho, pensei. Não passara de um sonho. Não podia ter sido outra coisa.

Um trecho da carta de Redgen para seu melhor amigo: *Ele disse que estava condenado a navegar pelos mares por mil anos, assombrando os lugares onde ele afundara outros navios, roubara homens, escondera tesouros. A pena, disse, era dura porque ele, e somente ele, a recebera, mas não podia fazer com que o navio navegasse sem ajuda. Ele era um homem estranho. Aquilo não parecia ser uma maldição, pelo menos não para ele. Parecia não estar disposto a desistir do mar, como se a morte não fosse pará-lo. Queria que eu acreditasse que ele podia nos dar um presente em contrapartida, mas piratas não dão presentes. Nem mesmo os piratas mortos.*

Um trecho da carta de Glassman a um colega: *Portanto, estou me perguntando se não foi o meu subconsciente que o criou. Parte Barba Negra — que nunca navegou por essa região —, parte pirata da Barbaria, parte lenda, parte mito. Fico pensando que ele talvez seja um senhor dos mares. Todas as culturas marítimas tinham histórias sobre criaturas que queriam algo de valor em troca de um presente mágico. Você poderia pesquisar isso para mim? Acho que esses longos dias no mar estão trazendo de volta memórias de histórias que estudei há muitos anos e gostaria de saber qual delas está me atormentando no momento...*

Um trecho da carta de Minter para sua irmã: *Ofereci ajuda a ele, mas não pude fazer nada. Não sabia o que ele queria. É meio estranho lembrar disso agora que estou acordado. Fico imaginando se agi corretamente. Mas os homens estão extremamente assustados. O capitão não sabe disso, de quão assustados nós todos estamos, e se pudéssemos sair dessa sem um arranhão, um navio milagroso sobrevivendo a anos de guerra, então valeria a pena pagar tributo a um pirata maltrapilho dos sonhos, você não acha?*

* * *

Você não acha?

Fiquei olhando para as palavras antes de escondê-las com a tinta preta. Antes de cobrir o trecho inteiro com tinta preta. Os homens são sempre muito supersticiosos. Preocupados com o passado e com o futuro. Preocupados com as imagens que aparecem em nossos sonhos. Sonhos coletivos. Histeria coletiva. Uma imagem que todos nós víamos. Seria por causa da insinuação criada por compartilharmos um espaço tão confinado? Uma história parcialmente esquecida que começara no refeitório da tripulação? Ou seria algo tão simples quanto o desconforto trazido pela neblina?

Suspirei e comecei a ler outra página da carta de Minter, na qual ele discorria sobre coisas mais rotineiras, como a qualidade da comida e uma lembrança de Natal que parecia incompleta.

Percebi que minha mente vagava, repensando as palavras que eu lera. E se todos tivessem abordado o velho pirata da forma errada? Todos pareciam acreditar que ele era real. Mas e se ele não passasse de um sonho – ou, para ser mais exato, de um pesadelo? E se a única maneira de exorcizá-lo de nossas mentes fosse dando a ele o que ele queria?

Coloquei a carta de Minter sobre a mesa e fiquei olhando para a pilha de correspondências, esperando a hora de sair. Eu conhecia os pensamentos secretos da tripulação; eles não conheciam os meus. Se dissesse a eles o que eu estava pensando, teria de ser em voz alta. Eles podiam escrever as suas idéias para as pessoas em que confiavam, as pessoas que amavam. Esses homens nunca diriam essas coisas uns aos outros – pelo menos não o fariam se não se conhecessem bem.

E enquanto eu conhecia todos muito bem eles não sabiam nada a meu respeito.

* * *

114

Naquela noite, a neblina escoou para dentro dos meus sonhos, talvez porque eu esperasse por isso, talvez porque minha mente estivesse pronta para isso. Talvez porque tivesse passado o dia inteiro pensando e planejando isso. Deixei-me afundar no sonho e em sua lógica mais depressa do que da vez anterior.

A neblina no convés era branca e subia até a cintura. O ar estava úmido, como antes, e tão frio que pensei que nunca mais fosse conseguir me esquentar. Levei meu cobertor dessa vez e me enrolei nele como se eu fosse uma mulher idosa.

Ele não levava nenhuma pistola. Em vez disso, estava de pé, com as pernas abertas desaparecendo no mar alvo. A neblina tinha uma aparência quase sólida, como se fosse gelo, como se eu pudesse andar por cima dela até o navio-pirata do outro lado.

Olhei para o navio. Outras cartas tinham mencionado a bandeira de caveira e ossos, mas eu não conseguia vê-la. O navio parecia com um que eu vira quando garoto no porto de Boston; pequeno e aconchegante e aparentemente seguro, apesar da força do mar.

— Lindo, você não acha? — perguntou. Sua voz se assemelhava a um rosnado, com um sotaque levemente britânico. Não me lembrava desse detalhe. Será que ele falava assim porque era como eu o imaginara?

— Nunca vi nada parecido.

— Nem verá novamente. — Ele entrelaçou as mãos atrás das costas. — Então, está preparado para pagar o tributo?

— Se pagar, nenhum mal acontecerá a nós? A nenhum de nós? — Estava considerando que, mesmo no mundo dos sonhos, tratava-se de um bom negócio.

— Mal nenhum acontecerá a qualquer homem deste navio.

Fiquei olhando para ele por alguns instantes. Considerei, sim, que, mesmo no mundo dos sonhos, tratava-se de um bom negócio. Não haveria mais pesadelos, não haveria mais navio-fantasma nem vigias choramingando na neblina.

— O que você quer? — perguntei.

O sorriso dele era brutal e meu coração começou a bater forte. Fiquei imaginando se as batidas não me acordariam.

— Preciso de um tripulante, um homem com sal nas veias e o mar no coração.

— E o crime, também? — perguntei.

Ele riu. — Isso também.

— Por quê? Seus homens não devem, supostamente, acompanhá-lo pelo resto da eternidade?

— Essa pena é minha, não deles. Eles levam suas vidas normais e depois se aposentam. E, quando fazem isso, preciso de alguém para substituí-los.

— Os piratas se aposentam?

Ele sorriu novamente, um sorriso voraz, mas talvez um pouco leve.

— Eles não são piratas. São somente a minha tripulação.

— Você os alimenta? Dá-lhes roupas?

— Você tem olhos, rapaz. Eles vivem num lugar onde não precisam de nada.

Olhei para o navio, um navio simples em sua beleza antiquada. Parecia um palácio esculpido na névoa. — Um homem?

— Um homem, sem uma mulher que anseie por ele, sem uma família que sentirá saudades dele e sem um amigo para lhe dizer adeus. — Os olhos dele se semicerraram. — Você conhece um homem assim?

Milhares de cartas eram repassadas em minha mente. Cada carta que lera, cada rosto que vira. Um homem dedicado ao mar. Um homem que não tivesse uma casa para a qual voltar.

Um homem que quisesse ser enterrado no mar.

— Somente nosso capitão — disse eu.

O pirata levantou as sobrancelhas. Com certeza, não dera a resposta que ele esperava. — Você deixaria este navio nas mãos do primeiro imediato?

— Ele tem de ser competente ou não teria chegado a esse posto.

116

— *Isso é uma forma de olhar as coisas* — o pirata disse. — Você tem certeza?

— *Certeza absoluta.*

Ele fez que sim com a cabeça e, em seguida, estendeu uma mão imunda. Depois de um instante, eu a apertei. Trocamos um aperto de mãos e fiquei imaginando que tipo de honra aquele ladrão amaldiçoado acreditava ter.

— *Considere o tributo pago* — disse ele, e desapareceu.

Acordei na minha cama, com frio e os lençóis tão molhados que fiquei preocupado de estar com febre. Estava me contorcendo, tremendo e imaginando como os sonhos podem parecer tão reais.

Caí num sono inquieto, interrompido antes das seis horas pelo som de botas correndo atrás de minha porta. Também ouvi o barulho de pés no convés acima e, em seguida, vozes que falavam baixo e num tom assustado. No estado nebuloso em que me encontrava, fiquei imaginando se os piratas não tinham decidido abordar o navio de qualquer maneira, se eles não haviam tomado o navio, e foi quando alguém bateu à minha porta, me assustando.

Era o primeiro imediato que estava lá, com uma postura perfeita. Seu rosto ruborizado era a única coisa que deixava entrever que havia algo de errado. Ele entrou sem esperar que eu o convidasse e fechou a porta.

— Você viu o capitão nas últimas seis horas? — perguntou.

— Não. — Esfreguei os olhos, tentando me forçar a acordar logo. — Há algo de errado?

— Ele escreveu algo em suas cartas, algo que pudesse... — Não conseguiu terminar a frase.

— Que pudesse?

— Ter denunciado o estado mental dele?

— Não tenho permissão para discutir cartas com ninguém, exceto com um oficial do setor de inteligência ou com o capitão.

— Ou com o substituto do capitão — disse o primeiro imediato.

Levantei-me lentamente, a boca seca. Os lençóis caíram, mas num montinho arrumado. Eles ainda estavam molhados e minhas botas brilhavam com a umidade que não estava lá quando inicialmente me deitara.

— O que aconteceu?

— Ele não está no navio.

— Mas isso é impossível.

— Ele desapareceu. Aparentemente foi arrancado da cama à força. — O primeiro imediato passou a mão no rosto. — Alguns tripulantes dizem que tiveram sonhos nos quais piratas o tiravam do barco, gritando.

— Para encobrir o que eles fizeram?

— Você acha que houve uma rebelião?

— O que você acha?

Ficamos olhando um para o outro. E, em seguida, quase simultaneamente, desviamos o olhar. Ele pigarreou.

— E quanto às cartas? — perguntou novamente.

— Ele não escreveu nenhuma — respondi. — Ele nunca escrevia para ninguém. Não tinha para quem escrever.

O primeiro imediato olhou para mim, balançou a cabeça afirmativamente e saiu da cabine sem nada dizer.

Afundei novamente na cama. Ninguém podia saber sobre a minha escolha — a escolha que fizera em meu sonho. Tinha passado a noite inteira em minha cabine. Sozinho.

Coloquei as mãos em volta do rosto e fiquei imaginando com que espécie de criatura eu negociara na noite anterior. Em seguida, olhei para a minha mão, a mão com a qual troquei o cumprimento.

Estava suja.

Depois de procurarmos exaustivamente pelo capitão, recebemos ordens de retornar para o Havaí. Um outro navio se encontrou conosco no dia seguinte e a tripulação dele tornou-se nossa guarda. A marinha americana acreditava que tivéssemos nos amotinado e assassinado o capitão, mas eles nunca encontraram provas suficientes para nos indiciar.

Todos recebemos postos nos Estados Unidos, distantes um do outro, em lugares onde não poderíamos influenciar o esforço de guerra, onde teríamos condições de terminar nosso tempo de serviço sem qualquer distinção.

Longe do perigo.

Pulei de posto em posto, revisando a correspondência – só que, dessa vez, ela já havia sido censurada, portanto a leitura era muito menos interessante –, sem alguém com quem pudessse conversar e sem o que fazer com o meu tempo, exceto pensar.

E foi somente no último ano da guerra que finalmente compreendi a expressão no rosto do velho pirata. Ele ficara surpreso, pois me escolhera para fazer parte de sua tripulação. Eu não tinha uma esposa para ansiar por mim, uma família para sentir saudades de mim nem amigos para me dizerem adeus. O velho pirata não sabia do meu trabalho, não reparou que eu saberia tudo sobre todos a bordo daquele navio.

Ele simplesmente presumiu que eu fosse me oferecer.

E não foi isso que fiz.

Ofereci a vida de outro homem, um homem que não gostava de mim e do qual eu não gostava.

Talvez não tenha sido tão altruísta assim no final das contas.

Talvez a minha imaginação e a minha mente poderosa estivessem passando por um processo de negação tão forte a ponto de não enxergar as minhas próprias ações, meu próprio egoísmo. Nada de ruim aconteceu conosco. Na verdade, quase sessenta anos mais tarde, ainda estamos vivos. Todos nós, cada membro daquela tripulação. Todos que estavam no navio naquela manhã, quando acordei.

Depois que o capitão desapareceu.

Todos estamos com saúde, fortes, jamais estivemos doentes um único dia desde que voltamos.

Sentenciar um homem a uma vida infernal valeria aquilo tudo?

Às vezes, gostaria de acreditar que sim.

Às vezes, gostaria de acreditar que não fiz mal algum.

Acredito que meu processo de negação esteja tão forte quanto anteriormente. E minha falta de vontade tão fraca quanto no passado. Não posso voltar para aquele longo trecho de nada no Pacífico. Fico dizendo a mim mesmo que nem sei onde fica.

E gostaria de poder acreditar nessa mentira.

MAGIA MARÍTIMA

Alguns escolheram oceanos de imaginação, nos quais navios e guerreiros encontram-se face a face com a magia e a feitiçaria, e criaturas lendárias ocasionalmente levam marinheiros para destinos distantes.

Quer falemos de navios aéreos ou barcos-dragões, poções mágicas ou estátuas gigantescas, a magia marítima não é um território para covardes.

Nas palavras dos antigos marinheiros, aqui se encontram dragões – e nem todos são amistosos.

O MAGO DA MEIA-NAU

James M. Ward

m dia tempestuoso, de inspiração demoníaca, soprava um vento salgado e nebuloso sobre as docas movimentadas. Ninguém lhe dava muita atenção. A guerra mantinha todos diabolicamente ocupados.

— Aqueles navios são amaldiçoados. Todos sabem disso.

— Coisa do demônio, digo-lhe. Não deviam fazer parte da marinha real.

— Ouvi dizer que eles comem a tripulação quando as coisas se acalmam. Juro.

Dois velhos lobos-do-mar se debruçavam sobre os caixotes, olhando para o *Sanguine*, navio-dragão real, ancorado na distância, encoberto pela névoa. Um calafrio subiu pela espinha do mago da meia-nau Halcyon Blithe enquanto ele e seu baú manobravam em meio à multidão das docas para chegar ao magnífico barco semivivo.

— Vão ter de se esforçar muito para roubar o vento de minhas velas — murmurou para si mesmo, enojado com os pessimistas que ridicularizavam o navio-dragão. — Sou um homem persistente.

124

Acabara de completar quinze anos no dia anterior. Agora, trajando um reluzente uniforme novo de mago da meia-nau, dava para notar que ele era inexperiente como um bebê. Também se tornava claro para todos que era um mago, visto que seu pesado baú flutuava atrás dele. Embora houvesse centenas de pessoas se movimentando pelas docas, o portentoso baú em nenhum momento esbarrou em qualquer um enquanto seguia seu dono até a lancha que os esperava.

– Ó de bordo da alegre embarcação! Sou o mago da meia-nau Blithe, trazendo documentos para serem apresentados ao capitão do *Sanguine*!

– Ó de bordo para você também, seu jovem imbecil! – respondeu uma voz proveniente da lancha. – Você apresentará seus documentos ao mago da meia-nau Fallow e pedirá minha permissão para subir a bordo desta alegre embarcação, pois estou três postos acima de você. Sou o mago da meia-nau de sétima categoria Dart Surehand. Enquanto remamos até o navio-dragão, você me contará como fez para enfeitiçar o baú. Trata-se de um encanto e tanto!

A breve viagem permitiu que os dois jovens se tornassem amigos rapidamente. Dart passou a maior parte do tempo descrevendo o capitão Olden e Ashe Fallow e dando-lhe sábias dicas sobre como não irritá-los. O navio-dragão se aproximava à medida que remavam. A cabeça do dragão mergulhou no barco cheio de feno e mastigou uma bocada do tamanho de uma casa (dragões marinhos adoravam o gosto de qualquer vegetação terrestre). A enorme couraça em suas costas possuía vários trechos de convés que brilhavam em tubos de explosão mágicos. Mastros enormes subiam acima deles, com diversos tripulantes pendurados na enxárcia.

Hal subiu a bordo, em sua primeira viagem, por uma pequena escadaria esculpida na couraça do dragão. Quando chegou a um dos tombadilhos intermediários, um assobio o anunciou, recebendo-o como oficial do navio. Primeiro, ele bateu continência para a bandeira real e para o assobiador; em seguida se virou para bater continência e entregar os documentos a um homem imenso.

– Halcyon Blithe, mago da meia-nau de décima categoria, requisitando permissão para subir a bordo, senhor.

Hal olhou para o primeiro imediato Dire Wily. Ele era inconfundível. Dart o avisara de que o primeiro imediato era um mago diabolicamente poderoso. Hal podia sentir as ondas de magia se movendo por baixo da pele de Wily.

– Bem-vindo a bordo, jovem Blithe – disse ele. – Você apresentará seus documentos ao mago da meia-nau Fallow. Você o encontrará na...

Gursh! O dragão soltou um guincho raivoso e ensurdecedor. Subitamente, tambores tocavam por todos os cantos no navio e os homens corriam de um lado para outro. Alguns apontavam para estibordo. Com seus poderes mágicos, Hal pôde pressentir dois outros navios-dragão se aproximando rapidamente, escondidos pela neblina.

O primeiro imediato Wily puxou Hal pelo ombro. – Para os postos de combate, garoto! Desça do convés e mantenha-se fora do caminho até que tudo tenha terminado!

– Descer? Para onde... – Mas Wily já descera por outra escadaria quase invisível. Vasculhando o convés com os olhos, ele viu apenas duas entradas escuras e várias escadarias subindo para outras partes do convés e descendo para o caminho por onde ele viera. Uma das portas do navio estava repleta de homens entrando e saindo, mas a outra estava vazia. Ele seguiu pelo caminho menos movimentado.

No instante em que passou pela entrada, esta se fechou. Um grande pedaço de couraça de dragão bloqueava a passagem.

A primeira reação de Hal foi a de pensar em explodir a couraça com uma magia, mas ele repensou a questão e desistiu.

— Luzes! — O baú, que continuava acompanhando-o no ar, se iluminou com sua ordem. O corredor era feito de ossos e músculos e pulsava ao ritmo dos movimentos do dragão. Tocando a parede, ele ficou maravilhado com o calor produzido.

Seu senso de responsabilidade fazia com que ele prosseguisse. O corredor bifurcava-se em dois pequenos setores: num deles, homens desembalavam apetrechos mágicos de alguma espécie. Talvez pudesse ajudá-los. Ele se dirigiu ao oficial.

— Senhor, será que posso...

— Saia do caminho, garoto! Não vê que estamos em nossos postos de combate? Você tem de encontrar o seu posto, seu imbecil, e isso é uma ordem! Fogo! — Os tubos cuspiram uma substância mágica esverdeada que chispou pelo ar, sumindo de vista. A tripulação corria para recarregá-los.

Ele correu na direção oposta, rumo ao corredor vazio, e desceu até uma outra grande porta, aberta. Imediatamente, notou que estava num lugar proibido. No centro da grande sala, pendurava-se um enorme músculo pulsante, vermelho e púrpura. Gigantescos filamentos de músculos saíam dele em todas as direções pelo chão e pelo teto.

— O coração do dragão! — sussurrou ele, quase engolindo as palavras. Inclinou-se para vê-lo melhor, mas pôde vislumbrar, pelo canto do olho, alguém saindo da sala por uma outra porta. Um oficial, a julgar pelo chapéu e pela capa de combate.

— Senhor? — chamou ele, mas o oficial havia desaparecido antes que pudesse lhe responder.

BUM! O navio-dragão deu uma guinada e Hal foi jogado no chão. O enorme coração batia cada vez mais forte e mais alto e, do lugar onde ele havia caído, conseguia ver um fio de substância pegajosa esverdeada embaixo do coração. Dali emanava um chiado e um cheiro de carne queimada. A substância pegajosa, queimando, fazia um buraco no coração do dragão!

BUM! O navio balançou novamente e o rasgo no coração aumentou ainda mais. Hal via a substância abrir caminho pelo órgão a cada nova batida.

Isso não pode acabar bem! Tenho de parar com isso!, concluiu. Abrindo a tampa de seu baú flutuante, procurou por algo que pudesse estancar a ruptura. O que poderia usar? Ele tinha de fazer alguma coisa! Estendendo a mão até o compartimento secreto, retirou o presente que sua mãe lhe dera. Era um frasco de poção dos pedidos que ela conseguira com o povo das montanhas. Ele nunca tentara fazer passes de alta magia antes, mas tratava-se de um caso de vida ou morte, para ele e para o navio-dragão!

— Vamos — sussurrou, e, derramando o conteúdo do frasco em cima do corte, invocou a alta magia, direcionando toda a sua vontade para a ferida. Uma camada de gelo de três metros se formou, selando inteiramente o buraco fumegante e congelando a substância que se alastrava. Exausto pelo esforço da invocação, Hal desabou, desmaiado.

Clique!

Hal acordou. Correntes pesavam sobre seu corpo.

— Que diabos está acontecendo?

Uma mão o prendeu na cama.

— Mago da meia-nau Halcyon Blithe, é meu dever informá-lo de que você cometeu um ato de traição. Você será julgado por três oficiais deste navio, que decidirão se será enforcado. As algemas que coloquei em você são encantadas e não permitirão que pratique qualquer tipo de magia.

— Quem é o senhor? — perguntou, ofegante, tomando cuidado para manter a dignidade.

128

— Meu nome é Ashe Fallow, mago da meia-nau de primeira categoria. Você entendeu o que eu lhe disse?

— Sim, senhor. Mas não fiz nada de errado!

Hal reparou que seus joelhos estavam fracos. Os grilhões pesavam sobre ele e o encanto deles sugava sua energia. Seu poder mágico fora embotado.

— Não perca a coragem, rapaz. Você não vai querer que os oficiais notem que está amedrontado. Entre lá com o peito aberto e não permita que manchem sua honra. Mostre-lhes o valor verdadeiro de um homem de Lankster.

Ashe o ajudou a se levantar, e ele passou pela porta e subiu os degraus que levavam a um grande salão com paredes de couraça branca no qual a luz descia do teto e das laterais.

Três oficiais aguardavam atentamente quando ele entrou. O oficial do meio, claramente, era o capitão Tannen Olden, com base na descrição de Dart. Ele usou uma faca grande para apertar a campainha na mesa. E a tocou três vezes, depois colocou a faca sobre a mesa e todos se sentaram.

— Sou o capitão Olden. À minha direita, está o primeiro imediato Wily e, à minha esquerda, o segundo imediato e mestre de artilharia Griffon. Estamos realizando o julgamento sumário do mago da meia-nau de décima categoria Halcyon Blithe por ter violado a proibição 16, que veda a utilização de alta magia dentro de uma nave da frota real. Você se julga culpado ou inocente, Sr. Blithe?

— Não consigo entender o que fiz de errado. Não sei como me posicionar. Será que alguém pode explicar o que está acontecendo para que eu não corra o risco de dizer alguma besteira?

— Traga uma cadeira para ele, Sr. Fallow — disse Wily. — Vou lhe explicar. — O Sr. Wily se levantou e deu a volta na mesa. Ele balançou as mãos e uma imagem apareceu no ar. Tratava-se de uma reprodução da sala do coração. Havia uma placa de gelo embaixo do coração, onde Hal jogara a poção.

"Sr. Blithe, o senhor foi acusado de usar alta magia na sala do coração. A utilização de alta magia dentro de qualquer nave real é proibida devido à sua natureza poderosa e imprevisível. Esta é a proibição 16. Todas as trinta e três proibições são lidas diariamente, pela manhã, para a tripulação e para os oficiais de cada nave real. Ontem travamos uma batalha na qual destruímos uma nave-dragão inimiga e afugentamos a outra. Durante a confusão, você sentiu a necessidade de jogar uma poderosa magia sobre o coração de nossa nave-dragão. Você tem de nos contar por que fez isso. Se essa corte se pronunciar a seu favor, você viverá. Se acharmos sua explicação insuficiente, será enforcado uma hora após a leitura da sentença. Você entendeu?"

O imenso corpo de Wily pairava sobre Hal. Os olhos negros do primeiro imediato penetravam sua mente, entorpecendo-o. Foi com um grande esforço que o jovem mago da meia-nau se desvencilhou dos efeitos do olhar do oficial.

— Agora compreendo. Posso contar a minha versão dos fatos?

O primeiro imediato Wily se sentou.

— Conte, conte! Estamos aqui para esclarecer as coisas e continuar lutando em favor de nossa guerra. Por que diabos você jogou aquela magia infernal no coração? — O capitão estava visivelmente agitado.

Hal, sabendo que sua vida corria perigo, contou cada detalhe, desde quando subiu a bordo da nave-dragão até o momento em que realizou a magia.

O capitão urrou: — Uma cápsula catalisadora? — Hal não entendia o significado daquilo. — Um traidor maldito colocou uma cápsula catalisadora no coração do dragão! Tenho de ver isso com meus próprios olhos!

130

Todos os oficiais se levantaram e Hal começou a se levantar também. O Sr. Fallow colocou a mão no ombro dele, mantendo-o sentado. — Os oficiais irão. Você terá de esperar aqui até que cheguem a uma decisão sobre o seu caso.

Depois que os oficiais partiram, Ashe Fallow virou-se e olhou para o jovem Hal.

— Não sei o que é certo ou errado nesse caso, mas vou lhe dizer como é a vida. Aqueles três respeitáveis cavalheiros decidirão o seu destino. Antes que anunciem se você será enforcado ou não, tocarão aquela campainha idiota três vezes com a faca da nave. Se a lâmina estiver apontando para a frente, você morrerá. Se o cabo estiver apontando para a frente, você viverá. Você terá a oportunidade de dizer algo antes que o veredicto seja lido. Como nós dois somos homens de Lankster, vou lhe dar um conselho gratuito. Se for condenado à morte, não saia chorando por ter tido azar na vida. Agüente como um homem. Se for absolvido, certifique-se de dizer para eles que você faria o que fez mesmo sabendo sobre a proibição, pois era a coisa certa a fazer. Você entendeu, Halcyon Blithe, de Lankster?

Hal endireitou os ombros. Os pensamentos dele se voltavam para sua casa e família, as pessoas das quais sentiria falta. — Perfeitamente, mago da meia-nau Fallow, perfeitamente. Obrigado pelo conselho.

Subitamente, o som de botas podia ser ouvido no corredor. Os três oficiais entraram e permaneceram de pé atrás da mesa. O capitão tocou a campainha três vezes suavemente e colocou a faca na mesa com o cabo virado para Hal.

— Vimos sua impressionante magia e reparamos na cápsula catalisadora. Você tem algo a dizer antes de lermos a sua sentença?

131

— Fiz isso para salvar o coração e o *Sanguine*, capitão. Achei que a nave corria perigo. Faria a mesma coisa novamente numa situação similar, com todo o respeito.

— Bem, seja como for, esta corte o considera culpado por desafiar a proibição real 16. Depois de investigar suas alegações, na condição de capitão da nave, o absolvo de qualquer culpa por ter claramente salvado a vida do dragão. Como punição para o seu crime, sua sentença será proteger o coração, e esse será o seu posto de batalha durante a missão. Esta sessão está suspensa.

O primeiro imediato Wily se aproximou de Hal sorrindo alegremente.

— Bom trabalho, jovem Blithe! Depois que investigamos a sua magia, pudemos claramente comprovar que houve um ato de sabotagem e a sua ação salvou a nave. É esse tipo de raciocínio que forja grandes oficiais. Bom trabalho!

Hal ficou parado com um sorriso bobo estampado no rosto. Ele não iria morrer. Ele foi até elogiado por ter feito um bom trabalho. Os grilhões caíram no chão.

— Não pense que fez algo grandioso, Sr. Blithe — repreendeu Ashe. — O senhor ainda tem um longo caminho a percorrer na marinha real antes de poder falar de igual para igual com seus superiores. Agora me dê os documentos que o senhor ia me entregar quando fomos alvejados pelos mísseis e vamos recebê-lo apropriadamente.

— Este é o chuço de abordagem regulamentar. Nas mãos de um perito, pode ser a arma mais letal desta nave. Vocês, jovens cavalheiros, aprenderão a usá-lo, e talvez, algum dia, ele ainda salve a vida de vocês. — Ashe franziu a sobrancelha e examinou atentamente os magos da meia-nau presentes. — Sr. Blithe, venha até aqui para receber suas instruções.

— Tome cuidado, Hal. — Dart estava alegre. Antes de Hal subir a bordo, grande parte da ira de Ashe recaía sobre ele.

O décimo dia de viagem fora como todos os outros. Ele passara horas, diariamente, vigiando o coração do dragão. Ninguém jamais entrava na sala ou dela saía, portanto ele não entendia por que ela precisava ser protegida. O gelo mágico continuava lá e nenhum dos magos do navio conseguira derretê-lo. Isso deixava Hal satisfeito, mas também mantinha seu posto de serviço um tanto gelado. Era divertido explorar o dragão e Hal aprendera a valorizar a suave pulsação da nave viva quando se deitava para dormir a cada noite. Ashe Fallow, por outro lado, era uma história à parte. Apesar de ser um conterrâneo de Lankster, o homem era um animal.

— Depressa, Sr. Blithe! O rei e a pátria não podem ficar esperando-o levantar-se do seu traseiro!

Hal pegou a lança que lhe era oferecida e sentiu instantaneamente seu poder mágico. — Ela tem uma energia própria?

— Sim, seu jovem oficial imbecil. Não deveria surpreendê-lo, uma vez que estamos numa nave mágica viva, que algumas das armas tenham propriedades mágicas. — Ashe estava de péssimo humor naquele dia. Todos os magos da meia-nau estavam usando apenas roupas comuns de trabalho. Ashe usava uma armadura acolchoada que o encobria da cabeça aos pés. A armadura não parecia afetar sua agilidade.

— A arma que você está segurando tem três metros de comprimento com uma lâmina de aço mágica de sessenta centímetros. Um dos lados da lâmina é curvado e cortante, para lidar com os inimigos que não estão usando armaduras. O outro lado tem uma ponta perfeita para perfurá-las. A energia mágica da lâmina é utilizada basicamente para a defesa, mas um mago experiente também pode usá-la para o ataque. Vamos, Sr. Blithe, tente me decapitar com sua lança.

133

Hal não conseguia acreditar no que acabara de ouvir. Surpreso, ele não conseguia se mover. – Mas posso machucá-lo...

– Seu imbecil! Por que você acha que estou usando esta roupa acolchoada? Ataque-me, homem! Mostre sua coragem pelo menos uma vez na vida!

Hal balançou a lança contra Ashe sem grande entusiasmo. TUM!

Ashe o derrubou com o cabo da lança, jogando-o no convés e fazendo com que a cabeça dele batesse contra a couraça do tombadilho.

– Raciocine, homem! Isso não é uma pá. Primeiro invista contra seu inimigo para senti-lo, e só depois tente suas manobras estúpidas!

Hal via o mundo ao seu redor através de um filtro de estrelas cintilantes e de dor. Ele se levantou vagarosamente.

– Sr. Fallow, o senhor se importaria se eu tentasse? – O primeiro imediato Wily se aproximou e pegou a lança de Hal. A arma parecia pequena em suas imensas mãos.

– Cavalheiros, o Sr. Fallow é o nosso maior perito no manuseio do chuço de abordagem. Mas, se vocês forem suficientemente ágeis e fizerem bom uso do comprimento dessa excelente arma, serão capazes de lhe causar algum dano. Vamos lutar até que um consiga atingir o outro, Sr. Fallow.

– Desculpe-me, mas o senhor não está usando um colete, com todo o respeito.

– Isso não é um problema, Sr. Fallow. – Ele fez um gesto com a mão e seu corpo foi coberto por uma luz avermelhada. Todos os magos da meia-nau ficaram estupefatos. A magia defensiva, como o escudo que o Sr. Fallow acabara de criar, normalmente levava horas para realizar-se, incluindo a execução de um grande número de palavras mágicas e gestos. Tratava-se de uma impressionante demonstração de habilidade arcana.

134

— Ótimo, então — sugeriu Ashe —, vamos em frente.

Os dois começaram a se mover como raios. Os jovens oficiais que assistiam à cena aprenderam muito nos minutos seguintes. Truques para derrubar o oponente, ataques falsos e verdadeiros, além de diversas formas de manusear as pesadas armas foram exibidos. O combate deixava claro que ambos os oficiais eram mestres com a arma. Com um movimento inacreditavelmente rápido, o primeiro imediato Wily atingiu a mão de Ashe, decretando o fim do embate.

Os magos da meia-nau se entreolharam, tentando entender por que eles haviam parado. Ashe reparou na expressão confusa que eles exibiam e começou a explicar, enquanto o Sr. Wily devolvia a lança a Hal e caminhava para fora do círculo do convés com um sorriso estampado no rosto.

— O golpe dele poderia ter decepado a minha mão. É difícil, embora não seja impossível, manusear a lança com uma única mão — disse Ashe, ofegante e visivelmente irritado com a derrota. — Acredito que isso também deva fazer parte de seu treinamento. Sr. Blithe, digamos que sua mão esquerda tenha sido ferida durante uma batalha e o senhor não possa mais usá-la. Tente descobrir as propriedades mágicas defensivas da lança para me impedir de enfiar a minha em sua garganta.

Pelo tom de Ashe, Hal sabia que pagaria o pato. O professor correu e investiu contra ele. Hal não conseguiu pensar em nenhuma linha de ação, exceto projetar todas as suas energias mágicas sobre a lança. Uma imensa e pulsante energia amarelada foi emitida pela lança, envolvendo Ashe, levantando-o do chão e fazendo com que ele voasse seis metros, até cair novamente no convés.

— Ai! — A armadura de Ashe ficara preta e uma expressão desfigurada tomava o seu rosto. Enquanto os outros se aproximavam para cercá-lo, a única coisa que saía de sua boca era um fraco, titubeante "ai".

— Dart, chame o médico do navio. — O primeiro imediato Wily levantou a cabeça de Ashe. — Bem, cavalheiros, vocês acabam de ver uma primeira amostra das propriedades mágicas defensivas da lança. Acho que chega por hoje. Não se preocupem com o Sr. Fallow, pois ele se recuperará rapidamente. Bom trabalho, jovem Hal, poucos magos poderiam canalizar tanta energia assim pela lança. Está claro para mim que o Sr. Blithe será um oficial e tanto. Todos vocês devem aproveitar para aprender com ele.

Wily estava alegre, o que levava Hal a concluir que não estava encrencado. No entanto a situação provavelmente não continuaria tão tranqüila assim, quando Ashe recebesse alta.

— Ai!

Pela expressão e pela aparência do homem, isso levaria alguns dias.

No vigésimo quarto dia, a nave-dragão se encontrava perto da Costa do Demônio, procurando por barcos inimigos. Naves-dragão freqüentemente realizavam missões individuais, separadas da frota. Eram navios rápidos e mortíferos, facilmente capazes de enfrentar de quatro a cinco naves comuns ao mesmo tempo. As naves vivas normalmente não se saíam bem junto com outras naves da mesma espécie. Brigas pelo poder entre naves-dragão tornavam-se mais freqüentes e imprevisíveis, quando elas se uniam por algum motivo.

O dia nebuloso e tempestuoso deixava o mar instável. Os dragões também estavam nervosos, constantemente trombeteando seus gritos de guerra acima do mar.

Hal ouviu o capitão dizer: — Bem, se nosso dragão sente vontade de guerrear, devemos satisfazê-lo. Passaremos o dia treinando postos de combate, Sr. Wily.

136

Hal sabia o significado disso e pegou seu chuço de abordagem, subindo as escadas que levavam à sala do coração antes mesmo que os tambores de guerra marcassem o compasso.

Horas mais tarde, Hal, angustiado, guardava atentamente seu posto. Dart e os outros magos da meia-nau municiavam os tubos explosivos ou faziam complicadas manobras de batalha com a nave. Eles se dedicavam às tarefas divertidas, enquanto Hal protegia um pedaço de gelo que ele mesmo criara e um coração com o qual ninguém se preocupava durante a maior parte do tempo. Ele gostaria de nunca ter entrado naquela sala. Qual a vantagem de ser um oficial da marinha real se nunca tinha uma oportunidade sequer de ver o mar?

— De que adianta ser um homem persistente?

— Está com pena de si mesmo, Sr. Blithe?

Hal se virou e deparou com o primeiro imediato Wily ao seu lado. O oficial vestia o manto de combate e o escudo mágico avermelhado estava ativado ao redor de seu corpo. O enorme homem se movia como um gato. Hal não o ouvira se aproximar, e o oficial se encontrava a meio metro de distância.

— Sim, senhor. Quero dizer, não, senhor. Apenas protegendo o meu posto como fui ordenado.

— Bem, acho que você já passou muito tempo protegendo o coração da nave. Desça até o posto de artilharia e ajude-os com os tubos. Esse será um bom posto para um oficial talentoso como você.

Hal mal conseguia acreditar em sua sorte. Ele deu alguns passos para sair, mas notou o erro que cometia.

— Desculpe-me. O senhor não sabe o quanto eu gostaria de fazer isso, mas a proibição número 1 dispõe que nenhum tripulante pode sair de seu posto de origem durante as manobras de combate, a não ser que o capitão assim ordene ou que sobrevenha uma emergência. Agradeço por sua sugestão, senhor.

— Não lhe fiz uma sugestão, mago da meia-nau Blithe, dei-lhe uma ordem direta. — Wily parecia crescer ainda mais e as energias mágicas crepitavam visivelmente ao redor dele. — Retire o seu traseiro daqui e apresente-se ao oficial de artilharia!

— Não posso. O senhor sabe disso. O que está pensando?

Todas as portas da sala se fecharam sozinhas. O primeiro imediato Wily se agigantou perante Hal. Os olhos dele começaram a brilhar, mais ainda do que haviam brilhado durante o julgamento. Com um gesto, Hal colocou uma simples força protetora amarelada sobre o corpo e a mente.

— Estou pensando, seu imbecil, que esta nave e sua tripulação devem morrer! Agora terei de destruir esse coração! — Chifres demoníacos romperam a pele da testa de Wily. Uma força mágica negra, crepitante e mortal, saía de suas mãos.

— Você é um mutante! — A mente de Hal foi tomada pelo horror, mas o treinamento salvou sua vida. Ele utilizou as energias defensivas da lança para bloquear o fenômeno. Faíscas amarelas detiveram a magia negra quando esta estava prestes a atingir Hal. Elas o teriam matado instantaneamente. Hal reuniu todas as forças protetoras que conhecia sobre seu corpo e sua mente. Enquanto a terrível criatura mudava de forma à sua frente, ele se perguntou se a força que possuía seria suficiente para se defender.

— Serei forçado a tomar esse brinquedo de você.

As mãos se transformaram em garras e os ossos do demônio mutante estalaram à medida que ele crescia a um tamanho de cerca de dois metros e meio de altura. A roupa se rasgou e caiu no chão, enquanto o homem se transformava num enorme monstro, com escamas afiadas e quatro braços com garras.

— Ah, assim está bem melhor. — O tom dele era rouco e ameaçador, com um timbre que Hal desconhecia. — Vocês, pequenos humanos, são criaturas demasiadamente enfadonhas.

138

Sempre me perguntei como podem conviver com o fato de terem apenas pares de tudo.

Hal enfrentava uma criatura saída de seus piores pesadelos. Tinha uma enorme cabeça com quatro olhos e quatro orelhas. Dentes pontiagudos em sua boca pareciam apontar em todas as direções. Cada vez que ele movimentava o pescoço ou os braços, fazia um barulho de ossos sendo triturados.

Hal investiu contra o monstro, usando toda a sua força mágica para plantar a lança no coração. A arma, no entanto, foi rechaçada pelo escudo vermelho que protegia o peito.

— Você não é forte o suficiente. Talvez se tivesse vivido uns cem anos a mais, pudesse me ferir. Desista, reles mortal. Por que deseja dificultar as coisas?

Hal fez uma tentativa com a energia amarelada. Sabendo que sua vida estava em perigo, colocou toda a sua força como mago naquele gesto. Uma explosão de luz amarelada brilhante banhou o monstro, mas não fez com que ele se mexesse um centímetro sequer.

— Ah, que ataque poderoso... e brilhante também. Acho que você talvez tenha chamuscado alguns dos meus pêlos. Que pena! Você devia saber que nós, monstros, gostamos de estar sempre bonitos. Fez um bom trabalho, mas acho que acabará descobrindo que seus poderes são insuficientes contra mim.

Com uma gargalhada, a versão monstruosa de Wily tirou a lança da mão de Hal e a jogou de lado. Usando somente uma das mãos, levantou o jovem Hal bem acima do tombadilho. O mago da meia-nau foi tomado pelo pânico. Tentou pensar em alguma coisa, qualquer coisa que pudesse fazer. O monstro apertava seu pescoço e o matava aos poucos.

— Você teria se tornado um mago muito poderoso, humano. Sorte que consegui pegá-lo antes que pudesse causar estragos a mim e aos de minha raça. Sinto que tem uma aura muito

139

poderosa. Mas chega de conversa! Já passou da hora de matá-lo e destruir a nave!

Fluidos acinzentados saíam das garras da criatura, envolvendo o corpo de Hal por inteiro. Ele tentou gritar por causa da dor que sentia, e invocar encantos protetores, mas, preso como se encontrava nas garras do monstro, nenhum som emanou de sua garganta. Os fluidos mágicos e cinza rasgavam seu coração e sua mente.

Hal soltou um grito e subitamente caiu no chão. Ele estava livre! Um chuço de abordagem atravessara o peito do monstro, lançando sangue azul para todos os lados. Hal ouviu a voz de Ashe enquanto a criatura caía no chão.

— Ele não é o único oficial a bordo desta nave-dragão real que consegue movimentar-se silenciosamente e atravessar portas fechadas, rapaz! Acho que você notará que um chuço de abordagem nas mãos de um perito pode ser a arma mais mortífera que temos a bordo! — Os olhos do monstro viraram e, em seguida, ele ficou inerte. — Monstros mutantes estúpidos que tentam tomar as formas de seus superiores lucrariam muito se mantivessem isso em mente na hora de serem mandados de volta para o inferno!

O monstro caiu de joelhos. Para espanto de Hal, o enorme ferimento começou a diminuir à medida que as magias regenerativas fechavam a pele com um som de costura. Retirando a arma do peito da criatura, Ashe a virou e decapitou o monstro, usando sua magia verde-esmeralda para penetrar o escudo vermelho mágico do mutante.

— Acho que você notará, primeiro imediato Wily, que regenerar uma cabeça é virtualmente impossível, mesmo para um mutante. Bem, imaginei que nosso traidor tentaria alguma coisa enquanto estivéssemos ocupados, meu rapaz.

140

— Você sabia que ele era o traidor? — Hal massageou a garganta, que quase fora fraturada, para recuperar o fôlego.

— Sim. Estava por perto e ouvi a sua conversa com o Sr. Wily. Mesmo não sendo nosso mago mais poderoso, você se saiu bem sobrevivendo ao ataque.

— Acho que devo agradecer-lhe.

— Devo me desculpar pela demora para dar o golpe de misericórdia. Se ele soubesse que eu estava atrás dele, a batalha teria sido muito diferente. Essa breve ação é mais uma lição de vida para você, Sr. Blithe. Se o senhor não é o mais poderoso, é melhor guardar alguns truques na manga. Depois que nosso monstro Wily me derrotou naquele dia, pesquisei o escudo vermelho dele para saber como enfrentá-lo.

— Não o tomava exatamente por um intelectual — confessou Hal.

— Estar preparado é o dever de qualquer oficial. Tive sorte de poder fazer bom uso dos conhecimentos adquiridos.

Ashe Fallow pegou a lança e banhou o monstro em mais luz mágica verde-esmeralda. O ser derreteu no chão da sala, transformando-se num humanóide sem pêlos ou feições e, em seguida, num líquido azul gosmento.

— Os mutantes são perigosos. Deixam um resíduo fedorento. Normalmente, eu o mandaria limpar isso, Sr. Blithe.

— Sim, Sr. Fallow.

— Mas deixe isso para lá, por ora. Nós, homens de Lankster, devemos nos manter sempre unidos. Vou mandar o Sr. Surehand descer. Um turno de faxina não fará mal a ele, se é que me entende.

— Excelente idéia, senhor. Continuarei a guardar o meu posto.

— Bem pensado. Nós ainda o transformaremos num oficial. Vou falar com o capitão.

141

O Sr. Fallow devolveu-lhe a lança e saiu da sala.

Hal começou a considerar que proteger o coração do dragão não era um trabalho tão ruim assim, afinal de contas. Entretanto, teria de praticar mais vezes suas magias protetoras. Monstros vorazes de dois metros e meio de altura não deveriam ser capazes de derrotá-lo com tanta facilidade.

Sim, ele era um homem de Lankster.

Dart entrou na sala, apertando o nariz, e perguntou: — Eca, que cheiro é esse?

Hal se limitou a sorrir.

A PRESA DO DIA

Jeff Grubb

Pelo que não temeremos, ainda que a terra se mude, e ainda que os montes se transportem para o meio dos mares.

— *Livro dos Salmos, 46:2*

velho Eustes, empoleirado no topo da vela principal, foi o primeiro a avistar o estudioso August Gold, e soltou um grito marinho para avisar os outros membros da tripulação do *Antigiam*.

— O novo pássaro chegou! — gritou ele com um pulmão poderoso. — Avise o capitão!

— Que tipo de pássaro é ele? — perguntou a primeira imediata, com seu rosto redondo voltado para o céu.

— Aparentemente, um pavão — gritou Eustes sem baixar o tom de voz. — E com uma cauda bem comprida.

Na verdade, a primeira imediata teve de concordar com o enrugado vigia quando viu o recém-chegado descendo as largas escadarias de granito do porto de Caledônia. O novato era, sem sombra de dúvida, um pássaro excêntrico, vestindo um casaco de camurça que ainda mantinha a cor original, intocado pelos elementos, e as calças tão bem passadas que o vinco seria capaz de cortar um tablete de manteiga fria ao meio. O rosto tinha a pele macia e era comprido, parcialmente encoberto por óculos *pince-nez*, e a elegância de seus trajes era um tanto ofuscada pelo desalinho casual dos cabelos, com curtos tufos castanhos virados na direção de todos os pontos cardeais, incluindo alguns ainda desconhecidos.

O recém-chegado trazia a reboque um verdadeiro exército de carregadores, cada um portando um caixote ou baú lotado. Dois deles carregavam carretéis com cordas e outros dois portavam o que pareciam ser pequenas âncoras.

A primeira imediata correu os dedos pesados pelos cabelos grisalhos e mandou que um dos marujos descesse para chamar o capitão. Ela esperava que a chegada daquele pavão, daquele passageiro, finalmente tranqüilizasse os nítidos sentimentos negativos do capitão. Durante os três meses anteriores, desde que assumira o comando, "Gata Preta" Meridan agia como se esperasse que o teto desabasse sobre a sua cabeça. Talvez isso servisse para acalmá-la.

O pavão, August Gold, por sua vez, parou e inspirou o ar enevoado do ancoradouro. O *Antigiam* estava atracado exatamente onde o capitão do porto lhe havia indicado, entre os dois navios de três mastros e o dique seco. Os navios de três mastros e o *Antigiam* balançavam suavemente em seus ancoradouros, com os cascos parcialmente submersos nas pesadas nuvens que os suportavam.

Tratava-se verdadeiramente de um dia perfeito; havia apenas leves fiapos de nuvens altas, semelhantes aos garranchos de um professor primário, movimentando-se constantemente ao sabor do vento norte, contra o pano de fundo azul do céu. A verdadeira camada de nuvens, o material sobre o qual os homens navegavam, perfazia um espesso cobertor ao redor do pico de montanha que era a Caledônia. A camada parecia sólida, pesada e suficientemente espessa para ser sorvida com uma colher. Ele sabia que, se continuasse descendo, atravessaria a cobertura e chegaria à sombra das nuvens, àquele mundo escuro de cadeias de montanhas e vales que raramente viam a luz.

Havia, lá embaixo, um mundo de tempestades elétricas e chuvas ácidas, um mundo que os homens anteriormente habitavam (se as velhas lendas fossem verdadeiras), por onde diversas espécies de criaturas fantásticas desfilavam. Unicórnios. Duendes. E, principalmente, dragões.

Agora, August Gold, pesquisador graduado pela recémcriada Faculdade de História e Mitologia, olhava para o navio que o levaria àquela terra.

O *Antigiam* era um barco pequeno, quase um talha-mar, e aparentava ser ainda menor quando comparado aos navios de três mastros, mais opulentos, que balançavam vagarosamente no ancoradouro ao seu lado. Era estreito e tinha um estabilizador, uma verga secundária de madeira, perpendicular ao lado esquerdo do navio.

August comprimiu os lábios por um instante. Não ficava no lado esquerdo. Ficava a bombordo. O *Antigiam* tinha um estabilizador montado a bombordo. Apesar de ter estudado condições atmosféricas como um segundo campo de interesse na universidade, August pouco sabia sobre navegação, e esse pouco encontrava-se nos pequenos compêndios que estavam encaixotados com o resto de sua biblioteca.

Com seus acompanhantes o seguindo vagarosamente, August subiu a prancha. Foi recebido por uma mulher robusta, de cabelos grisalhos, vestida com a túnica de uma mulher livre. Ele a saudou animadamente com um cumprimento estudado.

— August Gold apresentando-se ao *Antigiam* — disse ele, para em seguida acrescentar num tom inseguro: — Peço permissão para subir a bordo.

— Sandotter, primeira imediata do *Antigiam* — disse a mulher, e August enfiou a mão no bolso do colete. — Guarde os documentos para apresentar ao capitão. Sou apenas o imediato: levo o barco até onde o capitão ordenar. É ela quem comanda esta embarcação.

August notou a ênfase colocada sobre a palavra "ela", uma forma de testá-lo, mantendo um olhar atento para ver se ele piscaria. Alguns homens reagiam mal à antiquada noção de mulheres livres, e havia pessoas, nos salões da União, que queriam saber quem se opunha a elas. Tratava-se de uma questão política delicada.

August, por sua vez, se limitou a fazer uma curta reverência e dizer: — Desculpe-me pelo equívoco. E quanto ao capitão...

— Eu sou o capitão — disse uma mulher alta e imponente que surgiu ao lado do ombro direito de August. Ela tinha um rosto bonito e olhos profundos, olhos que, em outro tempo e lugar, poderiam ser descritos como "sorridentes". Mas não ali, no convés do navio que ela comandava. Ali ela era a chefe suprema e seus cabelos formavam uma espessa crina, negra como a fumaça, que emoldurava as feições fortes de seu rosto.

— Jemmapolis Meridan — disse ela, estendendo a mão. — Capitã do *Antigiam*. Você deve ser o doutor Gold.

— Chame-me apenas de Sr. Gold, por favor — disse August.

A capitã pegou a pasta de tecido impermeável e rompeu o selo azul do lacre com a destreza de alguém que passara a vida toda cumprindo as ordens do Almirantado.

Ela lançou um olhar irritadiço para as ordens durante algum tempo e o navio inteiro parecia silenciado. Na verdade, o mundo inteiro parecia aguardar.

Enfim, ela disse: — Sra. Sandotter!

— Sim, capitã?

— Estamos prontos para partir?

— Apenas aguardando suas ordens, senhora.

— Solte as amarras, então, e siga rumo às Pedras Profundas, na direção sul-sudeste.

— Sul... — a imediata fez uma breve pausa. — São os mares eclesiásticos. A senhora quer dizer que vamos...

— Sim — disse Jemma Meridan. — Nós vamos para o Mar Sagrado.

— Esse é o trecho de oceano mais perigoso desse mundo maldito — disse a capitã Meridan, batendo as ordens enroladas contra a outra mão. — Por que exatamente estamos indo para lá? Estas ordens não deixam isso claro.

Eles estavam no aposento que fora reservado para o estudioso, um espaço exíguo mesmo antes da chegada de Gold. Agora, o espaço era tomado por caixotes, barris, duas âncoras pequenas, dois enormes carretéis com cordas (trazer cordas e âncoras a bordo de um navio? O que esse estudioso tem em mente?, pensou ela) e livros (uma quantidade absurdamente grande deles). Meridan estava acostumada com aposentos apertados, mas aquele estava demasiadamente apertado, mesmo para os padrões navais.

Empoleirado num baú, Gold tentou se encostar e quase perdeu o equilíbrio. Meridan abafou uma risada.

— Tudo se resume a uma questão de história, uma questão de antigas lendas — disse ele, ajeitando os óculos no nariz. — Uma questão de dragões.

Meridan involuntariamente fez uma careta. Arranhe a superfície de um estudioso e você encontrará um nostálgico ansiando pela suposta era dourada, quando o mundo não era

148

envolto por nuvens eternas, exceto por algumas ilhas de montanhas e planaltos. Dizia-se que fora uma era de heróis, uma era na qual a humanidade navegava na água, e não num céu de nuvens.

— Os dragões não passam de um mito — observou ela secamente, e olhou de novo para as instruções em tinta verde, como se estivesse procurando por alguma luz que lhe houvesse escapado. Elas continuavam soando irritantemente vagas.

— Os mitos se baseiam na verdade — disse August —, e o ofício de um estudioso é desvendar essa verdade.

E cabe ao capitão levá-lo de um lado para outro enquanto você procura, pensou Meridan, mas ela se limitou a balançar a cabeça afirmativamente e a dizer: — E a verdade específica que você busca são os dragões.

— São muitas as lendas sobre essas grandes bestas — disse August. — Leia Horácio, leia Aubrey. Leia os trabalhos dos grandes historiadores...

— Poetas... — disse Meridan.

— Os poetas também — disse August, concordando com a cabeça. — Visionários de seu tempo. Eles falavam sobre dragões que voavam pelo céu, desafiando a ciência e a magia, respirando fogo e cuspindo destruição lá do alto.

— E você quer *encontrar* essas criaturas? — perguntou Meridan.

— Se é que algo sobreviveu ao Dilúvio e à devastação — disse August —, se algo sobreviveu à Era Anterior, talvez tenham sido eles. Eram criaturas imensas, capazes de resistir às tempestades e aos raios. Eles lutavam por seus territórios como os antigos lordes feudais, às vezes até a morte. Somente os mais corajosos e afortunados sobreviveram a eles.

Agora, o rosto do estudioso estava iluminado, com suas feições radiantes sob as lentes. Ele não era somente um nostálgico, pensou Meridan, mas também um aprendiz de poeta.

149

– É cla-ro – disse Meridan, dividindo as sílabas da palavra e repetindo a frase anterior: – E você quer encontrar essas criaturas?

– Claro – disse Gold. – A defesa de minha tese depende disso.

– E tudo isso... – Meridan apontou para os caixotes.

– Alguns cadernos, alguns textos – disse August. – Uma grande quantidade de cabos. Cerca de um quilômetro e meio de cabos fortalecidos com fios de aço. Lanternas. Âncoras, evidentemente, com lâminas afiadas. E peças substitutas, naturalmente.

Meridan ficou impressionada. Ela indagou: – E você acredita que os dragões estariam...?

– Antes do Dilúvio, a área para a qual estamos nos dirigindo era uma planície extensa e fértil, repleta de rebanhos de bestas selvagens. Um lugar perfeito para a caça. Se os dragões sobreviveram, é lá que os encontraremos.

– Essa "planície extensa e fértil" atualmente se encontra escondida sob uma camada de nuvens de quase um quilômetro e meio de espessura – disse a capitã Meridan.

– E é por isso que nós ainda não os encontramos – disse August, balançando a cabeça afirmativamente.

– Também se trata de um território que pertence à Santa Igreja. Eles detestam navios da União em geral, e os doutos em particular. – E me detestam acima de tudo, pensou ela.

A expressão de August Gold permaneceu praticamente inalterada. – Informaram-me que você é boa no que faz, capitã – disse o erudito. – Quando entrei com o pedido há três meses...

– Há três meses? – indagou Meridan. – Há quanto tempo você está planejando esta breve expedição?

150

— Bem, chegar ao topo da hierarquia para fazer esse tipo de pesquisa, e com esse montante de recursos, é algo que pode levar anos — disse August. — Há três meses finalmente recebi a verba necessária e pedi ao Conselho do Almirantado um navio veloz e um capitão destemido. Indicaram-me Gata Negra Meridan como a melhor escolha. Espero que não a tenha ofendido...

Jemma Meridan tentou apagar a expressão carrancuda do rosto. — Não, é claro que não — começou ela a explicar, mas o rosto do jovem Smith surgiu na escotilha, informando que o capitão do porto havia sinalizado. — Precisam de mim no convés, doutor... Sr. Gold. Por favor, acomode sua bagagem da melhor maneira possível e junte-se a mim quando puder.

Caledônia era o derradeiro porto da União na região sudeste, varado pelas nuvens trovejantes do Mar Sagrado. Do pequeno tombadilho superior do *Antigiam*, Meridan via o porto afastar-se, as montanhas baixas do promontório se transformando em barrentas sombras púrpura, de quando em quando iluminadas pelos raios de luz do farol.

O *Antigiam* navegava bem, deixando o raio de luz para trás com o auxílio apenas da vela principal, uma vela latina desfraldada à maneira sulista. Não havia necessidade de usar a vela de popa ainda, ou a vela de ré, não enquanto os ventos terrestres estivessem soprando. As nuvens eram cortadas em duas linhas à medida que o barco as atravessava: uma, mais larga, pela passagem do casco, a outra como a fina escrita de um lápis pela passagem da viga estabilizadora.

Três meses, pensou Jemma. Isso explicava perfeitamente a inesperada e indesejada investidura no comando do navio outorgada por lorde Simon. Havia uma quantidade enorme de capitães sem navios farejando pelos corredores do Almirantado e Jemma recebera congratulações e olhares enciumados quando a notícia saiu no *Gazetteer*. Poucos capitães eram investidos num posto de comando depois de perder um navio. E Jemma perdera dois.

O apelido Gata Preta não se devia à cor de seus cabelos, mas à sua má sorte.

Mas ali estava ela, mais uma vez no comando. August Gold devia ser um sujeito muito influente. De-ve-ras.

Ela passara três meses transportando mensagens e caçando piratas imaginários. Passara três meses treinando sua tripulação. Quando ela assumiu o comando, a tripulação do *Antigiam* se dividia entre marinheiros que fingiam estar doentes para faltar ao serviço, montanheses recrutados à força e rábulas de tombadilho, mas, com o passar do tempo, e o acelerado ritmo de vida nas nuvens, ela os deixara razoavelmente no ponto.

O que lhes fazia muita falta, infelizmente, era poder de fogo. A nave contava apenas com dois canhões: uma bateria antiaérea na popa e um cachorro da proa. Mesmo assim, com apenas três cargas de arma de fogo a bordo, os exercícios de artilharia tornavam-se inócuos sem munição verdadeira e ela não sabia como a tripulação se comportaria sob fogo inimigo. Não que isso importasse – se eles esbarrassem em algo maior do que um navio eclesiástico, teriam de fugir às pressas.

Uma salva de gargalhadas no convés superior trouxe Meridan de volta ao mundo real. O Sr. Gold aparentemente acabara de subir ao tombadilho.

O estudioso estava fantasiado de tartaruga, carregando um pedaço de madeira curvado preso nas costas e uma tábua reta, igualmente grande, no peito. Pedaços adicionais de madeira estavam presos nos antebraços e nas coxas. Os óculos dele estavam cobertos por um par de lentes mais grossas, presas ao rosto por uma larga faixa de couro que circundava a cabeça.

A imagem do erudito fez com que o velho Eustes beirasse um surto de catalepsia e Knorri e Gunnar trocassem tapas contínuos nas costas. Até Crossgreves, o mal-humorado comissário de bordo, que contava cada grama de pólvora como se fosse ouro, caiu na gargalhada.

— Qual é o motivo da graça? — perguntou August Gold, com um olhar tão normal quanto possível para um homem vestido como um réptil encouraçado.

— O que o senhor pretende, Sr. Gold, perturbando a minha tripulação dessa maneira? — disse Meridan.

August bateu no peito. — Madeira flutuante, capitã. A mesma do seu casco. O vendedor me informou que é uma das melhores fibras que existe.

A explicação de August sobre a origem da armadura de madeira fez com que Eustes e os outros tivessem um renovado ataque de riso.

— Quanto melhor a fibra, mais flutua — continuou August.

— Você já teve uma oportunidade de testar a sua... — disse Meridan, tentando segurar o riso — armadura?

— Estava desfazendo as malas e achei que este seria o melhor momento para testá-la.

— Claro — disse a capitã, acrescentando num tom mais sério: — Qual é a sondagem, Sr. Gunnar?

Ao ouvir a pergunta, Gunnar parou de rir. — Dez braças, segundo a carta de navegação.

— Então, separe dezessete metros de corda — disse Meridan. — Sr. Knorri, por favor, prenda-a nos... trajes... do Sr. Gold de forma segura.

O espadaúdo operário nortista rapidamente amarrou a corda com firmeza na armadura de August, prendendo-a nas costas.

— O que estão fazendo? — perguntou August.

153

— Uma experiência — disse a capitã. — Mas mesmo um estudioso já teria adivinhado isso. Sr. Gunnar, Sr. Knorri?

— Sim, capitã?

— Joguem nosso convidado para fora do navio, por favor.

August Gold só teve tempo de soltar um guincho enquanto os dois marinheiros o pegavam por baixo dos braços e o levavam para estibordo. Num movimento simultâneo e sem fazer qualquer barulho, eles jogaram o erudito, aos gritos, para fora do navio.

Ele atravessou as nuvens e sumiu, deixando um buraco como o de uma bala de canhão na cobertura de nuvens e um grito no ar. A corda ficou inteiramente esticada.

— Devagar com essa corda! — gritou a capitã. — Não quero enforcá-lo! Com cuidado. Isso. Estabilize-o a dezessete metros.

— Ela contou vagarosamente até dez e, em seguida, disse: — Traga-o de volta.

August Gold voltou para o convés, vermelho, balbuciando palavrões. Assim que Gunnar acabou de desamarrar a corda, o estudioso começou a se despir da armadura, jogando pedaços de madeira para fora do navio. Quando os pedaços de madeira batiam nas nuvens, atravessavam-nas, sumindo de vista.

O estudioso colérico se virou para a capitã e, pela primeira vez, Meridan pôde sentir a fúria contida naquele homem esguio. Ela durou apenas alguns segundos, mas ele foi dominado, de qualquer modo, por uma paixão não muito erudita.

August conseguiu se recompor rapidamente e disse:

— Você sabia disso.

— Eu suspeitava — disse a capitã. — Em geral, quanto mais espalhafatosa a armadura, menos proteção oferece.

— Devia ter imaginado — disse August. — As relíquias mais reluzentes costumam ser as mais enganosas. Nunca me ocorreu que alguém fosse capaz de mentir a respeito de madeira flutuante.

— Antes descobrir isso agora do que mais tarde — disse Meridan. — Sr. Crossgreves?

— Sim? — perguntou o comissário de bordo.

— Arrume um colete salva-vidas decente para o Sr. Gold. Acho que duas voltas serão o suficiente. O bastante para que ele não afunde.

— O comissário franziu a testa só de pensar em ter de retirar algo de sua preciosa carga, mas balançou a cabeça afirmativamente.

— E, Sr. Gold? — acrescentou a capitã quando o estudioso já havia se virado.

— Sim? — perguntou Gold, e a capitã percebeu mais uma piscadela nervosa emoldurada pelas sobrancelhas dele.

— Gostaria de convidá-lo para jantar comigo esta noite — disse a capitã. — A não ser que o senhor já tenha outros planos.

— Não tenho plano algum — disse August Gold. — Estarei lá.

O vinho aquieta os males, refletiu August Gold, e apaga alguns constrangimentos.

A capitã Jemma Meridan servia uma mesa farta, beneficiada pela recente parada no porto. A pequena mesa era dominada por um javali, servido numa bandeja com arroz selvagem temperado com groselha e maçãs. Além disso, Crossgreves cedera diversas garrafas de um ótimo vinho tinto oriental e não parecia minimamente preocupado quando a capitã abriu a terceira garrafa da noite.

O aposento era apertado, não mais do que um dormitório estudantil. E o estômago de August realmente respondeu muito bem ao balanço do casco nas nuvens. Encontravam-se na pequena sala de artilharia Gold, Crossgreves, o Sr. Baker, o segundo imediato, e Sandotter, assim como o jovem Smith, que os servia. E a capitã, naturalmente, com seus ombros largos assomando-se sobre os de seus compatriotas. O *Antigiam* era um barco pequeno, mas, mesmo assim, cabia a ela como comandante o privilégio de conduzir a conversa.

— Aproveitem — encorajou —, pois na próxima semana teremos pudim de arroz com charque no menu e, depois disso, voltaremos à dieta normal: salsichas com purê.

— E bolachas com água se a viagem demorar muito — disse Crossgreves, e August não tinha a menor dúvida de que o comissário de bordo sabia exatamente o instante em que isso ocorreria.

Os temas discutidos mudavam ao sabor do vinho. Meridan não toleraria discussões políticas à mesa, mas elas apareciam nas histórias de portos, de prêmios recebidos do Ruq e dos diversos tamanhos de navios eclesiásticos. Meridan comentou sobre a suposta superioridade da enxárcia do *Antigiam* embora sua enorme força colocasse um grande peso sobre a estrutura do navio. Burrows, a carpinteira, estava sempre reclamando.

— Antigiam — disse August. — Ele não foi um herói?

— Ele foi batizado em homenagem a outro navio — disse a capitã. — O original foi o navio que descobriu a enseada dos Trovões e foi incendiado na Batalha de Dunne.

— Sim, mas antes disso — disse August. — Antes do Dilúvio.

Meridan balançou a cabeça negativamente, mas August insistiu: — Antigiam foi um herói daquela época; ele lutou contra as hordas das trevas numa armadura brilhante. Ele defendeu o desfiladeiro Khelson sozinho contra o exército de mortos-vivos de um velho necromante e, quando encontraram seu corpo, depois de quatro dias de batalha, estava cercado por uma pilha de ossos de mais de seis metros de altura.

156

— Você disse, "quando encontraram seu corpo"? — observou Sandotter. — Presumo que ele não tenha sobrevivido a essa experiência.

— Ele não sobreviveu — disse o Sr. Gold. — Mas a lenda sim, tanto que o primeiro *Antigiam* foi batizado em homenagem a ele.

— Fábulas — disse Meridan. — Poesia épica.

— Fatos perdidos — argumentou Gold. — Pelo visto a senhora não acredita nos Tempos Perdidos.

— Se o senhor me desafiasse a negar que os homens, no passado, viviam sob estas nuvens, eu me absteria devido ao seu conhecimento superior. Mas, se me perguntar se sou uma pessoa nostálgica, se sinto saudades do passado, a resposta, infelizmente, é não.

— Confesso que estou surpreso — disse August. — Sempre imaginei que os capitães fossem românticos incuráveis.

— Nós, capitães, somos pragmáticos — disse Meridan. — Você tem de ser assim para sobreviver longe das bordas dos picos. Infelizmente, não dá para ficar sentindo saudades do passado; portanto, deixo isso para os poetas.

— E para os historiadores — disse August, num tom ponderado. — Então, capitã, o que a senhora acha que aconteceu com o mundo para ter ficado desse jeito?

— Isso pouco importa, não é? — retrucou a capitã. — O mundo é o que é e nós temos de viver nele.

— A versão que sempre ouvi — disse Baker — é que havia um coração de cristal no centro do mundo e alguém o estilhaçou, soltando uma nuvem que envolveu o globo.

— Não seja burro — disse Crossgreves. — Foi por causa dos passes de magia. Havia muita magia. Foi isso que fez com que o mundo ficasse encoberto.

— Ambos estão errados — acrescentou Sandotter. — O que aconteceu foi que um dia começou a chover e nunca mais parou. Não passa de um simples processo natural.

A capitã, ao encher mais uma caneca de vinho, perguntou:

— Então, Sr. Gold, *por que* o mundo foi encoberto pelas nuvens?

— Ninguém sabe ao certo — disse Gold. — Mas *eu* acho que foi porque alguém matou um deus.

A mesa inteira ficou em silêncio por um momento, em seguida todos começaram a rir simultaneamente. Todos, exceto Meridan.

— Então foi isso que aconteceu... — disse Sandotter, rindo.

— *Isso* é que é uma estupidez — disse Crossgreves. — Com todo o respeito, doutor.

— Isso explicaria por que os religiosos sempre agem como se estivessem com uma abelha na cueca — disse Baker —, como se alguém tivesse matado Deus.

— Não estou falando de Deus — corrigiu August. — Mas de um deus. No passado, havia vários seres poderosos, segundo as antigas lendas. Somente um ser dessa magnitude poderia fazer com que começasse a chover, e continuasse chovendo durante cem anos, envolvendo o mundo num cobertor de nuvens de tal forma que os sobreviventes fossem forçados a subir até o topo das montanhas para recomeçar tudo. E somente o assassinato de um ser como esse seria capaz de deslanchar tal força.

Crossgreves bufou, mas Baker e Sandotter balançaram a cabeça afirmativamente.

— Você tem como provar a existência de seus deuses? — perguntou Meridan.

— Não, ainda não tenho nem como provar a existência dos meus dragões — respondeu August.

— Sr. Gold, estive pensando em lhe perguntar — disse Meridan. — Diga-me, *como* pretende provar a existência de seus lendários dragões?

158

— Bem, capitã, imaginei que a senhora já soubesse a resposta a essa pergunta depois de ter visto o meu equipamento — disse August Gold num tom calmo. — Pretendo pescá-los.

— Isca — disse August, levantando um frasco escuro lacrado com cera. Meridan viu uma gosma gelatinosa deslizar dentro do vidro.

Eles estavam no porão do navio, perto da escotilha dos mortos. Num navio tradicional, um buraco no fundo seria suicídio, mas abaixo do casco do *Antigiam* havia apenas nuvens espessas. A escotilha dos mortos tinha esse nome por ser usada para jogar corpos do navio em direção às nuvens.

Os três, Meridan, Gold e Baker, se encontravam reunidos em torno da escotilha aberta. Abaixo deles, apenas nuvens avermelhadas. August armara um grande carretel com seus cabos de aço ao lado da escotilha, com um carretel adicional ao lado.

Eles já viajavam há três semanas e haviam entrado no estágio das salsichas com purê, mas ainda não seriam obrigados a "apelar para os biscoitos" nas duas semanas seguintes. Por duas vezes, haviam escapado de tempestades e, por três, avistaram velas no horizonte, fugindo para não serem interceptados. Agora, entretanto, uma neblina espessa se formara durante a manhã, fornecendo uma ótima cobertura para que o *Antigiam* navegasse calmamente com as velas abaixadas, e August Gold pudesse fazer sua experiência.

— É o suficiente para duas tentativas — disse August. — Tentei arrumar uma amostra em outro museu, mas o curador foi... bem, digamos apenas que não conseguimos nos entender e joguei minha chance para o alto.

— E o que é isso dentro do vidro? — perguntou Meridan.

— Sangue de dragão — disse August — ou pelo menos algo que acreditamos ser sangue de dragão. Pode ser outra enganação, como a armadura de madeira flutuante. — Ele ficou mo-

159

mentaneamente ruborizado e em seguida continuou: — Mas a procedência é confiável.

— O sangue de dragão não seria uma prova de que existiram dragões? — perguntou Baker.

— Pode ser uma prova — corrigiu August — de que os dragões *existiram*, mas não de que eles ainda *existam*.

— E como é que isso vai ajudá-lo a provar a existência deles? — perguntou a capitã.

— As Lendas Antigas, as "fábulas", dizem que os dragões eram criaturas extremamente territoriais — disse August —, de forma que o cheiro de um outro dragão em seu território faria com que ele se apresentasse para o combate.

— Isso me lembra os Homens da Igreja — disse Baker com um sorriso forçado.

— Mas esse sangue é muito antigo — comentou Meridan. — Sem dúvida, nem mesmo um réptil seria atraído por sangue frio.

— Foi o motivo pelo qual criei isso — disse August Gold, desvelando uma engenhoca semelhante a uma lanterna. — Este incensório transformará o sangue num leve vapor que será transportado pelas correntes para baixo das nuvens. Se houver um dragão aqui, no Mar Sagrado, nós o encontraremos.

— Trata-se de um "se" e tanto — disse a capitã.

— Trata-se de um dragão e tanto — retrucou o estudioso.

Depois de manusear o equipamento por mais vinte minutos, August derramou algumas gotas do fluido na boca porosa da lanterna e acendeu a chama. As gotas pingaram dentro da lanterna por alguns instantes e ela começou a funcionar, fazendo com que um odor forte e sangüíneo percorresse o porão.

Os olhos de Meridan ficaram mareados e Baker prendeu a respiração, enquanto August se sentia como se estivesse provando o aroma de um vinho fino. Ele fechou a portinhola do

160

incensório, prendeu a lanterna em uma das pontas afiadas da âncora e jogou a geringonça escotilha abaixo. Baker manuseava a manivela do carretel.

— Abaixe-a cuidadosamente — disse August, pegando um caderno e uma caneta — e leia as medidas em voz alta enquanto ela desce.

Passou-se algum tempo, durante o qual o silêncio era quebrado apenas pela monótona leitura feita por Baker, à medida que o cabo de aço era desenrolado. O cabo desceu trinta metros para ultrapassar a cobertura das nuvens. Depois, sessenta. Em seguida, noventa. Duzentos. Quando chegou a trezentos, o estudioso disse: — Estabilize-o.

Meridan olhou para os dois, o estudioso agachado sobre a escotilha dos mortos e o segundo imediato segurando a manivela com firmeza. O cheiro de vapor almiscarado não impregnava mais o porão, embora Meridan tivesse certeza de que o vapor estivesse surtindo seu efeito bem abaixo deles.

Cinco minutos se passaram. Enfim, Meridan disse: — Óbvio. Não acredito que o seu dragão esteja em casa.

Naquele exato momento, o cabo do navio se retesou e o casco todo estremeceu.

— Ficou preso em algum lugar? — perguntou Meridan.

— Qual a profundidade, de acordo com a carta de navegação do piloto? — perguntou August.

— Cerca de um quilômetro e meio — disse a capitã. Não, ela se deu conta, o cabo não ficara preso.

Foi quando a coisa que estava do outro lado do cabo o puxou e Baker foi jogado para a frente, caindo no anteparo.

— A manivela! — gritou Meridan. — Pegue a manivela!

Mas já era tarde demais. A criatura que estava do outro lado do cabo mergulhou como um peixe que persegue a isca, desenrolando o cabo no processo. A manivela era jogada freneticamente de um lado para outro, transformando-se praticamente num borrão, um pesado cajado que ameaçava quebrar os dedos de qualquer um que ousasse segurá-la. O cabo de aço começou a fumegar com a fricção, à medida que era desenrolado.

A capitã Meridan percebeu o que aconteceria quando o cabo chegasse ao fim. Ela correu até a escotilha e gritou para o convés: — Levantem as velas! Desenrolem os panos!

— Quantas, capitã? — perguntavam.

— Todas as velas! — gritou ela. — Até as de ré.

Eles ouviram o som de pés correndo para desfraldar cada centímetro de vela. A capitã andou pelo porão. Ela podia sentir o esqueleto do navio sendo forçado, à medida que o vento enfunava as velas e o navio começava a se movimentar.

August, por sua vez, limitava-se a olhar para o cabo que se desenrolava tão rápido a ponto de se tornar embaçado. Seguramente, o que quer que estivesse do outro lado, abandonaria a isca por causa do pesado cabo que a prendia. Seguramente...

Mas não foi o que aconteceu: o cabo se desenrolou até o fim, preso firmemente ao coração do carretel, e permaneceu esticado.

O navio foi duramente estremecido, com o vento o levando em uma direção, enquanto a criatura presa ao cabo o puxava para outra. August podia sentir a tensão que subia pelo cabo até o próprio navio.

Em seguida, foram ouvidos mais gritos no convés. O navio não estava se movendo. Na verdade, estava começando a ser puxado para baixo, deixando um buraco à medida que ia atravessando as nuvens.

Para piorar as coisas, a popa estava começando a mergulhar de forma mais íngreme nas nuvens.

August Gold ficou paralisado até a capitã retornar com um machado na mão, dirigindo-se para o cabo. O cabo, reforçado pelo aço que o revestia, recusava-se a ceder, a despeito dos esforços dela.

Ouviram-se mais gritos acima. Era algo sobre o mastro principal.

Meridan se virou para August e gritou: — Diga-lhes para abaixar as velas. Abaixe tudo!

August ficou olhando para ela com um olhar esbugalhado.

— A tensão é muito grande. O mastro principal está quebrando! — queixou-se a capitã. — Diga-lhes para abaixar tudo ou vamos perdê-lo.

August cambaleou até a escotilha do tombadilho e gritou as ordens da capitã. Ouviram-se outros passos apressados, seguidos por um imenso barulho quando o pau de carga se chocou contra o tombadilho.

Quando August se virou, ele viu que a capitã havia desistido de investir contra o cabo e, em vez disso, estava tentando desmontar o carretel. As pesadas lascas de madeira voavam para todos os lados enquanto o carretel se estilhaçava, mas, ainda assim, ele se recusava a ser separado da base.

August cambaleou de volta para a escotilha dos mortos. Eles estavam quase ultrapassando a cobertura de nuvens e a escuridão avermelhada da terra se estendia abaixo deles. Ela era iluminada pelas tempestades de raios bem abaixo. August involuntariamente segurou o cinturão de madeira flutuante que lhe tinham dado com firmeza, na esperança de que ele funcionasse.

O próprio cabo flutuava como uma seta de prata riscada por uma régua reta a partir da popa. E ali, no limite de seu campo de visão, ele conseguia enxergar algo preso na outra ponta.

163

Algo indistinto no reino da penumbra, mas incrivelmente grande.

Finalmente, ouviu-se um guincho de madeira cedendo e o carretel quebrado se soltou do tombadilho. Os discos quebrados do carretel brilharam por alguns instantes e, em seguida, sumiram de vista.

O *Antigiam* foi jogado para o alto como uma rolha, e August foi derrubado novamente. Gritos de pânico vinham do convés e o barco balançou precariamente para estibordo, com a viga lateral voltada para o alto. Seguiu-se uma nova oscilação e o navio se estabilizou.

Meridan forçou sua passagem. August verificou o estado de Baker e encontrou o jovem desmaiado, respirando com dificuldade. Em seguida, subiu cambaleando atrás da capitã.

Quando chegou ao convés, a capitã já conversava com Burrows, a carpinteira, uma jovem que sempre falava em voz alta e com um forte sotaque de Scolven. Ele conseguiu ouvi-la dizer: — Quase se quebrou *meismo*. Não poderá *naveigar* com todas as velas içadas.

A capitã praguejou, e August falou: — O Sr. Baker está desmaiado. Pode ter tido uma concussão.

Meridan virou-se na direção dele, com uma expressão irada estampada no rosto. — Não temos um médico a bordo. Será que você pode cuidar disso?

August ficou com o queixo caído por alguns instantes e, em seguida, disse: — Tomei algumas lições básicas de fisiologia.

— Faça o que for possível — disse a capitã. — Vou levar o navio de volta para o porto.

— Para o porto? — perguntou August, chocado. — Nós não podemos voltar agora. Estamos prestes a fazer uma incrível descoberta!

— Descobrimos algo capaz de rebocar esse navio abaixo da cobertura das nuvens — disse Meridan. — Você pode retornar para o ministério e arrumar um barco maior. A missão deste navio está encerrada.

— Eu ainda tenho sangue de dragão — disse August — e um outro carretel. Trouxe peças de reposição. Não podemos voltar enquanto tivermos outra opção.

Meridan se virou para dizer algo, mas as palavras vieram de outro lugar: — Navio à vista!

A capitã imediatamente esticou o pescoço, esquecendo-se do estudioso: — Posição?

Leste a nordeste, informou o vigia, e Meridan subiu as escadas para o tombadilho superior. De passagem, ela disse asperamente para August: — Acho que nossas opções subitamente chegaram ao fim, doutor.

A neblina que subira tinha ajudado a esconder o *Antigiam*, mas também o navio que o perseguia. Agora que a neblina se dissipara, ele estava grande o suficiente, no horizonte, a ponto de ser claramente visto a olho nu. Meridan o olhou através da luneta e praguejou em tom alto.

— Um navio eclesiástico? — perguntou August.

— Um navio-tomo — disse a capitã. — Não os maiores, como um navio-bíblia, mas suficientemente grande. E o vento está a favor dele.

— E o que isso quer dizer?

— Que, quando mudarmos de direção, ele poderá virar para nos seguir com maior facilidade. Sra. Sandotter!

— Sim, senhora!

— Retire aquela vela do tombadilho e mantenha o navio à capa!

— Capitã, a última manobra quase partiu o mastro em dois — disse Crossgreves, observado de perto por Burrows. — Se içarmos todas as velas, ele pode se quebrar de vez.

— Então, levante-as a meio pau — disse Meridan — e prepare as velas de popa e de ré. Precisaremos de toda a velocidade possível.

August disse: — Nós temos canhões.

Meridan balançou a cabeça: — Temos dois cachorros de popa pequenos com os quais não podemos atirar ao mesmo tempo. E uma tripulação que ainda não deu tiros com munição de verdade desde que assumi o comando do navio. Um naviotomo provavelmente é munido com pelo menos uma dúzia de canhões nos costados.

Ao lado deles, o imediato gritava com a tripulação, e cada pano de vela que podia ser seguramente içado estava preparado. Mesmo assim, o mastro principal estalava perigosamente no ar.

A nau eclesiástica crescia no horizonte. August reparou que ela tinha três mastros e uma grande quantidade de velas bordadas.

— Se eles nos capturarem... — começou August, mas parou subitamente e, depois, recomeçou: — A Igreja não gosta de estudiosos.

— Acho que eles não gostam de ninguém — disse a capitã Meridan num tom entrecortado. — Olhe para o mastro da proa. Você já viu a flâmula dos Irmãos? O navio tem uma tripulação masculina. Eles sempre lutam até a morte e não gostam nem um pouco de tripulações mistas.

— Então, eles vão nos capturar e...

— Vão nos matar. A Igreja é muito imaginativa na hora de criar mártires. Você tem uma faca?

August piscou. — A senhora não está insinuando que devemos cometer suicídio antes de sermos...

Meridan fez um sinal para que ele se calasse. — Você vai precisar de uma faca quando pular do barco. O segredo é dar corda no cinto aos poucos, até chegar seguramente ao chão. O cami-

166

nho de volta será longo, mas, ainda assim, é melhor do que cair nas mãos da Igreja.

August olhou para Meridan e, pela expressão lívida no rosto dela, era como se ela *estivesse* discutindo o suicídio. E, para um capitão, discutir a perda de seu navio realmente era.

August olhou ao redor. A tripulação seguramente já notara que a situação era desesperadora. Mesmo assim, todos estavam em seus postos, tentando fazer com que o *Antigiam* navegasse o mais rápido possível, forçando-o até o mastro principal estalar em lamentos e, em seguida, tirando rapidamente um pouco da pressão sobre ele.

As velas se agigantavam no horizonte. Um jato de fumaça saiu de um dos canhões e, alguns instantes mais tarde, o som trovejante de uma explosão atravessou a cobertura das nuvens. A tripulação parecia nem reparar.

— Eles estão testando a distância — disse Meridan. — Isso quer dizer que não há padres poderosos a bordo. Mesmo assim, eles vão nos interceptar e destruir. Preparem-se para abandonar o navio! — Ela agora estava pálida como um fantasma.

— Não, capitã! — disse August subitamente.

— Sei que você não quer perder os seus livros — disse Meridan. — Mas ou salvamos os livros, ou salvamos nossas vidas.

— Não, o que quis dizer é que talvez possamos escapar se pudermos distraí-los.

— Distraí-los? No meio dessas nuvens? Você acha que seria capaz de chamar a atenção de uma fragata da União ou de uma barcaça de assalto dwarveniana?

— Posso chamar a atenção de alguma coisa — disse August Gold. — Se a senhora conseguir continuar navegando.

Para o capitão da nau eclesiástica, a nave da União subitamente cometera um erro fatal. O comandante do navio da União deveria ter içado todas as velas e confiado na força do vento para ajudar a nave mais leve a escapar. Em vez disso, o intruso mantivera sua vela principal a meio pau, permitindo que o navio maior se aproximasse. Então, tomado pelo pânico, dera uma guinada a bombordo, passando por cima da proa do navio-tomo.

Se o navio da União tivesse armas potentes, a nau eclesiástica também teria dado uma guinada. Mas o navio-tomo era suficientemente poderoso para seguir em seu curso, interceptar o *Antigiam* de lado e despejar uma infernal descarga contra ele. Àquela distância, os canhões calibre 24 reduziriam o *Antigiam* a pó.

No tombadilho superior, Jemma Meridan gritava ordens, enquanto três marujos manuseavam o cachorro da popa para colocá-lo em posição de fogo. O ângulo ainda era péssimo, mas permitiria que fizessem um disparo antes que a nau eclesiástica cruzasse atrás deles. A manobra manteria a atenção do navio-tomo voltada para o *Antigiam* durante o tempo necessário.

No porão, junto à escotilha dos mortos, a carpinteira Burrows armara o segundo carretel de cabo de aço. Dessa vez, entretanto, ele estava preso ao navio por uma única viga e ela o segurava firmemente com as duas mãos. Baker comprimia um pano manchado contra a cabeça ensangüentada, enquanto via August tirar lascas de madeira das laterais de outro incensório parecido com uma lanterna. Com movimentos ágeis e seguros, o estudioso encheu a lanterna com o que havia sobrado do sangue de dragão.

— Será que isso funcionará? — perguntou o segundo imediato.

— Terá de funcionar — disse August, com seus lábios pálidos. — Do contrário, enfrentaremos uma longa caminhada de volta para casa.

O estudioso acendeu a boca porosa da lanterna e a soprou para que pegasse. Baker tremeu ao sentir o odor quente e

168

almiscarado tomando conta do porão outra vez. Silenciosamente, ele jogou a lanterna presa à madeira flutuante pela escotilha. Escorada pela madeira, a lanterna bateu algumas vezes contra o casco e, finalmente, se soltou, sendo rebocada pelo barco, acima das nuvens.

— A isca foi lançada — disse August num tom baixo.

— *Fuoi* — gritou Burrows, e Baker apertou o pano com mais força contra a cabeça latejante.

— A isca foi lançada — disse Meridan. — Vamos mantê-los ocupados. Dispare assim que estiver pronto, Sr. Knorri.

O pesado marujo esticou a língua pelo canto da boca enquanto aproximava a vela acesa do rastilho. Houve um clarão e a arma deu um baque. O ângulo ainda não era o ideal e as nuvens que ficavam cerca de quinze metros acima da proa da nau eclesiástica se levantaram como plumas.

Foram ouvidos gritos animados da nau eclesiástica, pois eles sabiam que o *Antigiam* não conseguiria disparar a bateria de defesa novamente antes que estivesse na mira do navio-tomo. Um hino começou a ser cantado no navio inimigo, um cântico litúrgico sobre a destruição dos infiéis que singram o topo irregular das nuvens.

Meridan podia ver a nau eclesiástica nitidamente. Chamava-se *St. Guthrie* e estava aparelhada com os ricos ornamentos de um navio-tomo com muitas vitórias confirmadas. Flâmulas caíam da vela de fortuna, mostrando todas as suas missões e prisões. Os marujos da artilharia estavam espremidos a estibordo com suas velas a postos, aguardando o comando.

E Meridan viu o comandante do *Guthrie* em pé no castelo de proa, com seu capacete comprido brilhando ao sol e seu manto sendo levantado pelo vento. O capacete abaixou levemente, uma breve saudação ao capitão do outro navio, e a rica manga levantou para dar a ordem à banda de artilharia.

Foi então que o sol desapareceu. Ou melhor, uma sombra caiu sobre o *Antigiam* e o *St. Guthrie*, quando algo sobrevoou o lado mais distante da nau eclesiástica.

Era imenso, fervendo pelas nuvens como uma nascente que desbrava a terra, e estava coberto com escudos farpados que Meridan reparou serem nada mais do que escamas. Seus olhos eram da metade do tamanho do próprio *Antigiam* e brilhavam com um fulgor amarelado. Sua boca era maior do que o navio-tomo.

E a boca estava aberta, as mandíbulas alinhadas com dentes de um marfim sujo, longos como os remos de um escaler e curvados para dentro. Bigodes parecidos com os de um peixe-gato saíam das mandíbulas. Foi quando Meridan notou que não eram bigodes, mas sim uma corda, revestida com aço, presa pelas âncoras de August.

A tripulação do *St. Guthrie* teve tempo para reagir, gritar e, os mais ágeis e verdadeiramente devotos, rezar, antes que aquela enorme boca se fechasse sobre a nau eclesiástica. O mastro principal quebrou-se imediatamente com o ataque, enquanto ele arremetia contra o navio, levando-o para baixo num único e elegante movimento.

Meridan, Knorri e Sandotter ficaram olhando para o imenso peixe da ilha que agora mergulhava, levando a nau eclesiástica junto. Suas escamas brilhavam ao sol como os escudos de uma legião há muito desaparecida, borrifando a área com fagulhas prismáticas.

Meridan recuperou a voz e gritou: — Cortem!

— Cortem! — gritou August, com meio corpo ressurgindo pela escotilha do convés.

— *Cortaindo!* — entoou Burrows, puxando o suporte de madeira do carretel. A engenhoca pulou para a frente e, como o primeiro carretel, desapareceu.

August Gold chegou ao convés a tempo de ver apenas o último pedaço de uma cauda escamada, um apêndice do tamanho de uma torre universitária, dar uma guinada para cima e, em seguida, submergir na cobertura das nuvens. As nuvens se agitaram por alguns instantes e depois se acalmaram.

— O que aconteceu? — perguntou August. — O que vocês viram?

Meridan se virou para o estudioso e piscou, os olhos arregalados. — Eu vi a nossa salvação, e também um ótimo motivo para dar o fora daqui. Sandotter!

— Sim, senhora!

— Velas a todo o pano e vamos para casa! E diga a Burrows que arranje um pedaço de madeira decente para consertar o mastro principal! Não quero estar aqui quando nosso amigo voltar em busca da sobremesa!

A imensa besta parecia contente com sua oferenda e não emergiu novamente. Até o final do dia, eles estavam trezentos quilômetros mais perto de casa e planejavam aportar antes de chegar ao estágio dos biscoitos.

Crossgreves consentira em abrir as últimas garrafas de vinho tinto que restavam a bordo, e August, Burrows (substituindo Baker, que convalescia), Sandotter e o comissário estavam novamente de volta à sala de artilharia. A capitã ficara estranhamente silenciosa, mas August compensava isso com suas reclamações:

— Não posso acreditar que perdi isso! — enfurecia-se August, a irritação dele diminuindo apenas gradualmente a cada caneca.

— Você já ouviu os relatos de quase todos que estavam no tombadilho — disse Sandotter num tom filosófico.

— Sim, relatos que aumentam cada vez que são recontados — disse o estudioso. — Grande como uma casa. Como duas casas. Como o Congresso da União. E olhos como faróis. Não, como enormes lâminas de âmbar. Não, como fogo líquido. Chega! — Ele empurrou a caneca vazia na direção do jovem Smith, que trouxe a ânfora.

— Mas você também viu um pouco — observou Crossgreves.

— Só a cauda! — exclamou August. — Só o finalzinho da cauda. — Ele soltou um suspiro longo e demorado. — Pelo menos provei que "há dragões aqui", não é?

— Não necessariamente — disse a capitã Jemma Meridan num tom suave.

Várias sobrancelhas se levantaram ao redor da mesa e August disse: — Com certeza, capitã, a senhora não pode negar o que os seus próprios olhos viram! Algo subiu para pegar a isca que colocamos atrás da nau eclesiástica e a carregou para baixo das nuvens! A senhora não pode negar que isso tenha acontecido!

— Não estou negando. Bem, não costumo negar a realidade — disse Meridan. — Só estou expressando minha dúvida de que o que vimos tenha sido um de seus antiquados *dragões*.

Sandotter virou o resíduo de sua caneca e disse: — E o que mais poderia ser?

— Só estou dizendo que não era necessariamente um dragão — disse a capitã. — E se fosse outra coisa? Algo que talvez tenha *comido* todos os dragões depois do Dilúvio.

August Gold piscou. — Um dracovore? Não, não poderia... mas, sim, não há provas de que não seja. — O estudioso forçou um sorriso fraco. — Acho que teremos de voltar em busca de provas mais consistentes no final das contas.

A capitã riu e disse: — Não tenho desejo algum de me encontrar novamente com algo que seria capaz de *comer* um dragão. Especialmente não agora que abrimos o seu apetite para navios aéreos. Não, acho que devemos ficar longe do Mar Sagrado no futuro próximo e deixar que a Santa Igreja se ocupe com esse tipo de peixe-diabo. Pode apostar.

O COLOSSO DE MAHRASS

Mel Odom

1

— que você pensa que está olhando? Jaelik Tarlsson — capitão do *Rapier's Thrust*, que navegava as águas de Roosta com a bandeira negra hasteada, condenando à forca qualquer homem maior de idade que fosse pego a bordo — respondeu ao jovem gigante vestido com um uniforme de couro de sargento da Sentinela da Morte roostaniana com um sorriso alcoolizado.

— Eis uma boa pergunta, rapaz — disse Jaelik calmamente. — Sabe de uma coisa, se eu soubesse a resposta, não estaria perdendo o meu tempo olhando para você, não é?

O jovem sargento piscou como uma coruja. Com cerca de dois metros e dez de altura e ombros largos, ele estava debruçado sobre uma das mesas vagabundas no fundo da taverna Blistered Mermaid. Seus enormes punhos descansavam ao lado de um prato cheio de pedaços de costela roídos. O rosto largo e bruto e a blusa do uniforme estavam sujos de molho de Borgonha e óleo. Cabelos escuros e viscosos caíam até a altura dos ombros. A espada embainhada descansava ao seu lado, em cima da mesa, e parecia ter visto muita ação.

— Nunca viu um homem comendo? — perguntou o sargento em tom hostil.

As pessoas ao redor se calaram e o efeito se propagou pela taverna. Não demorou muito para que todos ficassem em silêncio, pois o estabelecimento não era muito grande. A taverna ficava empoleirada junto a um conjunto de construções decadentes sobre as docas, uma ferida cancerígena que se estendia ao longo do porto. Lanternas vermelhas delineavam o teto, para que os pilotos pudessem vê-la na escuridão, e homens que quisessem comer algo ou tomar um drinque barato a encontrassem, caso estivessem cansados ou no meio de uma bebedeira.

A Blistered Mermaid era uma dentre várias cervejarias espalhadas pelas docas sórdidas de Roosta, e a cidade portuária era o berço de alguns dos piores encrenqueiros que jamais ancoraram um navio ou trabalharam como marinheiros. Como precursora da Liga de Nações Marítimas Alpatianas — apenas um nome pomposo para o grupo de piratas que se uniram sob o pavilhão rubro de Turkoth Blackheart —, Roosta mantinha a ordem por meio de um misto de lei marcial, chantagem e suborno.

A cidade, assim como outras da liga, se tornara um santuário para aventureiros e piratas que pilhavam as nações enfraquecidas ao redor. A encarniçada guerra contra as hordas de bárbaros do norte consumira anos, homens e equipamentos.

Infelizmente, a ameaça vinda do norte fora o único fator que servira para unir as nações marítimas em séculos (isso, assim como o comércio com as grandes nações do Ocidente e do Oriente).

A longínqua Exterre, com suas cintilantes torres em forma de bulbo, as belas mulheres com olhos de corça que cobriam seus rostos por costume e a magia oculta e poderosa que – segundo alguns – seria capaz de ressuscitar os mortos, pouco se importava a quem cabia o domínio do mar Alpatiano, desde que as mercadorias fossem entregues regularmente. O mesmo valia para Lythaan, a grande potência marítima que escravizava o oceano Ocidental com seus enormes navios de guerra, assim como um exército e uma marinha de primeira linha.

As pequenas nações e cidades-Estado encravadas no íngreme terreno montanhoso que emoldurava o corpo crescente do mar Alpatiano estavam muito bem protegidas para que Exterre ou Lythaan tentassem conquistá-las. As duas potências teriam de sacrificar muito mais do que gostariam e, com as montanhas e os bárbaros ao norte, não havia lugar algum para onde os alpatianos pudessem ir.

– Bem, já vi *homens* comendo antes – declarou Jaelik num tom incisivo –, mas estava particularmente interessado em observá-lo.

O sargento cuspiu um pedaço de cartilagem mastigada que quicou na superfície suja da mesa. A comida não era exatamente o forte da Blistered Mermaid. Quem sabe ele estivesse tentando entender o que Jaelik dissera, ou possivelmente fosse apenas um caso de indigestão.

– Talvez – Alff sussurrou para o capitão – você pudesse escolher alguém menor para irritar.

Jaelik deu um sorriso forçado e sussurrou para seu companheiro: – Que graça teria isso? – Ele tinha pouco menos de um metro e oitenta de altura e uma constituição física fortalecida pelos anos que passara manuseando remos e velas. Primeiro, ele trabalhara a bordo de chalanas, transportando mercadorias de um navio para outro nas cidades portuárias, e depois em cargueiros. Agora, ele era capitão de seu próprio barco, um navio corsário, sob a Carta de Corso, que lhe fora outorgada por

176

Vellak, sua terra natal. Vellak era uma das poucas cidades portuárias que Turkoth ainda não conseguira conquistar. Pelo menos até aquele momento. A política de livre-comércio de Vellak causava imensas perdas aos cofres de Turkoth.

Jaelik mantinha os cabelos louros curtos do lado e trançados atrás, e não usava barba. Beirando os trinta anos, sua pele estava bronzeada graças às temporadas passadas no mar, enfrentando climas duros. Ele tinha várias cicatrizes deixadas por cordas e espadas. Também não era exatamente bonito, tendo um rosto que não seria facilmente lembrado, algo adequado para um capitão de navio corsário.

Ele usava uma blusa de seda azul com mangas largas, calças de couro brancas e botas de couro que subiam até os joelhos, com uma dobra generosa. Um florete liso pendia do largo cinto preto estampado com detalhes dourados e adornos bordados. O cinto fazia parte de seu disfarce como um dos diversos príncipes mercantes inúteis que infestavam as águas de Roosta naquele tempo, embora ele tivesse grande familiaridade com a espada.

— Sim, mas devo lembrar-lhe — queixou-se Alff — que não estamos aqui atrás de diversão. Estamos aqui por causa daquela assombração triplamente amaldiçoada que os malignos ciganos marinhos soltaram sobre você. Que Cegrud, o perneta, os tenha!

— Deixe que os mortos descansem em paz — advertiu Jaelik.

Alff deu de ombros e balançou a cabeça. Ele era um homem robusto, com cabelos ruivos emaranhados, um impetuoso bigode enrolado e tinha quase o dobro da idade do capitão. Ele era o contramestre do *Rapier's Thrust,* e Jaelik gostava de contar com sua companhia quando precisava de um guarda-costas.

— Sim — respondeu Alff —, mas acho que eles foram longe demais ao transformar a vida de um homem honesto num inferno. Preferia estar procurando um padre que pudesse exorcizar assombrações a estar fazendo isso. — Ele piscou um de seus olhos azuis. — E desculpe-me de antemão por perguntar, mas você tem certeza de que não está meio doido, capitão?

Jaelik o fuzilou com o olhar.

— Ei, eu disse *meio* — respondeu Alff, estendendo os braços em tom de súplica. — Já o vi levar umas pancadas na cabeça no passado, e talvez até tomar uma ou outra bebedeira naquelas tavernas de Krillican. Qualquer uma das duas pode deixar marcas que voltam para atormentar um homem de vez em quando.

— Ela não é uma alucinação causada por uma concussão antiga ou uma bebida exótica — afirmou Jaelik. Ele era o único que podia ver a mulher a bordo do *Rapier's Thrust*. — Os ciganos sabiam sobre ela.

Alff coçou a ponta do queixo. — Sim, também estive pensando sobre isso. Talvez eles tenham plantado isso na sua moleira para que você invocasse seus próprios demônios.

— Ela é uma mulher muito bonita — protestou Jaelik.

— Sim, mas que tipo de assombração um patife como o senhor iria invocar, capitão? — Alff deu um sorriso forçado. — Lembra-se daquelas gêmeas em Xzanl? As que queriam ferver os seus...

— Que papo é esse? — gritou o sargento num tom irritado. Ele se inclinou em direção à mesa, assim como os soldados de Roosta.

Jaelik sabia que os soldados de Roosta não eram exatamente generosos ou carinhosos. Entretanto, eles também não tinham o costume de matar homens que acreditavam ser príncipes mercantes e que poderiam perfeitamente ser resgatados por uma próspera casa comercial.

Jaelik deu outro sorriso forçado e apontou para Alff com o polegar. — Meu amigo aqui disse que acha que você tem um rosto interessante. Pontudo do jeito que é, ele acha que ficaria perfeito na proa de um navio de guerra.

Alff suspirou longamente e sussurrou: — Capitão, você poderia ter me poupado desta. Esse homem é um animal e eu já não agüento mais levar surras como antigamente.

— Já eu — continuou Jaelik, enchendo novamente o copo de vinho com a ânfora que comprara — estava pensando que um rosto como esse não podia ser colocado em lugar algum, fora o lado sul de algum navio que vá para o norte.

Com o rosto vermelho, o sargento esticou a mão para pegar a espada, desembainhando-a. — O que você disse — gritou ele — não me agradou nem um pouco.

— Ah, não que eu o culpe por isso — comentou Jaelik num tom jocoso. — Acho que a culpada é a sua mãe. Olhando para você, fica difícil imaginar com o que ela foi para a cama. Você não tem culpa alguma disso.

Com um grito raivoso, o sargento se levantou bruscamente da mesa. Ele brandiu a espada e a luz pálida dos lampiões lampejou rispidamente na parede chapiscada.

— Desculpe-me — disse Jaelik num tom suave. — Pelo visto, coloquei o dedo na ferida. Eu nem sabia que você havia chegado a conhecer a dama.

— Ataque-o, Portnoy! — apressou-se um dos outros guardas da Sentinela da Morte. — Corte-o ao meio como se fosse um melão podre!

2

A espada cortou o ar e se chocou contra a mesa, destruindo o jarro de vinho vazio e jogando os copos no chão. Duas das tábuas que formavam o tampo da mesa se quebraram.

Alff recuou calmamente e caminhou até o longo balcão do canto.

Jaelik levantou-se enquanto Portnoy urrava ensandecido, nitidamente fora de controle. — Você vai deixar que eu o enfrente sozinho? — perguntou o capitão corsário. — É — resmungou Alff. — A briga é sua. Foi você quem começou. — Ele esmurrou o balcão com o punho e pediu uma cerveja. — Contarei ao pessoal que você teve uma morte honrosa. — Piscou para as pessoas incrédulas ao redor, soprou a espuma da cerveja e virou metade da caneca.

Os clientes da taverna Blistered Mermaid abriram espaço para a briga com tal rapidez que dava para notar que já estavam acostumados com esse tipo de acontecimento. Os guardas da Sentinela da Morte, assim como os estivadores, empurraram mesas e cadeiras para abrir espaço, empilhando-as com eficiência.

— Vou furar você! — gritou Portnoy. — Vou furá-lo tão feio que você vai desejar morrer. — Ele deu a volta cuidadosamente, demonstrando um treinamento rudimentar, mas valorizando o tamanho e a força superiores.

Jaelik também o circundava, com um riso forçado no rosto. Portnoy o atacou com um golpe longo e desajeitado, mas com uma força bruta capaz de atravessar um barril de carvalho, caso tivesse acertado o alvo. Jaelik desviou a espada para o lado e, em seguida, feriu superficialmente o ombro do oponente.

Portnoy olhou para a ferida, incrédulo, distraindo-se.

Rápido como um tubarão excitado pelo sangue, Jaelik deu um passo à frente e investiu novamente. A lâmina do florete rasgou o sinistro rosto de caveira, que era a marca de Turkoth Blackheart, no uniforme do homenzarrão. Quando o capitão corsário recuou, a blusa altiva, manchada com molho de Borgonha, estava totalmente esfarrapada. A pele embaixo dela continuava intocada.

180

— Ele é um espadachim — comentou uma das pessoas que assistiam.

Com os pés juntos, segurando um manto imaginário, Jaelik colocou o cabo do florete contra a testa e fez uma reverência formal para a multidão. O sorriso dele, entretanto, era de deboche.

Enquanto trabalhara nas docas de Vellak, ele aproveitara para aprender um pouco mais do que apenas a maneira de fortalecer os músculos das costas. Ele tivera acesso a professores de vários portos e procurou aprender com eles. Depois que aprendeu a ler, sua curiosidade aumentou progressivamente. A esgrima fora uma de suas atividades favoritas e ele tinha uma habilidade nata.

— Pegue-o, Portnoy! — gritou uma das garçonetes. — Mostre a esse patife afetado do que você é feito!

A multidão rapidamente mostrou sua sede de sangue berrando ameaças e os estimulando morbidamente. Os gritos perturbariam até um açougueiro.

— Sabe de uma coisa — gritou Alff, do bar —, você não devia ter levado isso para o lado pessoal.

Circundando-o novamente e reparando que o jovem gigante estava tentando tomar coragem, Jaelik sabia que podia ter cometido um erro. Uma coisa era desafiar um campeão local para um duelo, mas fazê-lo passar por palhaço era um pouco demais.

Portnoy sinalizou seu golpe novamente com um ataque transversal.

Jaelik se abaixou desajeitadamente, como se o vinho que tomara estivesse prejudicando seus reflexos. Ele deu um passo em falso para o lado, achando que seria bom deixar que Portnoy tivesse o controle da situação por um instante, e desabou em cima de uma mesa. Fingiu estar com dificuldade para respirar, arfando como uma tainha fora da água.

O jovem gigante, entretanto, logo se valeu de sua posição vantajosa, erguendo a espada acima da cabeça e desferindo-lhe um golpe.

Jaelik reprimiu o impulso imediato de revidar e estripar o sargento da Sentinela da Morte, ao mesmo tempo em que se desviava da lâmina, pegando uma cadeira com uma das mãos para se defender do golpe. O pesado metal estilhaçou a madeira, mas foi desviado para o lado. A espada ficou presa na mesa a apenas alguns centímetros da cabeça de Jaelik.

— Pelo olho esquerdo frio e inerte de Cegrud, pensei que ele fosse matá-lo — disse Alff, do bar. — Mal pude acreditar que você fosse deixar um palerma como esse matá-lo tão facilmente. Isso ficaria muito feio em sua lápide, juro por Deus.

Várias pessoas se viraram para Alff imediatamente, xingando o contramestre ruivo aos berros. Alff as insultou com imprecações que seriam capazes de amolecer a ferrugem de um navio afundado há mil anos. Algumas, Jaelik nunca ouvira antes.

Portnoy puxou a espada, retirando-a da madeira com um estalo estridente. Um sorriso sombrio surgiu na boca manchada de molho quando ele suspeitou que tivesse encurralado Jaelik numa posição desfavorável.

Jaelik não tinha como usar o florete, mas isso não o impediu de usar o punho vazio, valendo-se do suporte do ombro, para desferir um violento golpe. Mesmo com todo o seu tamanho, Portnoy foi impelido para trás e cambaleou até cair.

O sangue jorrava do nariz de Portnoy. O guarda da Sentinela da Morte fungou e limpou o sangue com o dorso da mão.

Depois de dar ao homem maior um momento para recuperar-se, Jaelik se jogou para a frente, abaixando o florete e golpeando as costelas de seu oponente com o antebraço e, em seguida, com o cotovelo. Um jato quente jorrou dos lábios ensangüentados de Portnoy nas costas de Jaelik. Retesando as pernas, o capitão corsário reergueu-se, imaginando que pudesse sucumbir com o esforço que teria de fazer para mover o corpo do enorme guarda, mas recusando-se, de qualquer forma, a desistir.

Os pés de Portnoy, incrivelmente, ergueram-se do chão oscilante da taverna. O enorme guarda não conseguiu ir muito longe e caiu na mesa que estava atrás. O suporte da mesa estalou como as pedras de gelo no mar Invernoso, ao norte de Dassoic, quando confrontadas com uma quilha de aço. Portnoy despencou em cima dos pratos de madeira e canecos de cerveja da mesa estragada, fazendo um estardalhaço.

Jaelik desferiu um golpe com a bota e a cabeça do homem foi jogada para trás bruscamente, chocando-se com violência contra o chão. Ele urrou de dor, algo surpreendente considerando que a maioria dos homens ficaria atordoada demais para conseguir emitir qualquer som.

— Peguem-no! — alguém gritou.

O capitão corsário se virou e ficou olhando com um sorriso imprudente nos lábios, enquanto os guardas da Sentinela da Morte entravam em ação. Espadas, cutelos, adagas e machados se ergueram, mas eles estavam nas mãos de rufiões inexperientes e embriagados. Se fosse em outra ocasião, Jaelik teria certeza de que conseguiria se desvencilhar e desaparecer nas sombras da noite que encobriam a cidade.

Subitamente, ele viu a aparição surgir no canto do olho, imperceptivelmente, em meio aos guardas que se lançavam em sua direção. Ela parecia ser mais jovem do que ele. Os cabelos escuros emolduravam o rosto angular de uma suavidade translúcida. Um vestido leve cor de alfazema flutuava sobre curvas generosas que teriam chamado a atenção do capitão corsário mesmo que ele não soubesse que ela era um espectro. Os olhos verde-esmeralda o fitavam acusadoramente.

— Não fugirei — resmungou Jaelik para ela num tom irritado. Nos vinte e três dias anteriores, ela não falara sequer uma palavra, limitando-se a segui-lo constantemente. Mesmo enquanto dormia, ele se tornara uma vítima de sua presença silenciosa.

A boca da mulher se moveu e, embora ele não conseguisse ouvi-la, podia ler seus lábios: *Não morra!*

O sorriso de Jaelik aumentou quando ele se lembrou de todas as noites em branco que passara no *Rapier's Thrust*. Ela fora implacável. — Você é uma moça um tanto exigente, não é?

— Em seguida, ele foi encoberto pelo primeiro grupo dos guardas que o atacavam.

Jaelik instintivamente usou o grande número de guardas a seu favor, empurrando os braços e as pernas dos oponentes no caminho de seus companheiros. O ataque conjunto tornou-se quase que de súbito uma balbúrdia. Homens sóbrios teriam se distanciado melhor uns dos outros, e uma estratégia melhor do que simplesmente atropelar o inimigo lhes daria uma chance maior numa luta a curta distância.

A maior dificuldade que Jaelik tinha era a de tentar não machucar seus algozes. Se os ferisse, ele duvidava de que mesmo o seu disfarce de príncipe mercante vagabundo fosse capaz de salvá-lo. Ele esmurrou o rosto de um homem com o dorso da mão, segurou um braço com a outra e o torceu, jogando o homem contra outros dois e fazendo com que eles caíssem num emaranhado de braços e pernas. Ele golpeou a cabeça de outro homem com a ponta do punho de seu florete, fazendo-o cair desfalecido.

O grito profundo e trovejante que ele ouvia atrás de si mostrava que Alff entrara na confusão com o entusiasmo de um verdadeiro especialista. Gemidos e grunhidos ecoaram imediatamente. As brigas de Alff eram sempre barulhentas.

Jaelik esperava que o amigo se lembrasse de que eles não haviam entrado naquela briga para vencer. O fantasma estava parado a distância, observando. O capitão corsário se satisfazia com o olhar preocupado no rosto translúcido.

— Saiam da frente! — gritou Portnoy. — Saiam da frente! Vou arrancar as tripas dele! — O gigantesco guarda forçou seu caminho até o epicentro da ação com a imensa lâmina bem erguida, chocando-a contra um dos lampiões pendurados no teto e fazendo com que ele balançasse. Sombras retorcidas iluminaram as paredes.

Vários homens se afastaram, abrindo caminho para Portnoy. O rosto largo do homem estava tomado pela fúria.

Recuando e parecendo cambalear de medo, Jaelik deixou a algibeira cair do cinto. Ela foi ao chão da taverna com um barulho surdo, espalhando moedas de prata e ouro por todos os lados.

Por alguns instantes, a violência inteira que se desenrolava foi abruptamente interrompida, enquanto olhos ambiciosos seguiam um monte de moedas que rolavam sobre as tábuas empenadas. A ganância enfim os venceu e tanto os guardas quanto os clientes correram atrás das moedas.

Jaelik mal podia acreditar, seus perseguidores o haviam deixado de lado. Ele virou-se e olhou para Alff, que deu de ombros, com a perplexidade tomando o seu rosto áspero. O capitão corsário grunhiu um xingamento.

Numa outra ocasião, as moedas perdidas — menos de cem turks imperiais recém-cunhados — forneceriam uma ótima oportunidade para que eles fugissem. Entretanto, naquele momento, o objetivo deles não era fugir.

Rosnando imprecações, Jaelik chutou o homem que estava mais perto. – Não toque nessas moedas! Elas são minhas, pelas tripas podres de Cegrud, e não vou permitir que vira-latas sarnentos como vocês as roubem! – Ele continuou lutando com os clientes e os guardas, finalmente forçando-os a voltar sua atenção para ele de novo.

Enfrentou-os corajosamente, desferindo golpes ineficazes e derrubando alguns somente para chamar a atenção. No final das contas, coube a Portnoy dar um golpe com seu imenso punho e atingir o queixo de Jaelik.

Verdadeiramente afetado pelo poderoso golpe, embora tivesse conseguido se esquivar parcialmente, absorvendo apenas parte do impacto, o capitão corsário foi jogado ao chão, caindo de costas. Ele fingiu estar desmaiado, esperando que a iluminação precária não denunciasse que ainda enxergava, apenas espremendo os olhos.

Portnoy levantou a imensa lâmina com as duas mãos, assomando-se sobre o inimigo vencido.

Jaelik silenciosamente retirou a adaga da bota direita, certo de que poderia desviar a investida de Portnoy e rolar para o lado, ileso, caso fosse necessário.

– Pare, Portnoy! – gritou um dos guardas. – Não o mate!

– Por que não? – Portnoy estava em pé, com os braços tremendo, pronto para golpeá-lo.

O estômago de Jaelik se contraiu, deixando-o nauseado. Ele ainda podia ver o espectro perto da multidão, os olhos verde-esmeralda demonstrando preocupação. *Malditos sejam os ventos que me trouxeram esse problema*, pensou ele.

Os guardas seguraram o braço do homenzarrão com firmeza. – Porque Turkoth arrancaria essa cabeça grande e dura dos seus ombros e a colocaria numa lança antes do amanhecer

186

se descobrisse que você matou um homem que poderia ser perfeitamente resgatado por seus amigos e parentes.

— Ele me machucou! — urrou Portnoy, colocando a mão no rosto ensangüentado.

— Você vive reclamando, Portnoy! — gritou um outro guarda, enquanto procurava freneticamente por mais moedas. — Mate-o e será morto por Turkoth. Com certeza, você também se queixará disso.

Portnoy soltou um grito violento, mas abaixou a espada, tremendo com a fúria refreada.

Jaelik expirava lentamente, aliviado, quando o enorme guarda retraiu a bota e o chutou no rosto. Ele lutou para manter a consciência, apesar da repentina dor, mas era como se ela desabasse da borda de uma mesa num poço escuro que a esperava, para levá-la a um lugar distante.

3

Jaelik acordou numa cela sombria de masmorra, com a cabeça latejando e o beijo de uma mulher morta nos lábios. Ele piscou enquanto o fantasma se afastava, pensando se ela estivera preocupada com ele ou apenas o enfeitiçando com algum novo e misterioso truque mágico. O delicado aroma de rosas parecia se misturar com o fedor salgado que impregnava a masmorra.

— Sabia que você estava vivo — disse ela com um sorriso inseguro. Embora o tom de voz dela fosse baixo, ele podia ouvi-la por sobre as frias imprecações e gemidos que ecoavam pelas masmorras cavernosas.

Corriam boatos de que Roosta tinha a maior quantidade de masmorras entre todas as cidades dos impérios portuários, e estas se encontravam repletas de rebeldes que haviam se manifestado contra Turkoth. Aqueles que ousaram levantar armas contra o novo governante de Roosta haviam sido executados sumariamente.

— Sim — resmungou Jaelik em tom baixo, enquanto a dor latejava em suas têmporas. — Embora ainda esteja longe de me convencer de que isso seja algo positivo.

— Pelo pênis podre e murcho de Cegrud — imprecou Alff ao seu lado. — Esta deve ser a pior enrascada na qual ele já nos meteu. Depois dessa, posso apostar que ele precisará de uma bússola e das duas mãos para encontrar o seu...

— Não nos resta muito tempo — implorou o fantasma. — Você tem de continuar.

— Sim, garota. Tive essa impressão de você desde o início. — Jaelik se sentou cuidadosamente na cama presa à parede, sentindo-se como se a cabeça latejante fosse despencar dos ombros. Um estreito estrado de palha, apodrecido pela umidade, cobria barras de ferro maciço suficientemente ásperas para cortar a pele humana.

— Você acordou — rosnou Alff em tom aborrecido, exibindo um olhar de ciclope para o capitão. O olho esquerdo estava fechado por causa do inchaço e havia uma impressionante protuberância no maxilar esquerdo.

— Infelizmente. — A cada movimento Jaelik sentia dor em um ponto diferente do corpo. — Por quanto tempo estive desacordado?

— Desde que impediram que Portnoy o estripasse no chão da taverna e em seguida nos trouxeram para este buraco desesperador? — Alff deu de ombros. — Uns quinze a vinte minutos. Como estão suas costelas?

Jaelik mudou de posição, sentindo a nauseante dor estremecer seu corpo. Ele soltou um palavrão e, em seguida, desculpou-se com o fantasma, que virou o rosto desdenhosamente.

188

Talvez ela tivesse ficado envergonhada, mas o capitão corsário não sabia ao certo. Ele olhou para baixo com a atenção voltada para o peso estranho que pairava sobre os seus tornozelos. Correntes de ferro prendiam seus pés, fazendo barulho ao baterem no chão. — Correntes nos tornozelos?

— Acho que eles não queriam se arriscar com um rufião como você.

Jaelik ignorou o sarcasmo e deu um puxão na corrente. As argolas pareciam pesadas e fortes, lustradas com óleo de baleia para impedir que enferrujassem. — Minhas costelas?

— Foi Portnoy — confirmou Alff. — Depois de ter arrebentado a sua cara. Ele ainda as estava chutando quando os colegas dele o tiraram de cima de você. E aquela assombração? Ela ainda está por perto? — O contramestre semicerrou o olho bom e fitou as sombras que inundavam a cela.

Jaelik balançou a cabeça afirmativamente, arrependendo-se de imediato. — Sim. Mas agora ela começou a falar.

Alff deu um longo suspiro. — Está piorando, pelo dedão quebrado do pé esquerdo de Cegrud.

Um sorriso forçado tomou o rosto de Jaelik ao notar a nítida expressão de irritação que o contramestre provocara na mulher.

— As coisas já estavam ruins quando ela o mantinha acordado a noite inteira — declarou Alff. — E pioraram ainda mais quando ela tomou o controle de sua mão e o forçou a escrever aqueles bilhetes para si mesmo, ordenando que você fosse para as masmorras de Roosta... e agora ela começou a falar com você? — Ele estalou os dedos. — Isso não vai acabar bem.

— Você poderia ter ficado no navio — disse Jaelik. Ele examinou os restos esfarrapados das mangas largas da camisa. O homem que o roubou não poupou nem as moedas que estavam costuradas dentro delas. Ele apalpou os volumes pequenos e duros no cadarço das calças e sorriu. Eles fizeram um trabalho *quase* perfeito ao revistá-lo.

Alff fez um barulho grosseiro com a boca. — E o que ela tem a dizer sobre isso?

— Não sei. Estou perdendo o meu tempo ouvindo as suas reclamações, em vez de estar fazendo perguntas a ela.

— Está bem — disse Alff depreciativamente. — Agora sou eu o culpado pelo desastre. — Ele olhou através das barras grossas para fora da cela.

Jaelik era forçado a admitir que a visão não era das mais promissoras. A fileira de celas ficava um pouco acima do corredor central, que percorria a masmorra, permitindo que elas fossem limpas com mais facilidade. Embora, considerando o fedor que impregnava o lugar, Jaelik duvidava de que as celas fossem limpas, a não ser quando alguém morria dentro delas. Provavelmente nem nesse caso, pensou.

As paredes de pedra eram alinhadas com tochas, sujas com a fuligem que emanava das chamas. O corredor estava coberto de lixo, mostrando a linha d'água alta que resultava da limpeza escassa. O limo cobria as pedras e a argamassa, abrindo fendas e fissuras entre os pedaços de calcário e denunciando a falta de manutenção. As paredes pareciam se vergar com o peso da guarnição militar que ficava acima.

Depois de respirar fundo novamente, Jaelik parecia menos propenso a explodir de dor na cabeça. Ergueu-se, com os joelhos tremendo, grato pelo fato de que a fraqueza estivesse cedendo. As últimas semanas sem dormir contribuíram para a fadiga generalizada que sentia, mas a surra não ajudara em nada.

Ele ficou olhando para o fantasma, lembrando-se das noites que ela passara ao pé da cama dele, olhando-o fixamente. Ela o seguira por todos os cantos do *Rapier's Thrust* e ao longo dos

190

quatro portos nos quais eles haviam aportado durante aquele período. Apesar da beleza dela e da curiosidade que o tomava, ele sabia que ela era severa e implacável.

— Estamos aqui — disse Jaelik num tom controlado, lutando para manter a irritação longe de sua voz. — E agora?

— Você está preso — reclamou ela.

Jaelik deu um sorriso forçado. — Se bem me lembro, foi você quem disse que eu teria de entrar na masmorra.

Ela fechou as mãos e as abaixou ao lado do corpo. A raiva brilhava nos olhos verde-esmeralda. — Não era para entrar assim. Você não serve para nada preso.

— Sim, moça, então temos um dilema em nossas mãos, não é? — Jaelik se encostou na parede de pedra e cruzou os braços na altura do peito. O movimento fez com que as costelas dele doessem intoleravelmente, mas ele manteve os braços imobilizados. Atitude e postura eram as bases da liderança. — Como posso ajudá-la?

— Não era isso que eu queria. — Os olhos dela se encheram de lágrimas, enquanto ela olhava ao redor e via as lúgubres perspectivas que a masmorra oferecia.

A alguma distância, um homem começou a gritar:

— Vanyan! Vanyan!

Uma outra voz, mais serena, disse: — Calma, rapaz. Ele já se foi. Ele finalmente conseguiu escapar desse buraco medonho.

As palavras, assim como o sentido que elas exprimiam, pesaram sobre a jovem. — Não queria que você morresse aqui — disse ela para Jaelik.

— Então, o que você queria? — perguntou Jaelik. — O fato de uma mulher atormentar os pensamentos de um homem dessa maneira não é algo normal. Exceto se for por amor ou luxúria. — Apesar das sombras, ele pensou ter visto o rosto dela corar de vergonha. — Noites em claro, sem sequer um momento de privacidade nas últimas semanas. Você não se deu conta de que eu, possivelmente, não estaria exatamente são quando finalmente chegássemos aqui? Você botou muita pressão em cima de mim, mulher. Como pôde imaginar que eu iria manter a minha sanidade?

— Precisava que você viesse até a masmorra — respondeu ela. — Mas não que fosse encarcerado.

— E achei mais fácil escapar estando dentro de uma masmorra — respondeu Jaelik. — Entrar é fácil.

Um pouco mais além, na fileira de celas, um homem chorava entristecido, chamando por seu amigo morto.

Jaelik reparou no brilho momentâneo de dor que surgiu no olho bom de Alff. Ambos tinham vivido situações semelhantes no tempo que passaram juntos e mesmo antes.

A mulher se virou para ele, mostrando-se insegura pela primeira vez desde que aparecera. — Isso fazia parte dos seus planos?

Jaelik deu um sorriso largo para ela e levantou uma das sobrancelhas. — Você acha que me embebedei e ataquei um guarda da Sentinela da Morte, do tamanho de uma montanha, acidentalmente?

Nitidamente irritada com seu ar despreocupado, a jovem se empertigou e se tornou mais fria. Jaelik podia sentir a temperatura caindo na cela.

Alff esfregou os braços com força. — Ei, de onde veio essa brisa?

— Ela está irritada comigo — respondeu Jaelik com a pele eriçada. Ele sabia que fantasmas mantinham um envolvimento limitado com o mundo físico, mas as manifestações deles podiam alterar a temperatura. E havia relatos de fantasmas que haviam ferido e matado humanos. — Ela pensou que eu tivesse me embebedado e sido jogado na masmorra antes de cumprir sua vontade.

— Você não é — disse a jovem num tom altivo — alguém que eu teria escolhido de bom grado para cumprir essa missão.

— Ah, uma missão? — perguntou Jaelik. — Para quem?

— Para a causa roostaniana — respondeu ela. — Não podemos deixar que Turkoth Blackheart se mantenha no poder.

Jaelik deu de ombros. — Isso pouco me importa.

— Você luta contra ele.

— Roubo os navios de Turkoth sempre que possível — corrigiu o capitão corsário. — E divido os espólios com a Coroa vellakiana e com a minha tripulação. Essa atividade me garante um estilo de vida próspero. Se Turkoth fosse demovido do poder, eu perderia minha fonte de renda.

— Como você pode menosprezar o sofrimento dessas pessoas de forma tão casual? — perguntou ela.

— Não sou um herói — respondeu Jaelik.

— *Isso* eu sei perfeitamente.

A resposta feriu a honra de Jaelik, embora ele estivesse preparado para ela. — Talvez você tivesse se dado melhor com um dos ciganos marinhos que a repassaram para mim.

— Eles não são guerreiros — disse-lhe a jovem. — E depois do que testemunhei esta noite, tenho minhas dúvidas a seu respeito.

— Entretanto você não vê mal algum em me assombrar, mantendo-me longe da minha cama e do meu descanso...

— E daquelas vadias em Marryl — acrescentou ela em tom veemente.

Jaelik soltou uma gargalhada, impressionado com a amplitude das emoções da jovem. Seriam aquelas as luzes verdes do ciúme brilhando nos olhos dela? — Você tentou me manter longe delas. Se bem me lembro, tive de deixá-la sem graça para que você saísse do quarto.

O tom corado voltou a tomar o rosto translúcido. — Você é um grosso, capitão Tarlsson.

— Sim, mas as moças não reclamaram de mim. — Ele sorriu como um lobo.

— Pelo visto, cometi um erro.

Jaelik acenou despreocupadamente na direção da fileira de celas da masmorra. — Talvez. Mas é claro que agora você pode escolher entre todos esses supostos heróis de Roosta, já que eu a trouxe até aqui. Não me oporia a simplesmente passá-la adiante, caso você concorde.

Subitamente, a jovem cruzou a distância que os separava. Ela cutucou o peito dele pesadamente com o dedo indicador, tocando-o pela primeira vez. O inesperado contato surpreendeu Jaelik. — Não ria deles — advertiu ela. — Ou de mim. Eles sacrificaram suas vidas na luta contra Turkoth.

Jaelik abaixou a cabeça, envergonhado. — Está bem. Você tem razão.

A mulher se virou com os braços em volta do próprio corpo. — Há mais coisas em jogo do que você pode imaginar.

— Então me diga.

O tom sincero, proferido de forma tão tranqüila na pressão do momento, a desnorteou. A raiva sumiu do rosto dela, apesar do esforço para que não fosse aplacada.

— Turkoth encontrou talismãs ocultos de imenso poder em Roosta — disse ela num tom suave. — Coisas que nunca deveriam, de preferência, ter sido encontradas. Coisas que ele veio aqui para buscar.

— Que tipo de coisas? — perguntou Jaelik. Ela hesitou novamente antes de responder, mas, no final das contas, o capitão corsário sabia que ela não teria escolha.

— Uma delas — respondeu — é a Coroa das Tempestades, feita por Slamintyr Lattyrl.

— O mago duende? — Jaelik ficou surpreso, apesar de todos os seus esforços para se mostrar preparado. A simples menção do nome de Slamintyr Lattyrl invocava a essência da magia. O mago duende descera das majestosas Montanhas Falconspurs para a fronteira de Roosta, mil e trezentos anos antes, para ajudar a construir e a defender a cidade portuária. Ninguém sabia ao certo o que acontecera com o clã dele, mas se espalharam rumores sobre guerras terríveis entre os duendes, incitadas pelas feridas quase mortais que Slamintyr sofrera.

— Sim — respondeu a garota.

— O mago morreu há mais de mil anos.

— Mas ele deixou um legado de tesouros.

— Pensei que todos esses objetos criados por ele eram mantidos num lugar seguro pela Liga dos Magos. — A Liga era um grupo autônomo de sábios versados nas artes ocultas que controlava diversas armas e magias poderosas, consideradas proibidas, pelos sábios, para a maioria da população das nações.

A mulher balançou a cabeça. — Ele não queria que ninguém mantivesse o poder sobre suas criações. Ele era muito orgulhoso. Sabia que os magos humanos tinham inveja do poder que exercia e que esconderiam as criações dele até que pudessem compreendê-las. Assim, criou outras coisas, algumas extremamente poderosas, e deixou pistas para os discípulos nos quais confiava. Entretanto Turkoth conseguiu encontrar alguns deles. E, ao encontrá-los, foi levado a outros. Muitas pessoas morreram ao longo dessa busca.

— E você foi uma delas? — perguntou Jaelik, tentando ignorar o quão insensível a pergunta soava.

— Não. Morri muito antes dessa era.

— Quem é você?

— Meu nome é Ryla — disse a jovem. — Sou a filha de Slamintyr Lattyrl.

4

A filha?

A declaração bateu na cabeça de Jaelik como uma febre súbita induzida por escorbuto. — Slamintyr Lattyrl nunca teve uma filha.

O rosto de Ryla expressava descrédito. — Ah, então além de historiador você também é um sábio?

— Não — respondeu Jaelik. — Mas qualquer marinheiro que mereça esse nome conhece a história de Slamintyr Lattyrl. Existem milhares de histórias sobre barcos que partiram para o mar com objetos pessoais dele e nunca mais voltaram. Quando o oceano ocasionalmente devolve um barco que ficou desaparecido por muito tempo, sempre resta uma esperança no ar de que seja um desses.

— Meu pai nunca lançou nada ao mar — respondeu Ryla. — A magia dele era da terra, da pedra e do solo. O mar apenas sugava essas coisas.

— Mas você não é um duende. — Jaelik a observou um pouco mais, notando que as orelhas dela talvez fossem levemente pontiagudas.

— Sou metade duende. A minha mãe era humana.

Jaelik balançou a cabeça. — Os duendes não têm filhos com humanos. Eles preferem procriar com seus pares.

— Normalmente. Mas não estou falando de tempos normais. Meu pai começou a se sentir solitário e minha mãe queria ter um filho. Apesar da visão egoísta que ele tinha da vida, permitiu que isso ocorresse. Desde que ninguém soubesse.

— Eu sou o único?

Ryla balançou a cabeça. — Há outras pessoas que suspeitam.

Jaelik pensou por alguns instantes. Uma tarefa difícil, considerando a maneira como a cabeça dele latejava. — Por que você não os procurou?

196

— Eu não podia. Esses homens não estariam necessariamente interessados no bem de Roosta. Magos, especialmente os humanos, tendem a pensar somente em seus interesses. No princípio...

— Quando foi que isso tudo começou? — perguntou Jaelik, olhando para a garota e supondo que ela não poderia ter mais de vinte anos de idade.

— Há mais de mil anos. — Ryla fez uma pausa por um momento, como se a fria certeza de pronunciar aquelas palavras já fosse algo surpreendente. — No princípio, fui capaz de cuidar das coisas do meu pai, depois que ele morreu.

— O que aconteceu com a sua mãe?

— A praga Kriffith — respondeu Ryla. — Eu tinha nove anos quando ela chegou a Roosta, matando uma em cada três pessoas. Meu sangue duende aparentemente me manteve imune à doença.

O último surto da praga Kriffith fora há mais de duzentos anos, mas os homens ainda falavam dela com temor. — E o que aconteceu?

— Antes que meu pai morresse — continuou Ryla com o olhar cada vez mais distante —, ele me ligou magicamente ao trabalho dele, declarando que eu, e depois meus descendentes, o protegeria daqueles que tentassem roubá-lo. Depois que ele morreu, um dos magos humanos de Roosta entrou na torre do meu pai. Tentei proteger os objetos que meu pai deixou sob a minha guarda, mas fui assassinada. — Ela inconscientemente tocou no pescoço como se estivesse se certificando de que a pele continuava ilesa.

A maneira calma e distanciada com que a jovem contava a história deixou Jaelik indiferente. Ao longo dos anos, ele vira muitos corpos de pessoas inocentes que tiveram uma morte violenta.

— Inextricavelmente ligada aos talismãs mágicos, e sem uma prole para a qual passar a responsabilidade, permaneci presa ao mundo físico mesmo depois de morrer.

— Você devia tê-lo assombrado — declarou Jaelik. — Aposto que ele teria devolvido os objetos roubados.

— Eu o assombrei — disse Ryla. — Ele me baniu, prendendo a minha essência num bracelete do qual só consegui fugir há trezentos anos. Nesse meio-tempo, consegui rastrear e destruir alguns dos objetos que meu pai criou. Há apenas algumas semanas fiquei sabendo que Turkoth encontrou a Coroa das Tempestades. — Ela fez uma pausa, olhando para Jaelik. — Ele precisa ser detido.

Jaelik balançou a cabeça negativamente. — Mesmo que eu fosse o herói que você esperava, tenho somente um barco à minha disposição. E não sou um herói.

Ryla se aproximou do capitão corsário.

Lembrando-se de quão dura e dolorida fora a cutucada que o fantasma lhe dera com o indicador e das histórias de terror que contavam o que os fantasmas podiam fazer com alguém caso conseguissem lhe tirar sangue, Jaelik recuou até as costas baterem contra as barras da cela.

— Você não é um herói — concordou ela —, mas garanto que se tornará o homem mais desgraçado do mundo se não me ajudar.

Jaelik a encarou. Ele a acompanhara até então porque a privação do sono se tornara quase insuportável. Evidentemente, houvera noites nas quais ele bebera o suficiente para apagar confortavelmente, morrendo para o mundo por algumas horas. Beber excessivamente, entretanto, não era algo que ele faria toda noite por escolha própria.

— Serei capaz até de aprender a aturar as mulheres pelas quais você paga — ameaçou Ryla. — Não será tão fácil me envergonhar no próximo quarto que você escolher para fornicar.

O tom dela demonstrava a Jaelik que ela tinha a intenção ferrenha de levar a cabo sua ameaça. — O que você estava querendo quando me pediu para vir até a masmorra?

— Há um túnel aqui — disse-lhe Ryla. — Essa passagem há muito foi esquecida pelas poucas pessoas que a conheciam e leva a um aparelho que está escondido todos esses anos, desde que meu pai morreu.

— Que tipo de aparelho?

— Você não precisa se preocupar com isso.

Jaelik se sentou deliberadamente na beira da cama. O fedor da palha podre estava por todos os lados. — Então, não vou me preocupar com nada.

Ryla olhou para ele imperiosamente. — O que está fazendo?

Jaelik trançou os dedos atrás da cabeça e encostou-se na parede de pedra coberta com limo. Ele cruzou os tornozelos com dificuldade por causa das correntes. — Nada.

— Levante-se.

— Não.

— Você não pode me negar isso. — Os olhos dela faiscaram.

— Já neguei — disse Jaelik.

— O que você está fazendo agora? — perguntou Alff. — Discutindo com a assombração?

— Prefiro dizer que estou negociando.

O contramestre franziu as sobrancelhas, com uma careta que se tornava ainda mais sombria por conta dos inchaços deformados dos ferimentos. — É uma perda de tempo discutir com a assombração. Ela não tem nada que você possa querer.

— Na verdade, ela é a filha de Slamintyr Lattyrl, ao que tudo indica.

Alff foi acometido por uma tosse seca e deu uma cusparada, cruzando a cela para se juntar a Jaelik na cama. — A falecida filha de um dos mais poderosos magos das nações marítimas alpatianas? Devia ter imaginado. Quando você começa a ter azar, a coisa só tende a piorar, e muito. Já vi isso acontecer antes.

Ignorando o sarcasmo do contramestre, Jaelik rapidamente informou o amigo a respeito do teor da conversa.

— Então — disse Alff quando ele terminou —, você propõe que apodreçamos dentro desta maldita cela?

Jaelik deu de ombros, lutando para não sorrir. — Quem sabe ela não se cansa e vai atormentar outra pessoa?

— Sim. — Alff ficou olhando fixamente, como se ele também pudesse ver o fantasma. — E assim nós nos livraríamos dela.

— Embora — continuou Jaelik —, agora que pude vê-la melhor, comece a achar que ela é uma mulher extremamente bem-apessoada. — Ele pulou da cama com um movimento súbito, cruzando a cela com aparente facilidade, apesar das dores e da aflição que o invadiam.

Ryla permaneceu no mesmo lugar. Talvez imaginasse que ele fosse atravessá-la, mas a força ou a circunstância que permitira que ela tocasse nele, alguns momentos antes, agora permitia que ele a tocasse.

Jaelik sentiu a suave pele feminina contra o peito, e o aroma de pétalas de rosa esmagadas. Ele instintivamente colocou a mão nos quadris dela, acariciando as curvas que estavam à sua frente e sentindo a pele quente por baixo do leve vestido cor de alfazema.

Soltando um suspiro de surpresa e indignação, Ryla deu um passo para trás, fugindo do abraço desajeitado. Ela o esbofeteou com força suficiente para projetar a cabeça dele para trás.

Com as têmporas latejando de dor, Jaelik parou um instante e, em seguida, gritou: — Que diabos, mulher! Você seria capaz de me bater até eu desmaiar?

— Se fosse necessário para fazer com que você parasse.

Jaelik a fuzilou com os olhos.

— Sente-se, seu maluco! — ordenou uma voz rouca vinda de uma das celas adjacentes. — Já chega de ouvi-lo conversar com o vento, com o som gutural e arranhado de Cegrud.

Alff de repente esticou o braço pelas grades, puxou o ofensor pelos cabelos e bateu a cabeça dele contra as barras. O prisioneiro vizinho gritou de dor e caiu no chão.

— O que você está fazendo? — perguntou Ryla, olhando para o prisioneiro caído.

Com os olhos semicerrados pela dor, o capitão corsário disse: — Agora ela está irritada com você.

— Por quê? — perguntou Alff. — Por eu ter quebrado o cocuruto desse bêbado miserável?

— Ela não gostou do que você fez — disse Jaelik, tentando disfarçar o tom de pilhéria.

— Não — confirmou Ryla. — Não gostei. Esse homem foi preso por lutar contra Turkoth e seu...

— Diga-lhe para olhar para o punho esquerdo desse homem — resmungou Alff. — Aquela tatuagem de aranha azul e dourada prova que ele não passa de um ladrão danaperiano. É assim que eles marcam ladrões como ele.

Mesmo na escuridão e a uma certa distância, Jaelik conseguiu ver a agressiva tatuagem da viúva-negra preparada para atacar. Alff sempre tivera uma visão ágil e aguda.

— Ele provavelmente foi colocado aqui como espião — avaliou Alff. — Ou talvez tenha tentado enfiar a mão no bolso errado.

O capitão corsário olhou para o fantasma.

Ryla permaneceu em silêncio.

Jaelik olhou para ela. — Conte-me sobre o aparelho.

Ela devolveu o olhar.

— Fingir-se de teimosa talvez seja excitante dentro de uma alcova — advertiu o capitão corsário —, mas não está fazendo nenhum sucesso no momento. Se você quiser a minha ajuda, terá de me contar o que está em jogo. Você está arriscando o meu pescoço e o de Alff.

Os olhos dela brilharam com uma chama verde-esmeralda.

— Você já ouviu falar do Colosso de Mahrass?

— Sim.

As histórias sobre o Colosso sempre surgiam nos relatos que eram contados sobre Slamintyr Lattyrl. O mago duende descera das Falconspurs para viver em Roosta, mas resolvera defender Mahrass dos piratas exterreanianos, que tentaram invadi-la quase quarenta anos mais tarde. Mahrass era uma cidade portuária vizinha, pouco maior do que uma aldeia de pescadores, mas os remédios que os ervanários locais usavam haviam interessado a Slamintyr Lattyrl.

— Dizem que Slamintyr Lattyrl recuou até o sopé das Falconspurs e ergueu o Colosso da pedra ferruginosa — disse Jaelik. — Alguns também dizem que ele sacrificou três fetos para erguê-lo. — A idéia deixava o capitão corsário um tanto desconfortável.

— Isso não é verdade — disse Ryla. — Meu pai nunca matou pessoas inocentes.

— Mas ele matou um grande número de pessoas — respondeu Jaelik.

Ela preferiu não perder tempo discutindo o assunto. — A magia que meu pai utilizou o deixou exausto por semanas, mas Mahrass ganhou um protetor.

Segundo as histórias, o Colosso era quase vinte vezes maior do que um homem, um ídolo que nenhuma lâmina, flecha ou carga flamejante de catapulta podia derrotar. Ele se imiscuiu entre os piratas invasores e os dizimou muito antes de chegarem ao litoral. Durante anos, o Colosso se manteve como o guardião de Mahrass. Nesse meio-tempo, Slamintyr Lattyrl aprendeu os segredos dos ervanários e Mahrass se uniu a Roosta.

— O aparelho escondido naquele túnel controla o Colosso — continuou Ryla.

Os olhos de Jaelik se semicerraram com um ar confuso. — O Colosso desapareceu depois que seu pai morreu. Alguns acreditam que ele retornou para as Falconspurs e fundiu-se com a terra que o gerou.

— Não — disse Ryla suavemente. — O Colosso está deitado no fundo da enseada. Se nós conseguirmos recuperar o aparelho, poderemos acordar o Colosso e utilizá-lo para destruir a frota militar de Turkoth.

— Que história é essa de Colosso? — perguntou Alff.

Jaelik explicou rapidamente, falando em tom baixo para não ser ouvido nas outras celas.

Alff cruzou os braços na altura do peito roliço e balançou a cabeça desgrenhada. — Impossível. Mesmo com o Colosso. Turkoth tem trinta navios de guerra ancorados naquelas águas e, se ele possui esses apetrechos mágicos que a assombração disse que ele possui, será mais impossível ainda.

Jaelik não perdeu tempo discutindo os diversos graus de impossibilidade, concordando com ele de imediato. Ele olhou para a mulher novamente, preparando-se para lhe dizer o que achava.

— Antes que você diga não — declarou Ryla —, deixe-me dizer-lhe algo. Turkoth planeja partir com a chegada da alvorada rubra e seu primeiro alvo será Vellak, sua terra natal.

***

5

Um vento frio envolveu Jaelik quando encarou o fantasma.
— Vellak tem condições de se defender contra as forças de Turkoth. É por isso que eles ainda não a atacaram. — Imagens da cidade amuralhada, onde ele nascera e vivera a maior parte de sua vida quando não estivera no mar, vieram à mente do capitão corsário. Muitas pessoas ainda viviam nas docas decadentes ao longo do litoral irregular de Vellak: seus pais, três irmãos e duas irmãs, sobrinhas e sobrinhos, o velho Noddy, o primeiro a ensiná-lo sobre cordas, nós e xingamentos, Tarrys, a filha do fabricante de velas, a primeira a lhe mostrar os segredos do amor; assim como centenas de outros.

— As muralhas de Vellak a protegerão dos navios inimigos — disse Ryla —, mas não da magia do meu pai. A Coroa das Tempestades pode invocar temporais, com ventos, chuvas e raios, que reduzirão Vellak a ruínas.

— A assombração está ameaçando Vellak? — perguntou Alff.

— Não — respondeu Jaelik. — Ela disse que Turkoth planeja partir para Vellak de manhã.

Alff semicerrou o olho bom. — Levando aqueles apetrechos mágicos?

— Sim.

— Você acredita nela?

Jaelik observou o fantasma que estava à sua frente. — Sim.

— Então, desculpando-me antecipadamente com o capitão — declarou o contramestre —, acredito que não haja mais motivo para negociar.

Jaelik fez que sim com a cabeça. — Concordo. — Ele desafivelou o cadarço das calças.

— O que você está fazendo? — perguntou Ryla, surpresa.

— Vou nos tirar daqui. — Jaelik retirou o cadarço, em seguida apertou a corda até que dois abridores de fechaduras escondidos dentro dela caíssem na palma da mão.

Ele amarrou as calças novamente, em seguida começou a tentar abrir as correntes que prendiam suas pernas. Sob exímia maestria, em pouco tempo a fechadura se abriu e as correntes caíram no chão pedregoso. Felizmente, a escuridão que campeava na masmorra impedia que os outros prisioneiros os vissem.

Depois de libertar Alff, Jaelik voltou a atenção para a porta da cela, abrindo a fechadura com a mesma destreza. Ele empurrou a porta cuidadosamente, ouvindo o rangido de metal contra metal.

— Em que direção fica o túnel que você mencionou? — perguntou ele ao fantasma.

— Temos de descer a masmorra — respondeu Ryla.

Jaelik se virou e olhou para a entrada. Uma longa escada espiral levava de volta para a fortaleza, no rés-do-chão. Olhando na outra direção, seguindo a longa fileira de celas à direita, a passagem fazia um mergulho íngreme sob as entranhas do edifício. Havia rumores de que a masmorra se enroscava como uma enguia, imergindo profundamente abaixo do nível do mar, e de que certos trechos estavam submersos.

Não era uma idéia das mais agradáveis.

Ele se virou para o fantasma. — Você tem certeza de que o túnel fica no trecho mais ao fundo da masmorra?

— Sim.

Alff fez uma careta. — Quanto mais fundo descermos, capitão, maior será nosso esforço para subir de novo.

— Sim — disse Jaelik com os dentes cerrados. Ele abriu a porta, atraindo imediatamente a atenção dos prisioneiros das celas vizinhas.

Homens maltrapilhos, esfomeados, malnutridos e alquebrados cambalearam até as portas de suas celas e olharam para Jaelik com olhos remelentos. — Liberte-nos — pediu um homem barbado com a voz rouca. — Se você vai enfrentar Turkoth Blackheart e a maldita Sentinela da Morte, nós o ajudaremos.

— Temos a semente de um exército aqui — sussurrou Alff.

Endurecendo o coração, Jaelik esticou a mão para pegar uma tocha de um dos candelabros de parede corroídos. — Não precisamos de um exército. — Ele ergueu a tocha, enchendo o corredor da masmorra com a luz e ouvindo os roucos sussurros das vozes que desapareciam junto com as sombras.

— Você não pode deixá-los aqui — protestou Ryla.

— E o que você propõe? — perguntou Jaelik. — Se nós os soltarmos e eles subirem até a fortaleza, servirão como um aviso de que alguém conseguiu fugir deste buraco fedorento. E eles estão muito fracos para lutar. Serão facilmente abatidos.

— Melhor morrer um homem livre do que do jeito que estamos agora — disse o prisioneiro.

— Liberte-os — comandou Ryla.

— Não — disse Jaelik, virando-se para encará-la, observando como a luz brilhante da tocha a atravessava, permitindo-lhe ver a cela vazia da qual eles haviam acabado de sair. — Não compactuarei com o suicídio deles.

— Mas você aceitaria compactuar com o assassinato deles? — perguntou Ryla.

— Podemos libertá-los depois.

— É possível que não exista um depois para eles. Liberte-os.

Jaelik investiu com a tocha na direção dela, fazendo com que ela instintivamente se afastasse. — O que é mais importante? Eles ou o aparelho do seu pai?

— Ou Vellak, no seu caso?

Quando o capitão corsário começou a descontar suas frustrações com xingamentos pitorescos, Alff bateu com uma das suas mãos imensas no peito dele e o empurrou contra a parede.

— Alguém está se aproximando — sibilou o contramestre, virando-se para olhar na direção da escada.

Jaelik olhou para o corredor da masmorra e ouviu o barulho de botas de couro se arrastando e o tilintar de uma cota de malha descendo na direção das celas.

— Não conseguiríamos fugir — disse Alff num tom calmo.

— Eu sei. — Jaelik colocou a tocha rapidamente de volta no candelabro e seguiu Alff até as sombras da masmorra um pouco mais abaixo. Eles se esconderam atrás das colunas de sustentação construídas na parede, entre as celas.

Cada terminação nervosa do corpo de Jaelik clamava para que ele corresse. Ele usou toda a sua força de vontade para permanecer imóvel, respirando lentamente para se preparar. Olhou para as escadas e viu quatro homens surgirem em seu campo de visão.

Três deles estavam vestidos com a roupa de couro preta da Sentinela da Morte, mas o quarto trajava uma túnica vermelha e branca. Um surrado barrete de bronze brilhava sombriamente acima do rosto envelhecido. Uma longa barba branca descia pelo peito e ele caminhava com os braços cruzados e as mãos enfiadas nas mangas.

— Um mago amaldiçoado — sussurrou Alff.

Jaelik balançou a cabeça pesadamente com os pensamentos a mil. Ele notou que Ryla recuou para se esconder do outro lado do corredor. Dizia-se que os magos às vezes invocavam fantasmas intimamente, obrigando-os a realizar tarefas profanas. Talvez os fantasmas não fossem invisíveis para os magos como o eram para as outras pessoas.

— Onde se encontram os homens, tenente? — perguntou o mago, olhando friamente para dentro das celas à medida que eles passavam.

Um dos guardas da Sentinela da Morte apressou o passo, parando em frente à cela da qual Alff e Jaelik haviam acabado de sair. Ele olhou por um instante, em seguida abriu a porta destrancada.

— Agora! — disse Jaelik, jogando-se em cima do guarda da Sentinela da Morte. Alff se moveu como uma sombra, acompanhando-o passo a passo enquanto cruzavam a distância até o lado oposto do corredor.

O tenente da Sentinela da Morte se virou e tentou desembainhar a espada.

Jaelik investiu sem indecisão ou remorso. Durante a briga na taverna, eles haviam lutado sem a intenção de matar ninguém, mas agora não tinham escolha. O motivo que trouxera o mago até a cela deles sem dúvida era maligno.

O capitão corsário usou o seu peso para prensar o guarda contra as barras da cela, prendendo a mão dele contra o lado do corpo. O guarda se debateu, enfiando a mão livre no rosto de Jaelik e tentando arrancar os olhos dele. Jaelik segurou a adaga que estava na cintura do homem, à direita, e a desembainhou enquanto atingia o rosto dele com a cabeça, quase desmaiando com a força do impacto, e em seguida enfiou a ponta da lâmina no pescoço de seu oponente.

Alff se atirou sobre os outros dois guardas, derrubando-os. O contramestre ficou em cima deles, martelando-os com golpes firmes e fortes, os punhos entrelaçados. Ele quebrou o nariz de um dos homens, produzindo um barulho parecido com o de um graveto sendo partido.

Sentindo o sangue quente da vítima se espalhar por sua mão e braço, Jaelik virou-o rapidamente na direção do mago. A luz das tochas faiscava no topo do barrete enquanto o velho retirava as mãos de dentro das mangas. Os dedos dele se retorciam na forma de um símbolo oculto enquanto ele falava.

Um raio violeta foi projetado das mãos do mago e atravessou o peito do tenente da Sentinela da Morte. O cheiro de sangue afervOntado impregnou a masmorra.

O calor ardente queimava o peito de Jaelik. Ele empurrou o cadáver e olhou para baixo, preocupado, imaginando que se depararia com um grande buraco onde anteriormente se encontrara seu coração. Um pedaço de carne avermelhada e ferida — pouco menor do que a palma da mão dele — podia ser visto por baixo dos farrapos flamejantes da camisa. Pequenas brasas alaranjadas ainda ardiam no tecido.

O mago mexeu os dedos novamente, invocando seus deuses para realizar um nova magia.

Jaelik sabia que grande parte dos feiticeiros portava objetos mágicos que tinham um pouco do que eles retiravam da malha que os conectava a seus santuários de escolha. Poucos eram tão poderosos a ponto de ter um número muito grande de magias à mão.

Ignorando a dor que sentia por causa da queimadura no peito, o capitão corsário empurrou o corpo do guarda para o lado, soltando a adaga e desembainhando a espada do cadáver.

Ryla atravessou as barras da cela e, pela maneira como o olhar do mago se virou na direção dela, Jaelik sabia que o homem podia vê-la.

— Morra, seu feiticeiro dos infernos! — comandou o fantasma ameaçadoramente.

O aço sibilava à medida que a espada se soltava da bainha, e Jaelik viu o temor tomar conta dos olhos dourados do mago enquanto a atenção dele se voltava para o oponente humano.

O capitão corsário o golpeou impiedosamente, ceifando os dedos das mãos esticadas.

— Não! — gritou o mago quando Jaelik se aproximou.

— Sim! — rosnou Jaelik, pegando-o pelo ombro e puxando-o em sua direção para enfiar a espada por baixo das costelas, até atingir o coração. O capitão corsário ficou olhando para os olhos dourados do mago, temendo que ainda não tivesse conseguido matá-lo. Alguns magos guardavam o coração fora do corpo.

Os olhos dourados do mago brilharam enfurecidos e, em seguida, se apagaram gradualmente, à medida que a morte o levava. O corpo dele tremeu sobre a espada, e logo depois ficou inerte.

Jaelik deixou que o corpo caísse e viu o contramestre quebrar o pescoço de um de seus adversários, enquanto mantinha o joelho sobre as costas dele, as mãos entrelaçadas por baixo do queixo do homem. O outro guarda da Sentinela da Morte estava deitado inerte. Jaelik pisou no corpo do mago, temendo que o cadáver se transformasse num ninho de cobras que investiria contra ele em busca de vingança, e puxou a espada.

— As chaves! — gritou o guerreiro barbudo da cela. — Se você tiver qualquer resquício de bondade, dê-nos as chaves! Quando os corpos dos guardas e do mago forem descobertos, eles não terão clemência alguma conosco!

Alff se levantou, empurrando um dos corpos para o lado e exibindo um machado de batalha de cabo curto com duas lâminas. — Esse homem tem razão, capitão. Deixá-los aqui será o mesmo que matá-los. — O contramestre deslizou os dedos pelas lâminas e deu um sorriso compassivo.

— Você tem de libertá-los — acrescentou Ryla.

Imprecando contra sua própria má sorte, Jaelik revistou as roupas do cadáver do guarda aos seus pés e encontrou as chaves num enorme chaveiro de ferro com ferrugem terrosa. Ele aproximou-se do guerreiro na cela. — Como você se chama?

— Farryn Caerk, membro do verdadeiro exército de Roosta. — Apesar de estar magro e doente, o homem conseguia manter um porte orgulhoso. — Como muitos dos que ainda estão nas celas.

— Se eu o libertar, Farryn Caerk — disse Jaelik —, você terá de se unir a nós.

O guerreiro se agarrou às barras da cela, o desespero estampado no olhar febril. — Você não é de Roosta. Dá para notar pelo seu sotaque.

— Não, sou de Vellak. — Jaelik se forçou a ignorar a queimadura no peito. — Você seguirá as minhas ordens?

— Não sou capaz de fazer qualquer coisa em troca de minha liberdade. Tenho uma esposa e filhos, que, com a graça dos deuses, ainda devem estar vivendo nesta cidade.

Outros homens ecoaram o sentimento de Farryn Caerk.

— Quero que vão para o inferno, então — disse Jaelik, num tom severo. — Esperem por uma outra ocasião. Estou lhes oferecendo a única chance que terão para se vingar de Turkoth. — Isso se o fantasma estiver certo, pensou ele.

O guerreiro encarou o capitão corsário. — Aceito a sua oferta. Mas não há outra saída deste lugar fora as escadas pelas quais esses homens acabaram de descer.

— Há um outro caminho — disse Jaelik, torcendo para que fosse verdade. Ele enfiou a grande chave de ferro na fechadura e a virou. O som estridente da tranca evidenciava que a porta não era aberta havia muito tempo.

— Capitão! — Alff levantou outro molho de chaves, balançando-o para fazer barulho por alguns instantes.

— Pode abri-las. — Jaelik ficou olhando para Ryla enquanto ela se aproximava do cadáver do mago.

211

Os dedos do fantasma atravessaram a túnica, retirando um sapo de olhos esbugalhados, esculpido em pedra-sabão avermelhada. Ela trouxe o sapo até o nível dos seus olhos, na palma da mão. Em seguida, fechou os lábios e soprou. O sapo, incrivelmente, se esfarelou num pó incandescente, tremulando por alguns instantes numa luz esverdeada antes de desaparecer. Em questão de segundos, nada restava do batráquio.

Ryla se virou para ele, notando seu interesse. — Era do meu pai. Agora não é de ninguém.

Enquanto Alff dirigia-se para a cela seguinte e libertava os homens, entregando-lhes o molho de chaves, Jaelik tirou a tocha do candelabro. Ele viu o florete que um dos homens que Alff derrubou carregava. Depois de pegá-lo, entregou a espada a Farryn Caerk, que a virou ao contrário para segurar o cabo, demonstrando perícia.

Erguendo a tocha bem no alto, e sabendo que o tempo estava contra eles, Jaelik avançou pelo corredor sinuoso da masmorra. As sombras se arqueavam e se retorciam ao redor, e os súbitos sussurros emocionados que o acompanhavam soavam altos demais para escapar à atenção dos guardas que estariam, a postos, acima.

Ryla o alcançou, caminhando com passos silenciosos.

— Quanto falta para chegarmos? — perguntou Jaelik, fazendo um esforço para enxergar na escuridão.

— Só mais um pouco — respondeu Ryla.

6

O trecho da masmorra à frente deles estava inundado com uma água escura. Um cheiro desagradável de água salgada, que apodrecera por ter ficado represada embaixo da terra por muito tempo, impregnava o corredor. Mesmo assim, as pequenas ondas que Jaelik via atravessar alguns pontos do poço testemunhavam que a água ainda vibrava com o pulso do mar Alpatiano.

O capitão corsário ergueu a tocha e soltou um novo palavrão, ouvindo o som das pegadas de Alff e dos outros prisioneiros à medida que iam parando atrás dele. O teto do corredor descia alguns metros adiante, numa angulação que o levava a mergulhar nas águas inóspitas. Não havia como seguir adiante.

Ele se virou para Ryla. — Isso estava nos seus planos? — perguntou num tom áspero.

— Ouvi dizer que parte da masmorra estava inundada — respondeu o fantasma. Os olhos dela brilhavam na escuridão enquanto examinava a água.

— Não podemos seguir por aqui — disse Jaelik.

— Isso eu já notei, capitão — manifestou-se Alff. Sabendo que ninguém, fora o capitão, podia ver e ouvir o fantasma, o contramestre se incumbiu da tarefa de servir como seu interlocutor.

Ryla olhou para o teto do túnel. — A masmorra acaba aqui, mas uma das paredes desmoronou pouco depois da morte do meu pai. Há um corredor do outro lado da parede que ninguém conhecia, a não ser o meu pai e eu. O compartimento está submerso neste trecho, mas existe uma passagem para o outro lado. Eu vinha aqui quando era pequena. Meu pai trabalhou com diversas coisas perigosas neste lugar.

Jaelik balançou a cabeça negativamente. — Não vou entrar nessa água. Em algum trecho, de alguma forma, ela desemboca no mar Alpatiano. Não há como prever a profundidade. Além disso, podem existir contracorrentes capazes de nos sugar para dentro de um poço no qual nos afogaríamos.

— Não — insistiu Ryla. — O corredor desce nesse ponto, mas faz uma curva e sobe do outro lado. Tenho certeza disso.

— Qual é a distância que teremos de atravessar?

— Espere aqui. — Ryla avançou silenciosamente para dentro da água, aparentemente insensível à temperatura gelada do poço.

Apesar de a mulher ser apenas um espectro, Jaelik ficou preocupado com a segurança dela. Ele permaneceu imóvel, vendo-a desaparecer rapidamente, mantendo a superfície intacta.

— Capitão? — perguntou Alff.

Mais de doze tochas eram refletidas na superfície da água negra. — Temos de esperar — disse Jaelik.

— Sim, senhor.

Os fugitivos se remexiam e cochichavam nervosamente.

Enquanto aguardava pelo retorno do fantasma, a mente de Jaelik vagava, imaginando quanto tempo demoraria antes que os guardas da Sentinela da Morte descobrissem que os prisioneiros haviam fugido de suas celas.

Ryla voltou depois de alguns instantes. Os olhos dela foram a primeira coisa a aparecer, brilhando sob a água. Ela estava seca quando voltou a pisar no chão de pedra, mas Jaelik sentia o frio crescente que emanava dela. Seus lábios exibiam uma coloração levemente azulada.

— O corredor volta a subir do outro lado, conduzindo aos compartimentos secretos — declarou ela. — O trecho tem cerca de seis metros. Dá para nadar até lá facilmente.

— O apetrecho que nós buscamos ainda está lá? — perguntou Jaelik.

— Ninguém poderia ter chegado até onde ele se encontra.

— Capitão — disse Alff bruscamente —, só há uma maneira de tirar essa dúvida.

Jaelik protestou contra a água escura, perguntando-se se haveria algo no compartimento que atemorizasse o fantasma.

— Se voltar atrás — disse Ryla calmamente —, você terá de enfrentar os guerreiros de Turkoth.

O capitão corsário sabia que ela tinha razão. Se fossem somente Alff e ele, teria certeza de que conseguiriam escapar da cidade antes do amanhecer. O *Rapier's Thrust* os resgataria no ponto de encontro previamente combinado.

Mas não havia como os outros prisioneiros não chamarem a atenção. E se alguém fosse capturado, Jaelik sabia que todos seriam presos.

— Vamos atravessar a passagem a nado — disse Jaelik. — Protejam as tochas. Precisaremos delas do outro lado. Ele apagou a tocha com o pano grosso que Alff lhe passou e a enganchou no cinto.

— Não sabemos o que vamos encontrar nesse poço — protestou um dos homens.

— Sim, você tem razão — bramiu Alff asperamente —, mas pode estar certo de que aqueles guardas da Sentinela da Morte estarão esperando por você lá atrás. Apaguem as tochas e as protejam. Vamos precisar delas do outro lado.

Os dissidentes silenciaram, mas não desistiram. A escuridão, que fora iluminada pelas tochas, se precipitava rapidamente sobre eles à medida que as chamas eram apagadas.

Antes que a luz fosse extinta no corredor, Jaelik entrou na água. Com apenas dois passos no chão inclinado, ele já estava submerso até a cintura no líquido fétido. Respirou fundo novamente e mergulhou.

Dentro d'água, sentiu uma corrente mansa percorrendo o poço. Ele movimentava os braços na escuridão, ocasionalmente apalpando o teto baixo para se direcionar. Encontrou o fim do compartimento facilmente, em seguida localizou o pequeno buraco na parede sobre o qual Ryla havia lhe falado. Da sexta vez em que ele subiu de encontro ao teto pedregoso, seu braço encontrou uma bolsa de ar.

O corredor subia de forma íngreme do outro lado. O compartimento era tomado por um ar pútrido, forçando Jaelik a ofegar até se acostumar ao forte odor de mofo. O único som que ecoava no compartimento era o das solas molhadas de suas botas. Embora não conseguisse enxergar praticamente nada, pôde facilmente ver o fantasma saindo da água.

Jaelik se afastou da beira com uma das mãos esticada à sua frente, usando a outra para desembainhar o florete. Estendeu a lâmina para se certificar de que o caminho estava livre. Andou cuidadosamente, para não tropeçar nos escombros, que não conseguia enxergar.

Alff surgiu da água em algum ponto atrás dele, ofegando palavrões.

O capitão corsário se ajoelhou e colocou o cabo da espada em cima do pé para que pudesse encontrá-lo com facilidade. Em seguida, desenganchou a tocha e a acendeu com a pedra de isqueiro que retirara do bolso de um dos guardas da Sentinela da Morte.

A tocha soltou uma fumaça que subiu sinuosamente até o teto do corredor. Mas a fumaça ficou presa. Se houvesse uma corrente de ar, ela seria insuficientemente forte para empurrar a fumaça, e isso não provava que a outra saída que Ryla mencionara de fato existisse.

Ele ergueu a tocha enquanto os outros homens saíam da piscina. Alff gritava ordens para eles, fazendo com que acendessem mais tochas e organizando-os automaticamente numa unidade defensiva.

Jaelik estudou o corredor. Havia argamassa e pedras apodrecidas no chão poeirento. Uma parte da parede à esquerda desmoronara, derramando cimento e pedras pelo caminho. Dezenas de aranhas arrastavam-se pela rede de teias que pendiam do teto. O corredor virava para a direita, desaparecendo rápido do campo de visão.

Ryla se movia decididamente pelas teias. A luz das velas brilhava no gelo que se formava à medida que ela avançava, deixando um rastro gélido pelo caminho. As aranhas recuavam nas teias próximas como se estas ardessem em chamas.

— Venha — disse ela. — Não há ninguém aqui. Ninguém vem aqui há um bom tempo. — Ela subiu o trecho inclinado e seguiu pelo corredor.

— Alff! — Jaelik usava o florete para afastar as teias. Ele incendiou algumas, vendo-as se enroscarem e queimarem na direção do teto. E abriu caminho pelas teias, segurando o florete firmemente em seu punho. O som da sua respiração parecia extremamente alto aos seus ouvidos.

O corredor continuava a descrever uma curva, subindo e descendo. Portas de pedra pretas e verdes, marcadas com selos mágicos em relevo, ocupavam os dois lados da parede.

Ryla estudava cada uma das portas atentamente, parando de vez em quando para limpar a densa camada de poeira que as cobria, deixando os selos mágicos à vista para melhor inspecioná-los. As aranhas continuavam a subir lentamente pelas redes de teias ao redor deles. O caminho entre as teias era exíguo.

— Onde estamos? — perguntou Farryn Caerk, sussurrando.

— Na nossa porta de saída — respondeu Jaelik, torcendo para que isso fosse a verdade. A fumaça intoxicante da tocha queimava a garganta dele, deixando-o rouco.

— Este é um dos santuários secretos de meu pai — disse Ryla, afastando-se de uma das portas que inspecionara mais atentamente. — Um dos poucos que nunca foi encontrado — continuou ela, enquanto Jaelik se aproximava para segui-la de perto.

Os homens o acompanhavam soltando imprecações e rezando. Alguns lamentavam o fato de estarem a caminho da morte dentro do poço esquecido de um mago. Slamintyr Lattyrl fazia parte do imaginário coletivo dos nativos de Roosta. E se eles soubessem que eram guiados pelo fantasma da filha dele, o capitão corsário tinha certeza de que ficariam ainda mais amedrontados.

Ao longo do caminho, as tochas que os homens seguravam freqüentemente incendiavam a rede de teias. Os fios sedosos incandesciam rápido e eram percorridos pelo fogo por alguns instantes antes de se apagarem, mas as chamas sinistras entrelaçavam ainda mais as sombras ao redor delas.

Depois da curva seguinte, o corredor se bifurcava. Escombros cobriam quase toda a escada da passagem que ficava à direita, fora os dois últimos degraus. Ryla passou por ela sem prestar muita atenção, continuando a trilhar o caminho principal.

Um grito aterrorizado atravessou o corredor.

Jaelik se virou imediatamente, imaginando que uma das aranhas tivesse finalmente escolhido a sua vítima.

— Ladrão maldito! — resmungou um homem alto, recuando rapidamente. — Deveria saber que ninguém pode abrir a porta de um mago.

Atrás do guerreiro, um homem esquelético — reduzido a pele e osso — caiu silenciosamente ao pé de uma das portas. Quando o corpo rolou para a frente, os olhos estavam brancos e a luz das tochas lhes emprestava um tom amarelo-esverdeado.

Alff deu um passo adiante e se agachou perto do corpo. Usou uma pedra para virar o rosto do homem, em seguida pressionou-a contra a garganta dele, sem obter qualquer reação. — Ele está morto, capitão. Pelo visto, foi envenenado.

— Veneno das aranhas? — perguntou um homem, olhando para cima, amedrontado.

— Não — disse o homem alto. — Ele tentou abrir a porta. Mal colocou a mão nela, caiu morto.

— As portas são protegidas — disse Ryla, aproximando-se de Jaelik com uma expressão fria e insondável no rosto.

— Não toquem nas portas — ordenou Jaelik. — Isso se vocês quiserem sair daqui vivos.

Ninguém questionou a ordem.

— É aqui.

Jaelik olhou para a porta na frente da qual Ryla parara. Vinte minutos haviam se passado desde a morte do homem. As teias de aranha tomavam todos os cantos, assim como suas tecedoras. Durante aquele tempo, ele se cansara de andar e poderia ter se perdido em meio a tantas curvas e voltas, caso não estivessem num caminho único. Ele silenciosamente praguejou contra todos os fantasmas em geral, e contra Ryla em particular.

— É segura? — sussurrou ele, temendo demonstrar qualquer hesitação perante os homens que comandava.

— Está sob a proteção de Slamintyr Lattyrl — disse o fantasma num tom irritado. — Nada é seguro nessas condições.

— Você pode abri-la?

— Espero que sim.

— Você *espera* que sim? — A irritação de Jaelik quase fugiu do seu controle. Ser forçado a ir até aquele lugar, depois de muitas noites em claro, liderando um bando de maltrapilhos, um minúsculo exército esfomeado que mal conseguiria se defender, sabendo que seu país seria atacado assim que amanhecesse, era um pouco além da conta.

— Nunca tentei romper um dos selos protetores de meu pai.

— Ryla se aproximou da porta cuidadosamente. O medo brilhava no rosto dela.

Enquanto a observava, o coração de Jaelik amoleceu um pouco. – Se você não tem certeza se conseguirá, nem tente.

– Não tenho escolha. A Coroa das Tempestades está nas mãos de Turkoth.

– Talvez haja uma outra maneira de tirá-la dele. No mínimo, quando sairmos desse poço miserável, eu e a minha tripulação poderemos navegar para Vellak. Talvez possamos organizar uma defesa decente.

Ela virou os olhos brilhantes na direção dele. – Você não conhece a força da Coroa. Qualquer linha defensiva naval que Vellak porventura conseguisse colocar nas águas seria reduzida a pó. O Colosso é a nossa única chance. – Ela se virou para a porta novamente, estendendo uma das mãos.

Um gemido baixo mas penetrante foi preenchendo o corredor. E aumentava gradualmente, à medida que o fantasma se aproximava da porta. Era como o som do último suspiro arrancado de um predador moribundo.

– Ryla – chamou Jaelik com brandura, dando um passo à frente, esticando a mão para ela, deixando que a tocha caísse no chão poeirento aos pés deles.

Ela o ignorou, continuou a cantilena e encostou a palma da mão na porta.

Uma bruxuleante luz rubro-violeta se projetou do selo mágico quando ela o tocou. A luz tornou-se mais clara, fazendo com que os olhos de Jaelik lacrimejassem com sua intensidade. Era como se o capitão corsário estivesse atravessando um porão transbordando de arroz, pensou ele enquanto estendia a mão para alcançar o fantasma.

Ele conseguiu tocá-la, sentindo como se estivesse tocando a carne fria dos mortos, e em seguida ela cambaleou na direção dele, driblando a imensa cabeça triangular que se projetara da porta e investia contra ela. A boca estava escancarada e tinha fileiras de dentes pontiagudos.

7

Jaelik automaticamente deu uma estocada contra a criatura mística, golpeando-a com o florete, mas a lâmina atravessou-a sem nada tocar.

O florete parou a alguns centímetros da perna do capitão corsário. Ele recuou em meio aos gritos de Alff e dos homens, sabendo que eles também podiam ver a criatura. Ele segurava Ryla pela cintura com um dos braços, lutando para puxá-la até um lugar seguro.

— Não — argumentou o fantasma. — Você não conseguirá derrotá-la sem a minha ajuda. — Ela pegou o braço com o qual Jaelik segurava o florete.

Ele sentiu uma onda de calor subir pelo braço, uma onda tão quente que era quase impossível não gritar de dor.

— Agora! — gritou ela. — Ataque!

O monstro, parecido com uma enguia, continuava a se projetar do selo mágico da porta, exibindo mais de três metros de ondulantes escamas coriáceas que recobriam um corpo com um diâmetro maior do que o da coxa de Jaelik. As fendas de seus olhos ardiam com um fogo acobreado enquanto piscavam na tentativa de se focarem no capitão corsário. O monstro investiu novamente com a aterrorizante mandíbula escancarada.

Prensado contra dois homens que estavam atrás dele, Jaelik golpeou-o com o florete, sabendo que provavelmente não teria uma segunda chance. A lâmina penetrou profundamente no crânio triangular, fazendo com que o sangue jorrasse e eles pudessem ver pedaços de ossos quebrados. O animal usou a

221

força bruta para manter a cabeça, ferida, longe deles, sentindo que sucumbiria a qualquer momento.

A enguia-demônio se soltou da porta e envolveu os corpos num abraço esmagador. Mas, antes que pudesse asfixiá-los, morreu, dissolvendo-se numa nuvem de brilhantes cristais esverdeados. As aranhas presas nas teias acima teciam finos fios sobre os cristais verdes.

O único som que se ouvia no corredor era o do movimento das pernas das aranhas enquanto teciam.

— Ela está morta — disse Ryla. — Logo as aranhas a reconstruirão, mas agora poderemos passar seguramente.

— Pensei que você soubesse como passar pelas defesas de seu pai — disse Jaelik.

— E passamos. — O fantasma se afastou cuidadosamente dos braços dele. E não o olhou enquanto atravessava o corredor até a porta.

— E se houver outra armadilha? — perguntou Jaelik.

— Isso só saberemos se seguirmos adiante. — Ela empurrou a porta, revelando apenas um quarto escuro.

Jaelik se abaixou para pegar a tocha. Entrou na sala cavernosa, deixando que a tocha iluminasse cuidadosamente o caminho e mantendo o florete abaixado perto do corpo.

Havia prateleiras nas paredes à direita e à esquerda. Livros — encadernados em couro, adornados de vidros coloridos, cravejados com pedras preciosas e escritos em línguas ocultas — ocupavam as prateleiras junto com vasos, estátuas e outros objetos. Uma imensa escrivaninha, que parecia ter sido inteiramente esculpida de um enorme tronco de árvore, lustrada para que as marcas do tempo continuassem sempre brilhando, ficava encostada na parede mais distante. Imensas vigas corriam pelo teto, sustentando um candelabro circular.

Ryla permaneceu imóvel no meio da sala por alguns instantes. E olhou fixamente para a escrivaninha.

Jaelik ficou parado atrás dela, sem pressioná-la. Com os outros homens apinhados às suas costas, na soleira da porta, as tochas levantadas e se movimentando constantemente, sombras provocadoras e implacáveis eram projetadas na parede que ficava atrás da escrivaninha. Jaelik olhava para elas temeroso de que se libertassem da parede e os atacassem.

— Capitão — chamou Alff.

— Espere um instante — respondeu Jaelik. Ele ficou olhando para o fantasma, subitamente se dando conta de quão duro poderia ser um luto de mais de mil anos. Ainda assim, ele cumprira a tarefa que a aparição exigira. Agora, a responsabilidade dele recaía sobre sua tripulação, que estava ancorada em águas inimigas. — Ryla!

A voz dele a assustou, mas ela permaneceu de costas para Jaelik.

Mantendo o tom de sua voz, suave, ele disse: — Não sabemos quanto tempo falta para o amanhecer. Temos de seguir adiante.

— Não permita que ninguém toque nos livros — advertiu ela enquanto se aproximava da estante. — Nem em qualquer outro objeto desta sala. Eles estão protegidos. Talvez até com mais força do que a própria porta. Esta era uma das salas de sabedoria do meu pai, onde ele criava artefatos e magias. Também tome cuidado com os desenhos no chão ao caminhar.

Jaelik olhou para baixo, levantando a tocha para poder ver melhor os desenhos sobre os quais ela falava. Havia pelo menos uma dúzia de áreas marcadas. Hieróglifos e selos mágicos haviam sido queimados ou esculpidos no chão pedregoso. Os buracos dos desenhos haviam sido preenchidos com metais preciosos e cristais coloridos.

— Os desenhos são portas para outros mundos — disse Ryla.
— Em sua maioria para lugares selvagens, onde meu pai recolhia as energias e os tesouros de que necessitava para realizar seu trabalho. Em pelo menos um desses lugares havia demônios cujas vidas ele comprou ou roubou. — Ela esticou o braço para pegar uma estatueta em uma das prateleiras mais altas, mas soltou um grito sufocado de frustração quando seus dedos atravessaram o objeto. — Não consigo pegá-la.

Tomando cuidado para não pisar nos desenhos do chão, Jaelik se juntou a ela perto da estante. A estatueta de granito era de um ser robusto com olhos de safira incrustados num rosto que só poderia ser descrito como vagamente humano. A boca era um risco que mal se podia ver no meio da face redonda. O capitão corsário esticou a mão para pegar a estatueta.

— Não!

O tom agudo do fantasma deixou Jaelik gelado.

— Se você tocar nela, morrerá — disse Ryla.

— Então, como faremos para pegá-la? — perguntou Jaelik, exasperado.

— Teremos de fazê-lo juntos. — Ryla esticou a mão, fundindo sua forma fantasmagórica com o braço dele.

Dessa vez, em lugar do calor torturante, Jaelik sentiu o frio gélido do inverno, deixando seu braço dormente. A mão dele começou a se movimentar sozinha, mas ele lutou para imobilizá-la.

— Dê-me o controle sobre o seu braço — disse Ryla.

— Não. Deixe-me fazer isso.

— Seu orgulho não tem limite.

— Foi o meu orgulho — respondeu Jaelik — que me trouxe até aqui. — Ele tentou mover o braço, mas foi incapaz de fazê-lo por alguns instantes. Então, Ryla lhe devolveu o controle. Ele pegou a estatueta na prateleira. — Você tem certeza de que é isso que controla o Colosso?

— Se não tivesse certeza, não a estaríamos pegando.

— O que devo fazer com ela? — perguntou Jaelik.

— Envolva-a num pedaço de pano e guarde-a por ora. Não toque nela a não ser que eu esteja protegendo a sua mão.

Jaelik seguiu as ordens cuidadosamente, rasgando a ponta arruinada de sua camisa para embrulhar a estátua. A movimentação era desajeitada pelo fato de o seu braço estar sendo parcialmente controlado por ela. Instruído, colocou a estatueta na bolsa presa ao cinto.

— Capitão — disse Alff. — Alguém está se aproximando.

Jaelik não perdeu tempo indagando quem se aproximava e correu imediatamente até a porta. Ao olhar para o corredor, viu uma tocha se aproximando da última curva. Os corpos dos guardas obviamente haviam sido descobertos e eles haviam organizado rápido uma equipe de busca. Seguir as pegadas deles pela poeira até o poço provavelmente não fora uma tarefa árdua. E deduzir que ali tinha uma passagem secreta também não exigiria um grande esforço de raciocínio.

Os prisioneiros recém-evadidos se aglomeraram embaixo das teias de aranha. Eles não tinham armas suficientes para se defenderem e sabiam disso. Jaelik percebera que seriam massacrados como porcos num matadouro.

O capitão corsário soltou um palavrão e virou-se para Ryla. — Precisamos daquela saída que você mencionou. *Imediatamente!*

O fantasma foi até o fundo da sala e ficou parado no canto, à esquerda da escrivaninha. — É aqui — disse ela. — Há uma passagem secreta.

— Para onde ela nos levará? — perguntou Jaelik.

Ryla pressionou o corpo contra a parede, mas nada aconteceu. — Para fora daqui. Para um lugar que fica a cerca de quatrocentos metros da cidade, perto das colinas a leste. — Ela fechou as mãos em punhos e esmurrou a parede. — Não consigo abri-la.

Jaelik se juntou a ela na parede, ouvindo as vozes que se aproximavam e examinou a superfície. Se essa nova passagem os levasse até as colinas a leste, eles sairiam num lugar bem perto do ponto de encontro combinado com a tripulação.

— Onde?

Ryla colocou um dedo contra a parede. — Aqui.

Mesmo mantendo a tocha bem perto da parede, Jaelik não conseguia discernir algo diferente naquele trecho. Ainda assim, colocou a mão no local e empurrou com força.

8

Algo rangeu dentro da pedra, fazendo com que uma seção pouco menor que a palma da mão de Jaelik recuasse alguns centímetros. O canto da sala começou imediatamente a revolver, levando as estantes. A tocha iluminou os estreitos degraus de pedra em espiral que subiam pelo espaço aberto à frente deles.

— Alff — rosnou o capitão corsário. — Por aqui!

O contramestre silenciosamente conduziu os homens em direção à passagem secreta. A maioria relutava em seguir adiante, mas, com a chegada dos guardas da Sentinela da Morte, não lhes restava outra escolha.

— Eles chegaram! — gritou alguém do corredor. O som das pegadas ecoava dentro da sala.

Alff fez com que os homens se movessem rapidamente. Em meio a solavancos e encontrões, um dos homens pisou num dos desenhos. Uma névoa fluida, escura, emanou do desenho, girando rápido ao redor dele e sugando-o para debaixo da terra. Os gritos por socorro do homem desapareceram junto com a névoa. Uma rajada de calor fétido encheu a sala, proveniente do mundo para o qual a porta fora aberta.

Jaelik chegou à porta e a fechou no exato momento em que uma faca atravessou o ar, passando por cima de sua cabeça. Ele ficaria grato se encontrasse algo para escorar a porta.

— Eles levarão algum tempo para abri-la — disse Ryla. — Mesmo que haja um mago entre eles, será necessária uma quantidade razoável de poder mágico para abri-la. E se conhecerem as portas deste lugar, pensarão duas vezes antes de tocá-las.

Sabendo que o fantasma tinha razão, Jaelik seguiu os homens pela porta secreta, empurrando Alff para a frente. Eles subiram os degraus de pedra depressa. Felizmente, não havia aranhas. Enquanto atravessava a soleira, ele notou que Ryla não se mexera e os olhos dela percorriam a sala.

Por um momento, Jaelik pôde vislumbrar a criança dentro dela. Ela tremeu quando um dos guardas da Sentinela da Morte começou a esmurrar a porta. Os murros foram interrompidos subitamente por um grito agoniado. O grito deu lugar a um silêncio engasgado e entrecortado que foi varado pelo barulho de homens xingando e clamando por seus deuses.

— Venha! — Jaelik esticou-lhe a mão.

Depois de hesitar por um instante, Ryla pegou a mão dele, cobrindo seus dedos com uma energia fria. Ela se juntou a ele no primeiro degrau, em seguida se virou e apontou para outro setor da parede. Jaelik o apertou e o setor revolveu, voltando caprichosamente para seu lugar.

Com a tocha erguida, ele os conduziu escada acima.

Cerca de quatrocentos metros adiante, segundo os cálculos de Jaelik, o corredor levava a uma outra porta secreta que, uma vez aberta, dava para uma pequena gruta à beira do mar Alpatiano. O barulho da arrebentação e a maresia faziam com que ele se sentisse em casa depois do longo tempo que passara na masmorra.

Os fugitivos queriam voltar para a cidade para ver como estavam seus familiares e amigos. Enquanto subiam a colina acima da gruta, Jaelik argumentava com eles, dizendo-lhes que os guardas da Sentinela da Morte seguramente sabiam quem eles eram e iriam atrás deles. Até aquele momento, nenhum dos guardas que os perseguiam parecia ter encontrado a rota de fuga.

Eles subiram a colina por uma trilha, com as tochas apagadas. Do local onde se encontravam, era possível ver Roosta facilmente ao norte. Havia cerca de quatro dúzias de navios no porto, todos caprichosamente ancorados em fileiras. De vez em quando, o som dos cordames batendo contra os mastros chegava aos ouvidos de Jaelik; a água conduzia o som muito melhor do que a terra. As lanternas criavam bolsões de luz a bordo dos navios, assim como ao longo das docas e nas casas posicionadas nas colinas acima.

Do topo da colina, Jaelik também podia ver a espuma branca que surgia entre a garganta das pedras escarpadas que se projetavam da água rasa em frente às grutas. Ele olhou para as estrelas e leu as constelações para se certificar da posição onde se encontrava.

— Não temos a mínima intenção de nos mantermos distantes de nossas casas — disse Farryn Caerk para Jaelik, quando eles pararam.

O capitão corsário estava ciente de que todos os olhos se voltavam para ele. Tomando coragem e sabendo que ele poderia perder aquela batalha nos momentos seguintes, disse: — As casas não são suas. No momento, elas pertencem a Turkoth Blackheart e à Sentinela da Morte. Se vocês voltarem para lá esta noite, estarão simplesmente oferecendo suas cabeças a prêmio.

— Nós também levaremos algumas cabeças conosco — prometeu um dos guerreiros.

— Isso não fará diferença alguma — retrucou Jaelik num tom irritado. — Se é isso que vocês têm em mente, seria melhor tê-los deixado na masmorra para morrer.

— E quanto a você? — desafiou um outro guerreiro. — Por acaso tem uma frota de navios à sua disposição?

— Eu tenho um navio — respondeu Jaelik.

Um outro homem riu sarcasticamente. — Um corsário solitário que planeja enfrentar sozinho a armada de Turkoth que está ancorada no porto?

Jaelik tentava encontrar as palavras certas para encorajar os homens e trazê-los para o seu lado. Se não conseguisse fazer isso até o amanhecer, ele ainda contava com um elemento surpresa. Os guardas da Sentinela da Morte poderiam presumir que eles tivessem fugido através de um dos desenhos no chão, ou que todos tivessem encontrado suas mortes ali. Mas as palavras lhe escapavam.

— Ele não está sozinho.

Embora pudesse ouvir, Jaelik não sabia que os outros haviam escutado, até que todos viraram a cabeça na direção de Ryla.

O fantasma brilhava como uma suave chama branca na escuridão, enquanto se aproximava dos homens.

Vários deles recuaram, colocando as mãos nas armas. Outros erguiam símbolos religiosos e rezavam silenciosamente.

— Conheçam-me — disse o fantasma desafiadoramente. — Sou a filha de Slamintyr Lattyrl, que no passado fez de Roosta sua casa e se ofereceu para proteger os cidadãos das hordas de bárbaros ancestrais.

— O mago duende não tinha uma filha — acusou um guerreiro robusto.

Ryla se virou para o homem. Rápida como o bote de uma cobra, a mão dela esticou. As unhas fizeram pequenos sulcos no rosto do guerreiro. Ela pegou as gotas de sangue enquanto o homem recuava. Fechando a mão firmemente sobre o líquido, pronunciou algumas palavras mágicas. Raios púrpura brilharam nas mãos dela e o grande guerreiro caiu de joelhos na colina pedregosa.

Os outros guerreiros recuaram mais ainda, buscando proteção contra as forças do mal e os demônios.

— Nunca — ordenou Ryla friamente — renegue a minha herança, ou explodirei o seu coração.

O guerreiro tentou falar, mas não conseguiu. Em pouco tempo, o rosto dele ficou pálido e seus membros tremiam de dor.

Depois de mais um instante, Ryla abriu a mão, que agora estava limpa do sangue. O guerreiro caiu no chão, ofegando como se tivesse acabado de correr uma longa distância. O fantasma permaneceu entre eles, com os olhos em chamas. — Enterrarei nesta colina qualquer homem que se recusar a acompanhar o capitão Tarlsson.

Os guerreiros tremiam hesitantemente, mas, quando Farryn Caerk falou, Jaelik sabia que ele falava em nome de todos. — Faremos o que você quiser, moça.

Ryla se virou para Jaelik. — Leve-os, capitão Tarlsson. Eu me unirei a vocês em breve.

— Alff — chamou Jaelik.

— Sim, capitão.

— Coloque-os em duplas — disse Jaelik. — O mais rápido que puder.

— Sim. — O contramestre gritou ordens, colocando os homens em formação e fazendo-os atravessar as colinas num ritmo apropriado.

Ryla permaneceu no mesmo lugar, com os braços cruzados, orgulhosa e confiante.

Somente por tê-la visto por longos dias e noites, Jaelik conseguia discernir que o fantasma não estava bem. O rosto e os olhos dela estavam tomados pela dor e pelo cansaço, embora ele duvidasse de que alguém, fora quem já a enxergava há vários dias, pudesse notar isso. Ele esperou que o último homem estivesse a uma boa distância para poder falar com ela em particular.

— Você está bem?

— Por que não haveria de estar? — perguntou ela, mas o tom imperioso em sua voz soou vazio e frágil. Ela estava brilhando com menos intensidade, e ele imaginava que fosse o único capaz de vê-la novamente.

— Você nunca apareceu para outras pessoas antes.

— Fui forçada a fazer isso. Você nunca iria conseguir convencê-los a segui-lo. — A voz dela soava mais fraca e distante. Sua imagem tremeu por um instante, mas, quando ressurgiu, estava mais translúcida do que jamais fora. Ela deu um passo e quase caiu.

Jaelik andou na direção de Ryla, tentando pegar sua mão. Mas não houve um contato sólido e ele apenas sentiu uma brisa gelada que o deixou vazio e atordoado.

— Não! — Ela se afastou dele, cambaleando. — Deixe-me em paz! Se você tocar em mim agora, poderá morrer!

Jaelik recuou, com o coração batendo forte e a cabeça latejando. A mão estava dormente, como se ele a tivesse deixado durante algum tempo dentro da água gelada. Os mortos-vivos tinham uma natureza vampírica, alimentando-se da dor, das lembranças ou da carne e do sangue de seres vivos. A imagem dela se apagou gradualmente por um período mais longo, antes de ressurgir.

— Ryla — sussurrou ele.

Ela sorriu amargamente. — Depois de todos esses dias, achei que você ficaria grato de se ver livre de mim.

— Não.

A resposta dele, por alguma razão, deixou-a ainda mais aflita. Ela virou o rosto na outra direção, cruzando os braços sobre os seios novamente. — Vá. Falta pouco tempo para o amanhecer.

Mas Jaelik não conseguia partir. — E você?

— Estarei lá pela manhã.

— E se não estiver?

— Então será melhor você fugir para salvar a sua vida, Jaelik Tarlsson. — Ryla se virou e desapareceu, deixando o capitão corsário sozinho nas colinas acima da cidade escravizada por Turkoth Blackheart.

9

— Capitão!

Antes que Jaelik acordasse de vez, começou a desembainhar o florete. Seu sono fora atormentado por pesadelos, prenhes com demônios malditos que o perseguiam e constantemente o separavam de Ryla. Ele piscou para encarar o rosto áspero de Alff, sentindo a pressão gentil da mão calejada do contramestre sobre o punho que segurava o florete.

— Está quase amanhecendo — disse Alff. As feridas e os galos do encontro da noite anterior estavam menos salientes, tendo sido substituídos por horríveis manchas púrpura e esverdeadas.

Jaelik embainhou o florete e pulou da rede. Ele olhou ao redor, esperançoso de encontrar o fantasma em algum canto do compartimento. A cabine dele era asseada e arrumada, cheia de livros que havia obtido em trocas ou comprado, e rolos de mapas que adquirira, copiara ou desenhara por conta própria. O diário de bordo pessoal ficava numa pequena escrivaninha do lado direito.

Pela forma como o *Rapier's Thrust* balançava na água, ele sabia que o navio ainda estava ancorado. Encheu a bacia com a água de um jarro e a jogou no rosto. Quando finalmente haviam chegado ao navio, na noite anterior, faltavam apenas cerca de duas horas para a alvorada. Ele não tivera a intenção de dormir, mas apenas de esperar pelo fantasma.

Mas ela não apareceu.

— E a frota de Turkoth? — perguntou Jaelik, enquanto saía da cabine e subia os escassos degraus que levavam ao castelo de popa.

— Permanece ancorada — respondeu Alff.

A tripulação ficara de prontidão em seus postos, mas o capitão sabia que todos temiam. Ninguém se encontrava exatamente satisfeito de estar no meio das águas de Roosta ou de saber que o capitão do navio era guiado por um fantasma.

Jaelik fez um relato sucinto dos acontecimentos daquela noite para a tripulação ao chegar ao barco. Ele não enfrentou qualquer oposição, pois todos sabiam que, quando o capitão tomava uma decisão, ninguém era capaz de dissuadi-lo.

O navio era encoberto por uma neblina espessa e acinzentada, limitando o campo de visão a não mais que vinte ou trinta metros. Tudo parecia fantasmagoricamente desbotado na escuridão pré-alvorada. Não dava para ver nem o céu ao leste.

— Quando foi que esta maldita neblina surgiu? — perguntou Jaelik ao parar em frente à mesa das cartas de navegação, ao lado da roda do leme.

— Há cerca de uma hora, capitão — respondeu o timoneiro.

Jaelik levantou os olhos para o cesto de gávea. — Como está a visibilidade na enxárcia?

— Tão ruim quanto aqui.

— Você sabe qual é a nossa posição exata?

— Sim, capitão. — O timoneiro bateu com o dedo no mapa da mesa de navegação. O mapa era protegido por vidro. Havia lápis, uma bússola e uma régua dentro de uma caixa de madeira.

— Se você estiver errado — disse Jaelik —, é provável que estouremos o casco nas pedras ao partirmos. — Ele cruzou o tombadilho até a amurada da popa e ficou olhando.

As colinas se erguiam por cerca de trinta metros a estibordo, e havia apenas o mar aberto e esverdeado a bombordo. Roosta ficava a cerca de um quilômetro e meio do lugar onde se encontravam, depois de uma curva no litoral.

— Talvez a névoa se dissipe com a chegada da alvorada — disse Alff.

Jaelik balançou a cabeça negativamente. — Não acredito. Está tão espessa quanto uma sopa de ervilhas. — Ele ficou olhando para o tombadilho, ciente de que a tripulação esperava que ele chegasse a uma decisão e desse as ordens nos minutos seguintes. A espessa garoa da neblina umedecia as roupas limpas que ele vestira depois de ter retornado ao navio.

— E a assombração? — perguntou Alff em tom baixo.

— Ela não está a bordo. — A estatueta estava na bolsa do cinto do capitão corsário. Ele não ousara sequer olhar para ela, mas seu peso de alguma forma o reconfortava.

— Onde você imagina que...

— Não sei — disse Jaelik com uma voz rouca. — Ela fez um esforço brutal para nos defender ontem à noite. Talvez tenha sido fatal para ela.

— Mil anos — disse Alff. — Eu não a descartaria tão fácil assim se fosse você.

Jaelik olhou para o alto e viu a neblina que se formava. Agora ele podia enxergar os contornos esmaecidos do sol nascente, encravado como uma pedra preciosa pálida e fria pouco acima do horizonte.

— Antes que se dissipe — salientou Alff —, a neblina nos dará cobertura quer entremos rápido ou naveguemos mais lentamente até o porto, mas não devemos perder tempo, de todo modo. Podemos enfrentar a frota de Turkoth ou ir para Vellak, para tentar defendê-la da invasão. O que faremos?

Um hálito frio soprou sobre o pescoço de Jaelik e, sabendo do que se tratava, o capitão corsário não conseguiu apagar o sorriso do rosto enquanto se virava. Ryla estava de pé, ao lado da mesa de navegação.

O vestido cor de alfazema do fantasma flutuava com a brisa. Seus olhos verdes o encaravam.

— Você conseguiu chegar a tempo — disse Jaelik. Pela maneira como Alff procurava por todos os lados, ele sabia que era o único que podia vê-la novamente.

— Você nunca devia ter duvidado disso — disse ela. — Embora eu seja forçada a admitir que esteja um pouco surpresa de encontrá-lo aqui.

— Se eu tivesse ido embora — disse Jaelik —, retornaria assim que pudesse para selar o seu destino.

— Verdade? — Os olhos dela estudaram o rosto dele.

— Sim. — Seguiu-se um silêncio desconfortável entre os dois, pontuado pelos gritos solitários das gaivotas e o barulho dos cordames batendo contra os mastros e o lais das vergas.

— O meu destino — disse ela suavemente, desviando o olhar — já está selado, capitão Tarlsson. Mas fico grata pela lembrança. Entretanto, resta-nos muito pouco do nosso precioso tempo.

— E quanto ao Colosso?

— Você confia em mim?

— Na medida do possível.

— Então, confie em mim agora. Ordene que o navio parta. Temos muito o que fazer.

Jaelik ordenou que Alff fizesse com que o navio partisse para Roosta. A tripulação rapidamente ajustou os grandes panos enquanto a âncora era içada. Em questão de minutos, o *Rapier's Thrust* estava em condições de navegabilidade, com as velas enfunadas nos três mastros como a barriga de imensos pássaros gordos. Jaelik ordenou que mantivessem o navio próximo ao litoral e que o avisassem assim que a neblina começasse a se dissipar.

Em seguida, ele desceu com o fantasma.

— O Colosso deve a sua existência a uma magia muito antiga, mesmo para os padrões dos duendes — disse Ryla. Ela estava sentada no chão, em frente a Jaelik, e fundiu as mãos fantasmagóricas às de carne e osso.

Jaelik sentiu a dor fria do espectro, mas não opôs resistência. Ficou olhando enquanto o fantasma usava a carne unida deles para abrir a bolsa e retirar a estatueta que estava embrulhada no pano.

— Naquela época — continuou ela —, o povo do meu pai acreditava que existissem apenas quatro tipos de magia. Aos duendes, que foram verdadeiramente abençoados pelos seus deuses, foi dado o entendimento sobre a terra e os ventos. Os anões herdaram o entendimento do fogo. E quanto ao mar? Somente os homens, com seus grandes barcos, conseguem se aproximar de uma compreensão do mar, sendo capazes de atravessar as águas, mas incapazes de desvendar a magia secreta escondida nos oceanos.

236

Juntos, eles colocaram a estatueta no tombadilho. Jaelik não esperava que ela permanecesse em pé, acreditando que provavelmente tombaria e possivelmente se quebraria à medida que o *Rapier's Thrust* fosse singrando as águas. Mas a estatueta não caiu.

Com as mãos ainda fundidas com as dele, Ryla acendeu sete velas ao redor da estatueta, enquanto entoava palavras que Jaelik não conseguia compreender. Ela acrescentou um pouco de pó retirado de uma bolsa que guardava na cintura e cada uma das chamas se transfigurou, assumindo uma das cores do arco-íris. Jaelik sentiu um frisson e seus músculos ficaram tensos, o que acontecia quando uma tempestade se aproximava.

— Enquanto os duendes procuravam entender melhor a magia que lhes fora dada — disse Ryla —, desistiram de magias poderosas como o Colosso. Quanto mais diversificada a magia deles se tornava, menos magias dos Tempos Imemoriais conseguiam fazer. Somente o meu pai e poucos como ele eram capazes de dominar a Magia Antiga e a Nova.

A fumaça multicolorida rodopiava dentro da cabine. Jaelik tentava respirar superficialmente, mas mesmo a respiração entrecortada o deixava tonto. O cansaço e a dor se foram, mas ele se sentia pesado.

— A difusão do poder determinou a queda de muitas cidades dos duendes. O povo do meu pai sempre foi extremamente ciumento.

Por um instante, Jaelik pensou ter visto a estatueta se mexer no tombadilho, e que tivesse imaginado aquilo induzido pela fumaça mágica. Mesmo o crepitar das velas e os gritos de comando de Alff para a tripulação do navio pareciam distantes. Os olhos dele se fecharam, mas ainda podia sentir o braço de Ryla no dele.

237

— Vá até ele — encorajou Ryla suavemente. — Acorde o Colosso de Mahrass.

Jaelik desmaiou.

Jaelik nadava fundo, abaixo da superfície do oceano, tão fundo que as águas verdes assumiam uma tonalidade extremamente azulada. Na escuridão, podia enxergar não mais que alguns metros à sua frente. Por alguns instantes, ele sentiu um frio na barriga, acreditando estar perdido, temendo se afogar. Olhou para cima, procurando a superfície.

— Não — disse-lhe Ryla com uma voz distante. — Procure o Colosso e não se preocupe. Você conseguirá respirar debaixo da água.

Incapaz de segurar a respiração por mais tempo, Jaelik ofegou em busca de ar, acreditando que seus pulmões se enchiam de água. Mas não foi isso que aconteceu. Surpreendentemente, ele era capaz de respirar normalmente, apesar de estar em águas profundas. Mas ele ignorava para onde deveria se dirigir.

— Pense no Colosso — disse Ryla. — Você tem de encontrá-lo e acordá-lo.

Jaelik se lembrou da estatueta, retratando-a em sua mente. Sentiu uma vontade própria brotar dentro de si imediatamente, virando-o para a esquerda. Ele nadava com força, cortando a água com uma velocidade que poderia fazê-lo rivalizar com os golfinhos. A vontade se tornou mais forte, puxando-o ainda mais para baixo.

Nadou por cima de um arrecife cor-de-rosa, afugentando cardumes de peixes que fugiam para todos os lados. Aproximou-se deles antes que pudessem escapar. Seus corpos escamados esbarravam no seu rosto e nos braços.

A vontade, crescendo, invadia Jaelik. Alguns momentos mais tarde, ele viu um cargueiro deitado sobre o estibordo.

O navio tinha pouco mais de vinte metros e um buraco redondo no casco. O mastro dianteiro se quebrara.

Jaelik estimou que piratas tivessem tomado o navio e o afundado há décadas, com base nas cracas e nos recifes que o rodeavam. Ele nadou mais fundo, continuando a ser guiado pela vontade que o possuíra.

— Aí! — disse Ryla.

Ele tateou pelos destroços, reparando nos esqueletos que estavam espalhados ao redor. Os jarros e fragmentos tinham uma aparência escura contra a areia azulada. Baús de madeira arrombados e quebrados estavam parcialmente enterrados na areia. Garrafas de vidro e vasos brilhavam sob a luz tênue.

— Onde? — perguntou ele, frustrado por não conseguir ver o que ela via.

— Abaixo de você.

Enfim, ele o avistou, e se deu conta de que não o vira antes por causa de seu imenso tamanho. Mesmo depois de todas as histórias que ouvira sobre o Colosso de Mahrass, ele estava impressionado com suas dimensões gigantescas.

10

O Colosso estava deitado de bruços no fundo do oceano, com a cabeça disforme virada para a direita. O rosto estava praticamente todo enterrado na areia e no recife de coral. Ele tinha o dobro do tamanho do cargueiro que se recostava na cintura dele, no que aparentara ser um amontoado de pedras. A boca era um talho, no qual se encontrava um cardume de peixes amarelos e vermelhos claros, do tamanho do braço de Jaelik. O olho parecia um poço vazio e hospedava algas marinhas e uma lula cor-de-rosa que espalhava seus tentáculos.

239

— Você tem de acordá-lo — advertiu Ryla.

— Como?

— Nade até ele — disse o fantasma calmamente. — Vou guiá-lo.

Apequenado pela imensa estatura do gigante de granito, Jaelik pulou com os pés estendidos no grande banco de areia ao lado da cabeça do Colosso. Ele instintivamente seguia as instruções de Ryla, trilhando os sinais que soltavam pequenas faíscas mágicas ao longo da testa do gigante de pedra. Ele falou numa língua que não conseguia compreender e as sílabas ecoaram no mar ao redor dele.

Quando terminou, ele recuou. E ficou esperando, imaginando que tivesse feito algo errado ou que as instruções de Ryla talvez tivessem sido insuficientes ou equivocadas, ou que o Colosso tivesse ficado adormecido por um tempo demasiadamente longo.

Foi quando a criatura mágica tremeu. Os enormes dedos agarraram os sedimentos e entulhos no fundo do oceano. Peixes nadavam em todas as direções, reagindo à mudança de pressão que o despertar do Colosso provocara. O cargueiro naufragado quebrou-se ao meio; em seguida foi inteiramente destroçado quando o gigante se levantou. A lula se impeliu do olho do Colosso, retraindo os tentáculos para atravessar a água como uma flecha.

As águas se revolviam ao redor de Jaelik, causando um redemoinho que o sugava na direção do Colosso. Ele tentou nadar, mas acabou desistindo e virou o corpo para que pudesse ganhar impulsão para fora, com os pés, usando a criatura como base. Continuou a subir até flutuar na frente do imenso rosto arredondado.

Os buracos vazios dos olhos brilhavam suavemente com inteligência. — Eu irei — declarou uma voz trovejante. Sem hesi-

240

tação, o Colosso se virou e começou a caminhar, dando passos largos ao longo do fundo do oceano.

— Volte — ordenou Ryla.

Jaelik ficou olhando para o gigante de granito. — Ele sabe para onde deve ir?

— Sim.

O capitão corsário perdeu o Colosso de vista na escuridão, assim como a consciência.

Jaelik abriu os olhos e viu o fantasma separando seu braço do dele. Eles continuavam sentados perto das velas, que agora queimavam sem soltar as chamas coloridas, mas a estatueta do Colosso desaparecera. O pulso e a mão dele não estavam mais dormentes.

— Conseguimos — anunciou Ryla num tom de voz fraco.

Jaelik se levantou e ofereceu a mão para o fantasma. Ela a pegou e deixou que ele a ajudasse a se levantar.

— Quando é que o Colosso chegará aqui? — perguntou ele.

— Em breve — respondeu ela. — Se os deuses estiverem a nosso favor, muito brevemente.

— Capitão! — O rosto de Alff surgiu na porta. — A neblina está começando a se dissipar e poderemos avistar o porto de Roosta em questão de minutos. Imaginei que você quisesse subir ao convés.

Jaelik subiu com a mão apertando o cabo do florete.

O sol nascente limpou a neblina até certo ponto, mantendo-a espessa e pesada ao nível do mar, mas dissipando-a cerca de um braço acima do mastro principal.

Jaelik estava em pé no convés balístico construído na proa do navio, segurando-se firmemente no enfrechate. Com o vento forte enfunando as velas, o *Rapier's Thrust* atravessava as águas esmeraldinas do mar Alpatiano. Ele ainda se sentia um pouco tonto por causa da magia de Ryla.

Olhou através da neblina, tentando enxergar o litoral de Roosta. Embora não pudesse vê-lo, vislumbrava o pico mais alto das montanhas Falconspurs na distância e percebia que a cidade estava aninhada no sopé.

Ninguém no navio falava, pois todos sabiam como as vozes eram transportadas no mar. — Diminua a velocidade — sussurrou ele para Alff.

O contramestre levantou uma das bandeiras coloridas que eram utilizadas quando navegavam em silêncio e a agitou. A tripulação do navio começou imediatamente a ajustar as velas. Alguns marinheiros preparavam as quatro catapultas da popa e as seis grandes bestas alinhadas nas laterais do *Rapier's Thrust*. Duas dúzias de arqueiros estavam de prontidão, com as flechas apoiadas nas cordas.

Jaelik sentiu a velocidade do navio diminuir na água e começou a ficar mais apreensivo. Chegar até o porto, com o vento soprando a favor do navio, não fora um grande problema, mas sair de lá seria. Se ele mantivesse a mesma velocidade, seria mais fácil virar de bordo com o vento, caso precisassem mudar de direção, pois poderiam valer-se da força que os impulsionava para a frente.

Mesmo assim, os soldados de Turkoth Blackheart não eram marinheiros tão hábeis quanto os da tripulação corsária. Turkoth dependia dos poucos marinheiros e capitães que se uniram a ele. O *Rapier's Thrust* seguramente contava com uma tripulação mais experiente.

Mas o líder bárbaro possuía a Coroa das Tempestades, que continha um perigoso poder oculto.

Jaelik olhou para trás, para as vagas brancas que cortavam o plúmbeo mar esverdeado. Ele não via qualquer sinal do Colosso.

— Ele virá — sussurrou Ryla ao seu lado.

O capitão corsário permaneceu em silêncio. Já era tarde demais para dar a volta e fugir.

Vozes ecoavam na neblina e, em seguida, foi ouvido o som das enxárcias, à medida que as tripulações bárbaras se esforçavam para enfunar as velas com o vento, a fim de partir da enseada. Jaelik sabia que os navios agora se encontravam em ambos os lados e na frente do barco. O *Rapier's Thrust* deslizava pela água, aguardando esperançosamente o momento de recuperar a sua reputação.

A neblina rodopiava, continuando a deslizar por sobre a água e, em seguida, formas indistintas começaram a aparecer. As velas dos outros navios tomavam a aparência de triângulos claros contra o fundo acinzentado. Gritos de surpresa emanavam dos outros navios e os tripulantes notavam o barco estranho que se infiltrara entre eles.

Um dos barcos estava a ponto de bater no do grupo.

Segurando-se com força no enfrechate, Jaelik gritou:

— Virar a boreste!

A tripulação reagiu imediatamente, mudando a direção das velas, enquanto o timoneiro ajustava o curso do barco. O *Rapier's Thrust* girou, mergulhando na água à medida que o vento batia mais firme contra o navio. O barco se desviou do navio roostaniano que se aproximava.

— Pelo cotovelo torto de Cegrud! — exclamou Alff. — Vai ser por pouco.

— Não vamos conseguir desviar inteiramente deles — declarou Jaelik. Ele respirou fundo e gritou: — Segurem-se! Preparem-se para repelir os abordadores!

No instante seguinte, o *Rapier's Thrust* abalroou o navio inimigo. As duas naves tremeram com o impacto e as vigas gemeram em protesto. Milagrosamente, nenhum dos barcos se quebrou.

Jaelik foi impelido violentamente para a frente e sentiu a fibra áspera do enfrechate cortar a palma de sua mão, conseguindo se manter em pé com grande esforço. Membros da tripulação foram arremessados no tombadilho, mas conseguiram se salvar sozinhos ou com a ajuda dos companheiros.

Surpreendida, a tripulação do navio roostaniano perdeu cerca de uma dúzia de homens lançados ao mar. A maioria caiu na água, mas três deles foram jogados no tombadilho do *Rapier's Thrust*. Os tripulantes se ocuparam deles rapidamente e, em seguida, jogaram os cadáveres para fora do navio.

Eles ouviam gritos roucos à medida que o *Rapier's Thrust* conseguia passar pelo barco inimigo. O navio adernou perigosamente para a direita, impelido pelos ventos que enfunavam as velas. Uma fraca saraivada de flechas cobriu a distância entre os dois barcos, a maior parte delas atingindo os panos.

– Arqueiros! – gritou Jaelik. – Atirem nessa tripulação maldita e mostrem para eles que vocês são guerreiros!

Os arqueiros soltaram as flechas com uma eficiência mortífera, atingindo vários membros da tripulação do navio roostaniano. Pelo menos três delas trespassaram o timoneiro, fazendo com que ele tombasse no convés. Descontrolado e sem direção, o navio se chocou de frente com outro. Vigas se quebraram, provocando uma série de gritos atemorizados. O navio que fora atingido a meia-nau começou a afundar rapidamente enquanto o buraco em seu costado era inundado pela água do mar, ao mesmo tempo mantendo o outro barco preso e fazendo com que afundasse junto.

A neblina se tornava menos espessa à medida que o *Rapier's Thrust* ia se aproximando da costa. Jaelik olhou para os navios alinhados, que agora pareciam sombras contra o pesado céu cinzento, procurando pela nau capitânia roostaniana. O capitão corsário tinha certeza de que Turkoth Blackheart estaria a bordo dela. O líder bárbaro não tinha medo da luta e gostava que os inimigos o vissem se aproximando.

Um som oco de tambores ecoou pela enseada.

— Eles estão se organizando — disse Alff rispidamente. Ele reajustou o cabo longo da acha em suas mãos calejadas. — Eles estão usando os tambores para se comunicar.

— Eu sei — disse Jaelik. — Encontre aquela maldita nau capitânia para mim. — Ele se virou na direção do cesto de gávea e gritou: — Seramyn, use esses olhos abençoados que Deus lhe deu.

O jovem no cesto de gávea protegeu a vista e olhou atentamente.

Jaelik observava apreensivo enquanto as naus roostanianas pelas quais eles haviam passado faziam a volta. As velas viravam enquanto os navios se preparavam para montar um bloqueio.

— Se você der a ordem imediatamente — resmungou Alff —, talvez ainda sejamos capazes de nos livrar dessa enrascada. Será impossível enfrentar a frota inteira.

Jaelik ficou olhando fixamente para os navios e considerou a opção. O *Rapier's Thrust* tinha uma excelente chance de fugir da enseada com sua tripulação experiente.

— Não faça isso — pediu Ryla suavemente.

O capitão corsário fuzilou a mulher com o olhar, lembrando-se de como ela o atormentara a cada minuto dos dias, nas últimas semanas, impedindo-o de sonhar e de ter outros prazeres. Mas ele também se lembrou da jovem que ela havia sido; aquela que perdera um pai duro e distante, mas que mesmo assim amara, apesar de seu jeito, e aquela cuja vida fora roubada tão precocemente.

— Agüente as pontas — disse Jaelik para Alff. — Você sempre gostou de jogar.

— Sim — respondeu o contramestre. — Mas, quando fazia isso, normalmente podia contar que pelo menos um de nós estivesse com a cabeça fria.

245

Jaelik voltou a sua atenção para o porto. Os tambores martelavam incessantemente, e os navios à frente se viravam lentamente para bloquear a saída, pegando uma velocidade que fazia com que suas proas se chocassem contra as ondas espumantes. Apesar de a maior parte dos navios estar atrasada para interceptá-los, eles sabiam que não conseguiriam escapar.

— O Colosso é uma magia do meu pai — disse Ryla. — Uma magia muito antiga. Ela não falhará.

Mas Jaelik também sabia que não havia garantias de que ele fosse chegar a tempo.

— Capitão! — gritou Seramyn do cesto de gávea. — A nau capitânia!

Os olhos de Jaelik seguiram o lugar para onde o braço do jovem apontava, avistando imediatamente a nau capitânia roostaniana na neblina que se dissipava. Tratava-se de um navio de guerra grande e poderoso, um terço maior do que o *Rapier's Thrust*. Somente algumas velas nos mastros da nau roostaniana navegavam com força total e a velocidade do navio compreensivelmente diminuía enquanto os tambores continuavam a trovejar pela enseada.

Retirando a luneta da cintura, Jaelik esticou os tubos de bronze e focou-os no navio. Ele vasculhou o navio de proa a popa e encontrou Turkoth Blackheart em pé na amurada do castelo de proa.

Com os ombros largos e a cintura fina, Turkoth parecia um lobo extenuado. Os cabelos negros desalinhados desciam abaixo dos ombros e estavam revolvidos pelo vento. Uma barba cuidadosamente aparada e um bigode impetuoso embaçavam os traços cruéis de um rosto coberto por cicatrizes. Ele vestia uma camisa preta, com o brasão do urso prateado de bocarra escancarada, e calças escuras de couro enfiadas em apertadas botas de cavaleiro. Duas espadas curvas dependuravam-se das duas laterais da cintura.

— Para a nau capitânia — ordenou Jaelik. O *Rapier's Thrust* se inclinou enquanto o timoneiro ajustava o leme para seguir o novo curso.

Turkoth disse algo para o homem que tocava o tambor perto dele. Uma nova série de batidas começou imediatamente a ecoar pela enseada. Os homens gritaram entre si e quatro barcos roostanianos mudaram seus cursos, voltando-se na direção do navio de guerra vellakiano.

— Abram! — chamou Jaelik, correndo até a amurada da popa e olhando para o grupo de atiradores. Ele apontou para a nau roostaniana que se aproximava a uma distância de cerca de setenta metros. — Destrua aquele navio.

— Sim, capitão. — Abram deu as ordens com voz rouca e estridente. Os atiradores imediatamente assumiram suas posições no convés. A pulsação surda das enormes cordas soava como as batidas de um coração enquanto o comandante de artilharia os chamava.

Os grandes projéteis com ponta de ferro cruzaram o ar. Dois deles atingiram os mastros dianteiro e central, mas somente o primeiro se partiu. Cordames e velas despencaram, encobrindo a meia-nau e provocando uma balbúrdia imediata. A terceira flecha atingiu um homem na amurada da popa, prensando-o contra o homem que estava atrás dele e espalhando tripulantes em todas as direções, antes de acertar uma das bestas do convés. Uma outra atingiu o barco a bombordo e duas se chocaram contra o casco, abaixo da linha-d'água, abrindo buracos enormes.

— Recarregar armas, seus palermas! — bramiu Abram, puxando a corda de uma das bestas.

O barco roostaniano avariado desviou levemente e Jaelik ordenou uma mudança de curso. Mesmo assim, o *Rapier's Thrust* se chocou com a nau inimiga, sendo erguido do mar por alguns momentos antes de cair novamente, jogando água em todas as direções. O capitão corsário viu alguns arqueiros se desvencilharem dos panos das velas que haviam caído e voltarem para as suas posições, puxando as cordas. Jaelik alertou os tripulantes sobre o perigo que corriam e esticou a mão na direção de Ryla. Sua mão a atravessou, fazendo-o lembrar-se da natureza dela. Somente algumas das flechas disparadas atingiram o convés.

Os arqueiros do *Rapier's Thrust* responderam imediatamente, atingindo a tripulação inimiga impiedosamente, para rechaçá-la. Em seguida, o navio vellakiano conseguiu se desvencilhar, planando e voltando a cair na água. Mesmo assim, meia dúzia de barcos à frente do navio manobrava para bloquear o caminho até a nau capitânia.

Jaelik fuzilou Turkoth Blackheart com os olhos. Embora não conhecesse pessoalmente o líder bárbaro, o capitão corsário o detestava. Os relatos das crueldades cometidas por Turkoth eram legendários.

— Pelo olho cego de Cegrud — rosnou Alff ao lado de Jaelik —, agora realmente compramos uma bela briga.

— Tem certeza de que "rota suicida" não seria a expressão mais adequada? — perguntou Jaelik num tom amargo. Ainda assim, ele olhava para a sua tripulação com orgulho. Mesmo confrontados com a morte, eles se mantinham em seus postos, embora ele não fosse suficientemente burro a ponto de acreditar que era a coragem que os mantinha em seus lugares. Eles atendiam às necessidades do navio, pois o *Rapier's Thrust* lhes oferecera a única oportunidade que haviam tido na vida.

— Isso tudo — disse Alff dando um tapa nas costas do capitão — dará uma grande história. Seja para nós ou para aqueles que vierem a ouvi-la.

Jaelik manteve o curso do *Rapier's Thrust* voltado para o navio de guerra roostaniano, mas ele sabia que nunca chegariam até ele. Se eles tivessem uma oportunidade sequer de abordar o navio de Turkoth, a chance de derrotá-los e capturar o líder bárbaro seria menor ainda.

Três naus roostanianas bloquearam o caminho do *Rapier's Thrust*, colocando-se entre o navio vellakiano e o de seu líder.

— Passe por cima deles! — gritou Jaelik, esperando que a proa reforçada os protegesse. Ele segurou firme no enfrechate, enquanto a distância era rapidamente vencida.

11

O impacto foi brutal, estremecendo o *Rapier's Thrust*. Jaelik se segurou firmemente e não pôde ajudar dois membros da tripulação que perderam o equilíbrio e foram jogados ao mar. O *Rapier's Thrust* abalroou o barco a estibordo. Ryla foi a única a permanecer imóvel.

Guardas da Sentinela da Morte e marinheiros investiram contra eles. Os arpéus eram arremessados nas amuradas das proas, encurtando a distância entre os dois navios.

Jaelik se soltou do enfrechate e liderou a carga para repelir os invasores. Alff ficou do seu lado, utilizando as duas pontas da acha para espalhar destruição. Jaelik desviou a investida de uma espada e, em seguida, cortou a garganta de um guarda da Sentinela da Morte com uma rápida estocada. Os navios se aproximaram novamente, separando-se por alguns instantes, e o capitão corsário espetou o coração de outro homem.

— Cortem as amarras! — ordenou Jaelik. — Abram, prepare as cargas.

— Sim, capitão! — Abram gritou algumas ordens, fazendo com que a equipe de artilharia se movimentasse. As cargas das catapultas foram acesas rapidamente.

Jaelik desferia golpes e estocadas, desviando-se e bloqueando investidas. Ele estava coberto com um misto de suor e umidade da neblina espessa, que fazia a roupa colar em seu corpo. O sangue dele e dos outros com os quais ele lutava servia apenas para piorar a situação.

Um guarda da Sentinela da Morte atacou Ryla, assistindo, com um olhar incrédulo, à cena de a espada atravessá-la sem nada tocar. O fantasma reagiu imediatamente, enfiando a mão dentro do peito dele. Quando Ryla puxou a mão, o peito do guarda se abriu, e sangue e ossos quebrados foram despejados.

— Atire assim que puder, Abram! — gritou Jaelik.

As cargas incandescentes foram imediatamente lançadas pelas catapultas, cruzando o espaço. Impossibilitados de atingir os navios mais próximos, os operadores das catapultas contentavam-se com qualquer alvo que estivesse ao seu alcance. As cargas flamejantes atravessaram o ar e atingiram os navios, incendiando velas, mastros, tombadilhos e tripulantes.

Gritos atemorizados sobrepunham-se à batida incessante dos tambores. As chamas subiam pelos navios, envolvendo os tripulantes que não haviam morrido quando a carga os atingira e fazendo-os correr pelo convés. As cargas que não acertaram os barcos roostanianos caíram na enseada, flutuando como fragmentos de carvão.

Jaelik liderava a tripulação bravamente na luta contra os agressores. Mas, à medida que conseguiam repelir aqueles homens, outros navios já se aproximavam. O capitão corsário sabia que sua tripulação estava a ponto de ser derrotada.

Subitamente, o navio à frente do *Rapier's Thrust* foi erguido da enseada por duas imensas mãos de granito. O Colosso de

Mahrass se encontrava embaixo dele e o levantou bem acima de sua cabeça arredondada. A bocarra se abriu, trovejando um inarticulado e feroz bramido.

Homens despencavam do navio suspenso, enquanto o Colosso se virava para arremessá-lo contra a nau roostaniana mais próxima. A madeira se espatifou com um guincho ensurdecedor e o navio destroçado afundou imediatamente. Apesar da profundeza da enseada, a linha-d'água batia pouco acima da cintura do Colosso.

O autômato mágico se movia com uma agilidade que Jaelik nunca imaginaria possível quando o vira no fundo do mar lamacento. Cerrando as mãos, o Colosso martelava os navios roostanianos. Os homens morriam instantaneamente sob os golpes esmagadores. Tombadilhos, mastros e enxárcias se quebravam e os conveses eram afundados como se fossem feitos de papel.

Oito navios que cercavam o *Rapier's Thrust* foram a pique em questão de segundos. A enseada ficou tomada por homens que se afogavam, panos de velas retorcidos e destroços.

— Por todas as maldições de Cegrud — ofegou Alff enquanto puxava o machado do crânio de outro inimigo. — Mesmo tendo ouvido todas aquelas histórias, eu nunca seria capaz de imaginar algo assim.

O olhar de Jaelik cruzou a enseada e ele estava igualmente impressionado com o Colosso, que avançava de forma gradual, entregando-se à batalha. As grandes flechas desferidas pela besta se quebravam contra a couraça de granito.

O imenso braço se projetou novamente, enquanto o gigante soltava outro rugido. Os mastros foram arrancados do navio, e o punho acabou enterrado na parte dianteira, atravessando o convés e derrubando a figura de mulher nua esculpida na proa.

Em menos de um minuto, o *Rapier's Thrust* se tornara praticamente uma ilha em meio a um mar de destroços.

Cargas flamejantes atravessaram o ar enevoado, atingindo o Colosso. O impacto não abalou o gigante. Os projéteis desciam pelo corpo dele, deixando traços indistintos de fogo em seu caminho.

— Repelir abordadores! — ordenou Jaelik. Como a nau de guerra vellakiana era o único navio em condições de navegabilidade no perímetro, os sobreviventes do furioso ataque do Colosso nadavam em sua direção. O *Rapier's Thrust* também se tornara o alvo de todas as embarcações roostanianas sobreviventes. — Tire-nos daqui!

Ele e Alff saíram do setor do convés onde a luta era travada, ajudando a tripulação como podiam enquanto as velas eram içadas novamente. O *Rapier's Thrust* voltou a singrar as águas da enseada.

Turkoth Blackheart não ficara parado. Ele ordenara que sua tripulação trabalhasse, num esforço desesperado de voltar para mar aberto. O Colosso se virou, voltando toda a sua atenção para o navio.

O líder bárbaro estava em pé no castelo de popa e removeu um objeto da bolsa do cinto. Turkoth cuidadosamente o colocou em sua cabeça e, em seguida, ergueu as mãos para os lados.

— A Coroa das Tempestades — disse Ryla, juntando-se a Jaelik na amurada.

O céu escureceu, mas, dessa vez, a neblina não fora a responsável. Os raios lampejaram nas espessas nuvens que se formavam rapidamente.

— Ele aprendeu seus segredos — afirmou o fantasma. — Não imaginei que fosse conseguir.

— Isso não representará um problema, certo? — perguntou Jaelik. — O Colosso certamente será capaz de sobreviver à tempestade.

— Não a essa tempestade — respondeu Ryla. — Ela também é mágica.

Um raio foi lançado das nuvens espessas, atingindo o Colosso. O som do trovão foi tão alto que Jaelik ficou surdo por alguns segundos. O raio ergueu o Colosso no ar e depois o jogou para baixo

Turkoth voltou sua atenção imediatamente para o *Rapier's Thrust*. Ele gritou algo que Jaelik não conseguiu entender. Um novo raio cortou a distância, incendiando a vela mestra.

— Apaguem o fogo! — ordenou Alff.

A tripulação abaixou a vela mestra rapidamente e jogou baldes de água para apagar as chamas.

Turkoth errou o alvo na tentativa seguinte, atingindo a água perto do *Rapier's Thrust* e jogando uma onda sobre a proa. Antes que o líder bárbaro pudesse realizar uma nova tentativa, o Colosso se ergueu das águas com uma das mãos esticadas na direção do navio de guerra. O vapor da pedra quente subia em direção à neblina. Mesmo àquela distância, Jaelik podia ver enormes e profundas fendas na superfície do Colosso.

Turkoth atingiu a gigantesca fera de granito novamente, derrubando-a pela segunda vez. Dessa vez, imensos pedaços de pedra se desprenderam do Colosso antes que ele sumisse de vista.

Olhando para a enseada, Jaelik viu os navios roostanianos voltando para auxiliar o líder, com o vento a seu favor.

— Levantem as velas, suas bestas! — ordenou o capitão corsário, enquanto voltava para o posto de combate no tombadilho. — Vamos afundar esse desgraçado! Não morrerei sem lutar e rogo que quem me atrapalhar vá para o inferno!

O *Rapier's Thrust* fez a volta, aumentando rapidamente a velocidade com a ajuda do vento, que soprava a seu favor.

Turkoth usou o artefato mágico novamente, atingindo o barco à meia-nau e incendiando três tripulantes. Antes mesmo que os corpos carbonizados caíssem no tombadilho, o Colosso se ergueu mais uma vez.

Dessa feita, o gigante de granito segurava um navio partido ao meio nas mãos. Ele lançou o casco quebrado contra a nau capitânia, errando por pouco e levantando uma enorme onda que inundou o convés, lançando diversos tripulantes no mar.

Turkoth enfrentou novamente o Colosso, que voltava a se aproximar. Em vez de raios, um furacão se levantou do mar, comandado pelo vento que girava acima. O furacão se assomou sobre o imenso Colosso e, em seguida, envolveu a criatura mágica.

O vento açoitava o Colosso, rasgando a carapaça de granito com seus dentes pontiagudos. Cicatrizes surgiam no corpo do gigante, nos lugares onde as lambadas do vento e da água o corroíam. O Colosso urrava, frustrado, ou talvez pela dor que sentia, Jaelik não sabia dizer ao certo. A coisa cambaleava e tentava golpear o oponente invisível enquanto mais pedaços de sua pele de granito eram arrancados.

Uma chuva de pedras e pedregulhos arrancados do Colosso varou as velas e a enxárcia do *Rapier's Thrust*. Um tripulante teve o braço decepado, caindo em espasmos sangrentos, enquanto outro homem morreu antes mesmo de tombar no convés. A única vantagem era que a chuva de pedras era igualmente mortífera contra os navios roostanianos, incluindo a nau capitânia.

— O Colosso não conseguirá resistir — disse Ryla.

— Nem Vellak, se Turkoth chegar até lá — afirmou Jaelik por sobre o uivo do vento. E gritou algumas ordens para a tripulação, colocando o navio em curso de colisão com a nau capitânia.

254

Surrado insistentemente pelos ventos mágicos, o Colosso continuava a lutar para chegar à nau capitânia. O furacão açoitava a criatura, tentando empurrá-la para debaixo da água.

Jaelik gritava ferozmente com a tripulação, enquanto eles navegavam pelos ventos bravios que haviam criado o furacão, preparando um grupo para a abordagem. Os três navios roostanianos ensaiaram uma perseguição, mas os capitães definitivamente eram contrários a se aproximar demasiadamente da carnificina que cercava o Colosso ferido.

Empurrado pelos ventos, o *Rapier's Thrust* fez jus a seu próprio nome enquanto atravessava o mar. Pedaços de madeira deixados na água pelos navios destroçados chocavam-se com a proa, pontuando o uivo dos ventos com estalos estridentes. O Colosso cambaleou e caiu na água até o queixo, nitidamente de joelhos, enquanto tentava golpear os ventos.

Jaelik se segurava ferozmente no enfrechate, ciente de que ele e sua tripulação tinham pouco controle sobre seus destinos. — Aproxime-se do navio! — Ele olhou para Alff, que mantinha uma expressão severa no rosto machucado. — Talvez tenhamos sorte com os arqueiros.

Alff fez que sim com a cabeça. — Talvez.

O *Rapier's Thrust* deslizava pela enseada, vencendo o mar bravio.

Turkoth voltou sua atenção para o navio que se aproximava. Ele fez um gesto e o furacão deixou o Colosso em paz, dançando furiosamente pelas águas espumosas em direção ao navio de guerra. Alff praguejava seguidamente, enquanto os ventos barulhentos se aproximavam depressa. Os mastros se partiram e se soltaram enquanto o *Rapier's Thrust* adernava, primeiro para um lado, depois para outro.

Jaelik viu o Colosso se erguer novamente, apesar da dolorosa cegueira causada pelos jatos de água salgada que eram trazidos pelo vento. A criatura levantou um dos barcos naufragados pela popa e arremessou-o na direção da nau capitânia roostaniana. O furacão subitamente deixou o *Rapier's Thrust* de lado e envolveu os destroços do navio, lançando-os de volta contra o Colosso. O navio estilhaçou-se contra o gigante de granito, desequilibrando-o.

— Arqueiros — ordenou Jaelik, quando seu navio se aproximou do barco de Turkoth. — Atirem!

12

As flechas atravessaram o tombadilho do navio de guerra, forçando a tripulação a correr em busca de proteção. Grande parte dela era composta por bárbaros, desacostumados com o mar e, naquele momento, o odiando. Mesmo assim, os projéteis não atingiram Turkoth.

Ryla voou silenciosamente do *Rapier's Thrust* até a nau roostaniana. Nenhum dos guardas da Sentinela da Morte podia vê-la, mas a cabeça de Turkoth se virou imediatamente. O fantasma não hesitou, movendo-se suavemente, apesar das águas agitadas pela tempestade e pelos ventos.

Um sorriso tomou o rosto de Turkoth enquanto ele via o fantasma se aproximar. As luzes internas da coroa de ouro incrustada com diamantes começaram a brilhar.

— Droga — suspirou Jaelik.

— O que foi? — perguntou Alff.

— Turkoth pode vê-la. — O capitão corsário deu a ordem para os arqueiros e uma nova saraivada de flechas cravejou a nau capitânia. Olhando por cima do ombro, ele notou que os outros barcos roostanianos pareciam se animar. — Aproxime-se dele. Turkoth não levará o furacão para perto de seu próprio navio! — Ou assim ele esperava...

O Colosso desapareceu sob o mar enfurecido, mais desfigurado do que antes. O furacão rodopiou e, em seguida, voltou na direção do *Rapier's Thrust* outra vez.

A bordo da nau capitânia, Ryla voou até Turkoth com um dos braços esticados, pronta para golpeá-lo mortalmente. O líder bárbaro a pegou inesperadamente pelo pulso, forçando o fantasma a se ajoelhar de dor. Ele disse algo para ela, mas Jaelik não conseguiu ouvi-lo, pois o barulho dos ventos levava as palavras consigo. Entretanto, não havia como não reparar no sofrimento estampado no rosto de Ryla.

O *Rapier's Thrust* abalroou a nau capitânia com força suficiente para derrubar ambas as tripulações, jogando alguns marinheiros nas águas da enseada. O Colosso se ergueu novamente na distância, voltando sua atenção para duas naus que se aproximavam do navio vellakiano. O gigante de granito uniu as mãos sobre a superfície da água, agitando uma onda gigante que varreu os tombadilhos dos dois barcos. Vigas se quebraram e homens foram arrastados para a água.

— Venha a mim! — gritou Jaelik, brandindo o florete e correndo em direção ao navio inimigo. A tropa de abordagem rapidamente laçou a nau capitânia, erguendo pranchas que cobriam a distância, enquanto os navios continuavam a se chocar.

Os guardas da Sentinela da Morte e os marinheiros renegados se moviam vagarosamente para repelir a tentativa de abordagem liderada por Jaelik. Ele atravessou o convés como um tubarão em meio a um cardume de atuns. O florete brilhava, continuamente sangrando e derrubando homens com a força bruta de seus golpes. Restava-lhes uma única chance.

O furacão estava acima deles, mastigando a proa do *Rapier's Thrust*. A força retesava as linhas de abordagem, prendendo os dois tombadilhos e fazendo com que o convés inundado tremesse violentamente sob os pés de Jaelik. O Colosso surgiu no campo de visão, dando grandes passadas que faziam com que as ondas estourassem contra seu peito.

Jaelik se abaixou, esquivando-se da violenta estocada de um dos guardas da Sentinela da Morte, segurou o florete com as duas mãos e o enterrou no homem, que teve suas tripas derramadas no convés. Alff afundou o crânio de um homem à sua direita. O capitão corsário acertou o rosto de outro guarda com o cabo do florete, quebrando dentes e empurrando o inimigo para trás. Jaelik conseguiu entreouvir as palavras de Turkoth ao se aproximar dos degraus que levavam ao castelo de popa.

— Faça com que ele vá embora, sua cadela! — rosnou o líder bárbaro. — Mande-o embora ou eu a matarei novamente! — Ele estava em pé, acima de Ryla, com a espada encostada no pescoço dela.

Jaelik imaginou que o poder da Coroa das Tempestades permitira ao líder bárbaro ver e tocar o fantasma. Talvez a magia estivesse, de alguma forma, ligada à filha de Slamintyr Lattyrl.

Ele bloqueou uma espada com o florete e, movendo-se continuamente, enfiou a bota no rosto do marinheiro. Retirou uma faca de dentro da bota e a enterrou profundamente no coração de outro inimigo.

O furacão rodopiava sobre as ondas, jogando espuma para todos os lados. O Colosso bateu com as mãos na água novamente, jogando uma onda sobre o furacão para detê-lo momentaneamente.

Turkoth deu um talho no pescoço de Ryla e o sangue começou a descer, mas desapareceu antes de cair no tombadilho.

— Mande-o embora! — ordenou ele.

— Nunca — respondeu ela. — O Colosso o levará para o fundo do mar.

Jaelik bloqueou uma espada inimiga junto ao rosto, em seguida agarrou a blusa do adversário com a mão livre, arrancando o marinheiro dos primeiros degraus da escada do castelo de popa. Com outro puxão, jogou o marinheiro no mar. O capitão corsário subira mais quatro degraus antes que o homem atingisse a água.

O Colosso continuava a se aproximar da nau capitânia, mantendo-se abaixado para driblar os ataques do furacão. O rosto estava erodido, dilacerando, e o buraco da boca se transformou num irônico sorriso feito de cicatrizes.

Jaelik abaixou o ombro para se esquivar da investida de um oponente e o golpeou no estômago com o cotovelo, derrubando-o de costas no tombadilho do castelo de popa. Ele perfurou as costelas e o coração do homem com o florete e, em seguida, o empurrou.

— Turkoth! — bramiu Jaelik ao pisar no tombadilho do castelo de popa.

O líder bárbaro se virou, segurando Ryla à sua frente.

— Quem é você? — perguntou Turkoth.

— Jaelik Tarlsson, de Vellak, capitão do *Rapier's Thrust*. — O capitão corsário permaneceu imóvel, com a lâmina a postos. Como de costume, Alff protegia a sua retaguarda, acompanhado por três outros marinheiros.

Atrás de Turkoth, o Colosso levantou o navio roostaniano mais próximo e o arremessou contra o furacão. O navio se quebrou como se fosse um graveto, lançando destroços em todas as direções. Fragmentos e lascas de madeira atingiram a nau capitânia e sua tripulação.

— Você veio de um lugar tão distante para morrer aqui, rapaz? — provocou Turkoth.

— Não serei o único a morrer hoje — respondeu Jaelik, avançando.

— Pare, rapaz — ordenou Turkoth, apertando a lâmina contra o pescoço de Ryla. — Não dê mais um passo ou cortarei a garganta desta cadela novamente.

— De que cadela? — blefou Jaelik.

Turkoth não hesitou e agarrou Ryla com mais força contra seu corpo. — Não me trate como um imbecil. Somente essa mulher, a filha do falecido mago duende, poderia ter-lhe revelado o segredo para acordar o Colosso. — Ele virou a cabeça dela rispidamente, mostrando o sangue que escorria no seu pescoço. — Acredite-me quando digo que posso infligir-lhe uma morte pior ainda desta vez.

Jaelik não duvidou dele.

Estancou.

— Agora ordene a seus homens que entreguem as armas — disse Turkoth, vendo o Colosso destruir os outros navios roostanianos. — E quero que você faça com que aquela criatura maldita pare.

Antes que Jaelik pudesse dizer não, ciente de que não tinha controle algum sobre o Colosso e de que não poderia pedir aos seus homens que morressem sem lutar, Ryla se virou. O fantasma fundiu o braço com o do seu algoz. No instante seguinte, o membro se despedaçou e explodiu. O sangue e os ossos ficaram expostos no braço arruinado. Ryla escapou com facilidade, tentando imediatamente perfurar o peito do líder bárbaro antes que ele pudesse se levantar.

Turkoth ergueu a lâmina e atravessou o fantasma na altura do quadril, cobrindo o vestido de sangue. Ryla olhou para baixo, indefesa, incrédula e sentindo muita dor.

Com a rapidez de um falcão marinho, Jaelik se projetou para a frente, afastando Turkoth do fantasma. Os homens rolaram pelo tombadilho e os restos do braço arruinado do líder bárbaro cobriram o rosto de Jaelik com sangue. O capitão corsário lutava para enfiar o florete no peito de seu oponente. A força de Turkoth surpreendia Jaelik.

O líder bárbaro o empurrou para trás com um dos pés enganchados atrás da perna do capitão corsário. Jaelik se desequilibrou e caiu. A nau capitânia dançou no mar agitado, impedindo-o de recuperar o equilíbrio.

Com um grito raivoso e uma máscara de sangue, Turkoth se impeliu para cima e golpeou-o com a espada. Jaelik rolou para o lado, escapando da lâmina por um triz, e levantou-se novamente. Esquivou-se do golpe seguinte, mantendo-se de pé no convés oscilante e ouvindo o estrondo de aço contra aço, seu braço tremendo com o impacto.

Alff, Ryla e a tripulação do *Rapier's Thrust* dominaram o castelo de popa, jogando os guardas e marinheiros roostanianos no convés e na água. Perto deles, o furacão alcançara mais uma vez o Colosso, corroendo o gigante de granito para tentar enterrá-lo no mar. Os outros navios roostanianos os cercavam como tubarões, esperando que fosse aberto um caminho até a presa.

Turkoth parou de lutar e recuou. Seus olhos de lobo brilhavam triunfantemente, embora ele segurasse o braço ferido contra o corpo.

Jaelik escutava o uivo do vento e sabia que o líder bárbaro esperava que o furacão destruísse o Colosso. Resolveu atacá-lo novamente, sendo contido pela hábil mão de Turkoth e sentindo-a revigorada por uma força incrível.

— A Coroa — gritou Ryla. — Ele está sintonizado com ela e é daí que vem sua força.

Jaelik olhou para baixo e viu o braço destroçado começando a se regenerar. O sangramento estancou e a pele foi se reconstituindo.

261

— Vou matá-lo, rapaz — prometeu Turkoth com um sorriso forçado. — Quando o furacão tiver destroçado o seu gigante, farei o mesmo com o seu navio. Talvez você tenha conseguido adiar a minha ofensiva contra Vellak, mas não conseguirá impedi-la. — Ele atacou novamente, a lâmina afiada cortando o ar.

Jaelik conseguiu se defender do golpe, prendendo a espada do líder bárbaro contra a sua, as lâminas deslizando para baixo até os cabos se encontrarem. Turkoth se esforçava para libertar a lâmina, evitando recuar. Jaelik deu uma cabeçada no rosto do oponente, usando as táticas de briga que aprendera nos bares das docas onde havia crescido.

O sangue jorrou do nariz de Turkoth.

Jaelik deu outra testada no homem, derrubando a coroa cravejada com diamantes da cabeça do líder bárbaro.

— Não! — gritou Turkoth, pulando atrás da coroa que deslizava pelo tombadilho agitado.

Mas foi Ryla quem chegou antes e, quando tocou na coroa, ela se transformou em cinzas esbranquiçadas que foram levadas pelo vento. O furacão evaporou de imediato e o Colosso se ergueu de novo. Seus enormes punhos golpearam sem piedade os navios roostanianos ao redor.

— Sua cadela! — gritou Turkoth, puxando a espada e correndo em direção a Ryla.

Temeroso de que o homem fosse capaz de machucá-la, já que ainda conseguia enxergá-la, Jaelik cruzou a distância que os separava. O capitão corsário se postou na frente de Turkoth e bloqueou sua lâmina, peitando-o. Jaelik colocou o braço livre por baixo do braço de Turkoth, em seguida o virou e o puxou, prendendo-o num gancho de luta romana. Turkoth se esforçava para erguer a cabeça, mas Jaelik foi mais rápido, erguendo o florete com as duas mãos. Ele usou toda a sua força para girar a espada, golpeando o líder bárbaro no pescoço.

O sangue jorrou sobre os ossos quebrados. A cabeça de Turkoth caiu dos ombros, no tombadilho, com um barulho surdo. O corpo decapitado inacreditavelmente permaneceu em pé, balançando por alguns instantes. Em seguida, o cadáver caiu de joelhos e para trás.

Respirando com dificuldade, Jaelik esticou o braço e levantou a cabeça mutilada pelos cabelos. Caminhou até a amurada da popa e ergueu a cabeça, o sangue pingando no tombadilho e aos seus pés.

— Chega! — O grito de Jaelik perfurou o súbito silêncio que recaíra sobre a nau capitânia depois que o furacão tinha desaparecido. — Ninguém mais precisa morrer, desde que tenha bom senso suficiente para permanecer vivo.

Depois de hesitar por alguns instantes, a tripulação roostaniana abaixou as armas e se entregou.

Voltando o olhar para a distância, Jaelik viu o Colosso destruir mais um navio com um golpe das mãos entrelaçadas. O restante da frota roostaniana navegava em direção ao mar, deixando a enseada o mais rápido possível.

Jaelik arremessou a cabeça de Turkoth na água e se virou para o fantasma. — Você está bem?

O pescoço de Ryla estava manchado de um vermelho que parecia se esmaecer na mesma medida em que o mar ao redor se acalmava. — Estou. — Ela se aproximou, perscrutando-o com um olhar ansioso. — E você?

— Também. — Jaelik olhou para baixo, impressionado com a quantidade de sangue que o cobria. A maior parte do sangue, reparou, não era dele. Passou a mão por cima da sujeira, mas sabia que precisaria de um longo banho quente para limpá-la. — Você chegou ao final, então? De sua busca pelos artefatos de seu pai?

— Não. — Ela abraçou-se na altura dos ombros. — Ainda há muitas coisas que precisam ser encontradas. E sinto a presença de alguns objetos que Turkoth escondeu neste navio. Eu mesma resolverei isso.

Jaelik concordou com a cabeça. — Com licença, mas tenho de cuidar das tripulações de dois navios.

Os olhos verdes dela encararam os dele. — Você tem noção de que estava errado, não é? — perguntou ela num tom suave.

— Sobre o quê?

— Quando você realmente se empenha, capitão, você pode se tornar um herói e tanto. Em vez de um reles pirata corsário.

Jaelik sentiu que estava ficando constrangido. Sem saber o que dizer, ele se virou rapidamente e desceu as escadas do castelo de popa.

Alff se juntou a ele no tombadilho, com os pêlos do rosto manchados de sangue. O contramestre lançou um olhar suspeito na direção do castelo de popa. — A assombração se foi?

— Não. — E, surpreendentemente, a idéia de que ela partisse deixou um profundo vazio no coração de Jaelik.

— Isso é um péssimo sinal — disse Alff, coçando a nuca.

Impulsivamente, Jaelik se virou e olhou para as escadas do castelo de popa. — Ryla!

— Sim? — Ela ficou esperando, com os lábios fechados.

— Seria uma honra se você permitisse que o *Rapier's Thrust* a servisse enquanto for necessário. Isso se pretendermos trilhar os mesmos caminhos.

— Um acordo, capitão? — O sorriso de Ryla era provocador e ao mesmo tempo triste.

Verdade seja dita, Jaelik não gostava de vê-la sozinha no mundo, embora ela já estivesse vivendo assim há mil anos.

— Desde que eu possa dormir em paz, sem ouvi-la puxando correntes.

Ela sorriu e fez que sim com a cabeça. — Uma união como essa seria perigosa.

— Isso — disse Alff — seria uma burrice. Uma das piores idéias que já passaram pela sua cabeça.

— As pessoas que possuem peças do legado de Slamintyr Lattyrl não as entregarão facilmente — disse Jaelik para ela. Em seguida, ele se virou para Alff: — Tampouco serão pobretões. Para um barco valoroso, com uma tripulação corajosa, isso resultaria na possibilidade de obter muitos tesouros.

Alff soltou um palavrão, mas tinha um sorriso estampado no rosto quando marchou para tomar pé da situação dos tripulantes, dos bens e dos prisioneiros.

Ryla desceu os degraus, optando por uma forma mais humana de se locomover do que o vôo. — Então, você está me oferecendo uma parceria, não é?

— Não — disse Jaelik. — Afinal de contas, este é o meu navio. Eu chamaria isso de... um *acordo*.

— Um contrato?

— De que lhe serviria um contrato? — E, enquanto se aproximava dela, notando o calor que emanava de seu corpo, Jaelik quase esqueceu que ela era um fantasma. Mas ele nunca esqueceria que ela também era uma mulher.

— Acredito que deveria haver alguma forma de selarmos esse... *acordo*.

— Sim — gemeu Jaelik —, imagino que sim. — Ele a tomou em seus braços e a beijou, ignorando os olhares estupefatos dos homens ao redor, que presumiam que ele estivesse abraçando o ar.

Alff tossiu, demonstrando sua insatisfação com aquele comportamento. O fantasma correspondeu, beijando-o longa e profundamente e abraçando-o com força. Ele olhou por cima do ombro dela, vendo o *Rapier's Thrust* atravessar as ondas ao lado da nau capitânia. Mais além, o Colosso montava guarda em meio aos destroços de diversos navios. As velas dos navios fugitivos desapareciam no horizonte longínquo.

Ryla empurrou Jaelik gentilmente para trás, os olhos esmeraldinos observando os dele, a tristeza manchando o verde. – Talvez isso não seja fácil. – Ela fez uma pausa, como se estivesse buscando as palavras adequadas. – Não estou falando das coisas do meu pai, não. – Ela balançou a cabeça. – Não é isso.

– Moça – sussurrou Jaelik, sorrindo. – Tudo que sempre quis na vida foi um vento forte para enfunar minhas velas. Dê-me isso e selarei meu próprio destino.

AS DIVINDADES E O PROFUNDO MAR AZUL

Netuno, Posêidon e muitos outros reivindicaram o título de deus dos mares, mas nem sempre da maneira mais amistosa possível em relação aos nossos ancestrais ligados à terra firme. Dos trópicos às extremidades polares, as divindades marinhas cobraram tributos daqueles que ousaram navegar, e, às vezes, o preço foi um tanto alto.

Basta perguntar aos sobreviventes da Atlântida – ou a qualquer pessoa que se veja forçada a negociar com os deuses marinhos.

CAMINHANDO SOBRE AS ÁGUAS

Paul Kupperberg

Os ventos oceânicos uivavam, castigando o corpo esguio e alto do velho feiticeiro, açoitando o manto pesado que ele usava para se proteger do frio. Seus olhos estavam semicerrados contra o jato ardente de água salgada e observavam as ondas acinzentadas subindo para bater no litoral, o mar chocando-se violentamente contra a terra, como se fossem os punhos de um gigante enlouquecido fazendo o solo tremer.

Ele sabia que não demoraria muito.

O fim se aproximava e o mar era seu mensageiro.

— Está tudo pronto, meu lorde — disse um dos sacerdotes que estavam atrás dele, os berros praticamente inaudíveis entre os urros do vento e da água.

— Sim — disse com doçura o feiticeiro, para si mesmo e para o vento que o castigava. — Vamos começar.

Ele não conseguia afastar o olhar do mar que ele aquietara durante uma eternidade. A ira do Uno era uma coisa viva, que se manifestava na arrebentação pulverizadora e nos ventos furiosos. Havia cerimônias a serem realizadas, sacrifícios a serem oferecidos e apelos a serem feitos aos deuses para aplacar a sua fúria.

Os deuses haviam criado o homem, que rastejara numa forma primitiva, perdida, das ricas águas do mar para a terra. Eles educaram os humanos, dando-lhes a grande magia que lhes permitia efetuar a transição de moradores de caverna que grunhiam para moradores de palácios dourados que se erguiam para tocar o céu.

Os deuses deram o mundo à criança que veio a se chamar homem. E foi então que a criança começou a se considerar mais importante do que o mundo que a havia gerado.

Ela ousou repudiar os deuses, negando-se mesmo a acreditar na existência deles.

Os deuses lhes deram vários avisos. A terra sob seus pés tremera e entrara em erupção, o frio mais mortífero e o calor mais tórrido foram enviados pela natureza para afligir suas crianças teimosas, os ventos haviam castigado a cidade, os mares haviam destruído suas frotas pesqueiras, e fogo e gelo haviam desabado sobre suas cabeças. E, mesmo assim, elas se mantiveram, como só as crianças egoístas repreendidas sabem se manter, fiéis a seus hábitos.

Elas eram homens. Eram os mestres do mundo.

Aqueles que continuavam a se manter fiéis aos hábitos antigos não temiam a punição. Eles acreditavam que Thalis, Lorde da Casa de Ghehan, Sacerdote Supremo da Seita, Supremo Lorde Mago da Atlântida e da Primeira Cidade, Conselheiro do Rei e das Doze Casas, apaziguaria os deuses como de costume, conteria a ira e a fúria deles. Mas os últimos séculos haviam trazido mudanças. Os deuses haviam retirado as graças aos homens.

Thalis sabia que os deuses existiam. Ele, que havia estado perante eles, barganhado e *guerreado* com eles, conhecia o amor, o desprezo, a gratidão e o ressentimento desses deuses, e ainda carregava na mente e no corpo as cicatrizes geradas por sua rebeldia. Mas os deuses pararam de se manifestar perante os filhos da Atlântida e logo encontraram algo para substituí-los: suas máquinas e ferramentas. — A ciência — insistia um jovem tolo — é a magia transmitida pelas mãos mortais. *Máquinas*, pensou o velho, enfurecido. *Brinquedos, curiosas bugigangas desinteressantes, exceto para as crianças.* Mas a raiva do Uno devido à traição de seus filhos desabrochou em vingança. As divindades não ficariam mais satisfeitas com os sacrifícios e algumas preces sinceramente sussurradas. O uivo do vento era seu grito por sangue. A ira do mar era a sua mão, que chegara trazendo a resposta divina.

Thalis finalmente se virou. Os olhos dele recaíram sobre o imenso braseiro que os sacerdotes haviam erigido no altar de pedra destroçado que ficava à beira da água. Eles estavam em pé, com túnicas vermelhas e expressões sérias, ao redor do altar, esperando que ele começasse. Uma ovelha, arrepiada por causa do frio e da chuva, tremia, presa ao chão na frente deles.

— Os deuses — disse o velho — certamente estão rindo. — Ele olhou para a areia escura e molhada sob seus pés. — Será que merecemos sorte melhor?

— Meu lorde — disse um dos sacerdotes, um homem velho com a cabeça raspada e uma tatuagem de Crghas no lado direito do rosto. — A tempestade está piorando.

— Eles não querem nossos sacrifícios — disse Thalis, agora gritando para ser escutado por cima das forças da natureza. — Eles não aceitarão mais oferendas, o sangue de bestas inocentes. Agora, exigirão um sacrifício maior de nós.

Os sacerdotes se entreolharam confusos e, em seguida, para o mestre deles. — O que eles querem de nós, meu lorde? — indagou um outro com a voz trêmula e os olhos arregalados e amedrontados.

— Eu não ousaria falar pelos deuses. — Thalis deu um sorriso tristonho e se cobriu com seu manto púrpura. — Tenho de lhes perguntar.

O manto estava encharcado, fazendo com que Thalis tremesse de frio.

Ao amanhecer, Thalis zarpou nas águas escuras a bordo do *Yar*.

O grande barco navegara pela primeira vez quando Thalis era jovem, ainda um aprendiz de Wynsgar, o Supremo Lorde Mago. Os cabelos de Thalis eram escuros e cheios na época, e o rosto não carregava o peso do tempo. Ele era jovem e estava ansioso para batalhar contra os inimigos da Atlântida, mortais ou divinos, impelindo o navio com sua vontade, navegando em direção ao que quer que estivesse à frente dele. Ele estava em pé na coberta de proa, daquela primeira vez, com a brisa marítima soprando contra o rosto e a mão apoiada no pescoço da figura de proa, serpentina que se arqueava graciosamente para fora, à frente do navio.

— Para onde vamos? — perguntou a serpente a seu jovem mestre, virando o pescoço de madeira e direcionando um dos olhos pintados para Thalis.

Thalis rira, protegendo os olhos da luz do sol. — Para a frente — cantou o jovem feiticeiro para o vento, o coração inchado pelo prazer da aventura. — Para o amanhã. Para a glória!

Ele não navegara sozinho naquela viagem longínqua. Com ele estava Kahna, princesa guerreira da cidade de Archer, uma lutadora tão corajosa e brava quanto era uma mulher ardente e amorosa. Ela seria, por quatro vezes, e em quatro encarnações, a esposa dele.

E Gith, um gigante de longos cabelos dourados cuja vida era dedicada a proteger a segurança do jovem guerreiro, que estava destinado a se tornar o Supremo Lorde Mago.

E Shanar, da Cidade dos Gêmeos, um jovem menino de rua capaz de mudar de forma.

273

Eles haviam partido juntos no poderoso *Yar*, uma embarcação com quarenta metros de largura na popa, quinze na altura do mastro, com velas tecidas com ouro. Navegavam para defender a Atlântida da fúria de uma divindade marítima menor. Com a arrogância de sua juventude, Thalis previra apenas vitórias e glória. As vidas de Kahna e Gith foram o preço pago pelas vitórias e pela glória... a glória era a mentira inventada para incitar bobos inocentes à guerra. Ele partira da Atlântida como um jovem sem maiores preocupações e retornou como um homem desiludido, a tempo de testemunhar a morte de Wynsgar.

— Para onde vamos? — perguntou a serpente, enquanto o *Yar* lutava contra a arrebentação para ganhar o mar aberto.

Desta vez, Thalis navegava sozinho. O vento e a chuva castigavam o navio, as ondas o jogavam de um lado para outro tão facilmente como se fosse um brinquedo numa banheira infantil. Ele andava pelo tombadilho inclinado com dificuldade, com os pés bem abertos em cima das tábuas envelhecidas e segurando o cajado fortemente com as duas mãos para sustentar-se.

— Para onde o mar nos levar — respondeu Thalis.

A serpente enrolou o longo pescoço, protegendo-se contra o açoite das forças da natureza. — Ele vai nos levar para o fundo — advertiu o grande navio.

Thalis concordou com a cabeça. — Isso não me surpreenderia.

O *Yar* navegou pelo mar agitado por todo o dia, varando a noite. Thalis se protegeu da incessante tempestade em sua cabine, aquecendo-se com pedras que ele incandescera magicamente com um calor avermelhado. Poções herbáceas eram esquentadas sobre as pedras, mas Thalis não agüentava tomá-las. — Não tenho mais estrutura para isso — resmungou ele.

274

— Nem eu — respondeu o barco num tom de voz semelhante ao estalo de velhas vergas. — Preferiria estar navegando por um lago tranqüilo, sentindo a correria de pés infantis sobre o meu convés.

A idéia fez Thalis sorrir. — Sim — disse ele, com os olhos fitando algum lugar distante e vendo crianças que nunca haviam existido. Kahna estava com eles, mais velha e robusta, mas ainda bonita, paciente, a sorridente mãe de uma horda barulhenta. Eles eram pequenos e grandes, meninos e meninas, um exército de crianças que compartilhavam as mesmas feições suaves e arredondadas e os cabelos escuros da mãe e as mesmas maçãs do rosto proeminentes e olhos levemente levantados do pai.

Ali, naquela mesma cabine, naquele mesmo beliche desarrumado de um dos cantos, a primeira das crianças poderia ter sido concebida na longínqua viagem inicial. Jovens, impulsivos, ardendo de luxúria e febre enquanto viajavam para guerrear com um deus, Thalis e Kahna haviam tombado um por cima do outro. As roupas foram rasgadas, jogadas rapidamente de lado para que a guerreira e o mago pudessem cavalgar um sobre o outro enquanto o barco cavalgava o mar agitado. Thalis se lembrava daqueles tempos como se fossem ontem, recordava-se de ter olhado profundamente para os olhos dela na medida em que eles buscavam a liberdade, vendo o reflexo de sua própria alma. Ele sabia, assim como ela, que eram destinados um para o outro e que os corações de ambos batiam num ritmo único. Permaneceriam juntos para sempre.

Obviamente, não foi o que aconteceu.

Kahna morreu dois dias depois. Ela morreu como uma guerreira, salvando Thalis e Shanar, concedendo-lhe os preciosos segundos que ele necessitava para jogar sua magia e destruir os planos do deus. Mas a magia que afastou Siroise definitivamente daquele reino era complexa e requeria grande esforço.

Momentos preciosos foram perdidos enquanto Thalis se recuperava do esforço e, quando isso aconteceu, Kahna estava morta.

Thalis ficou de luto por muito tempo. A imortalidade era uma dádiva cruel. Viver eternamente. Tempo para tudo. Incluindo a morte de todos os seres que você amou. O tempo passa, os mortais envelhecem e ficam doentes, morrendo enquanto você continua vivo, intocado pelo tempo. Os habitantes da Atlântida eram um povo que vivia por muito tempo, mas muito não queria dizer para sempre, e os mortais se machucavam com muita facilidade. Restaram-lhe apenas lembranças agridoces.

Mas as crianças. O pensamento fez com que ele sorrisse. Os filhos de seus filhos, gerações deles, a essa altura, para reconfortá-lo ao longo de incontáveis milênios.

Só assim ele teria conhecido a verdadeira imortalidade.

Desta forma, ele agora teria tido uma razão para lutar.

Kahna retornou três outras vezes nos anos que se seguiram: da primeira vez, como uma jovem pastora nômade; da segunda, como uma criada da rainha da Cidade do Leão; e da terceira, como uma arqueira amazona cega servindo na guarda da Primeira Cidade. Séculos, às vezes tantos que ele até perdia a conta, separavam seus reencontros, mas cada um deles durava um pouco mais do que o anterior.

Ela retornaria novamente.

Algum dia.

Thalis lançou uma prece para a noite, pedindo que vivesse para acolhê-la, qualquer que fosse a aparência que ela assumisse dessa vez.

Thalis!

O vento bramiu o nome dele, erguendo grandes muros de água contra o *Yar*. O barco cambaleou, balançou e adernou de tal maneira a estibordo que a amurada riscou as águas espumantes.

Thalis! Eu o estou aguardando, velho!

A serpente exibiu seus dentes de madeira para o vento barulhento e investiu contra ele como se estivesse zombando de seu poder.

— Ah, Celepha — disse Thalis, balançando a cabeça afirmativamente para a voz do vento. — Quem mais seria enviada para me enfrentar?

— Eu a odeio — sibilou o *Yar*. — Por duas vezes ela quase o matou e me destruiu.

— Por três vezes tentou, e nas três foi derrotada — disse Thalis.

O vento ribombou como uma gargalhada ao redor do barco

Thalis sonhou com Kahna.

Ela era uma amazona, alta e musculosa, com a pele da cor do bronze queimado, os cabelos presos num apertado rabo-de-cavalo que descia a apenas alguns centímetros do chão. Ela fora a mulher mais bonita, mais perigosa, a mulher mais desejável que ele jamais conhecera. Mesmo antes de ter visto naqueles impressionantes olhos cegos acinzentados o reflexo da mesma alma que ele vira três vezes antes. Ele sussurrou — Kahna — e ela sussurrou — Thalis —, e eles estavam juntos novamente.

No sonho, ela estava em pé no terraço do quarto dele. O sol estava nascendo e a brisa matinal era quente. Os braços dela estavam cruzados na altura do peito, mas, à medida que o sol subia, seus raios dourados banhando as torres cintilantes da Primeira Cidade com uma luz tão brilhante que fazia os olhos doerem, ela vagarosamente abriu os braços e, levantando-se na ponta dos pés, virou o rosto na direção do sol e sorriu como uma criança feliz.

Thalis ficou deitado na cama, olhando, através da porta, a pele dourada sendo banhada pela luz dourada, a seda do vestido brilhando como fogo branco sob o sol da manhã. Enquanto olhava, ele ficou satisfeito de viver eternamente, pelo menos para que a memória daquele momento nunca, nunca, morresse.

Quando o sol se pôs no segundo dia, Celepha enviou três criaturas para atacar o *Yar*.

Elas tinham o dobro da altura do mastro principa, bestas marinhas sombrias e sem feições, exceto pelas salivantes mandíbulas abertas com fileiras de dentes de coral suficientemente afiados para cortar madeira e metal. A primeira das bestas fechou as mandíbulas sobre a amurada do barco e a serpente soltou um urro de ódio e de dor.

Thalis surgiu no convés segurando seu cajado e gritou uma magia de fogo para a besta. A magia saiu de dentro dele e abriu um rasgo no tecido da realidade que separava o seu mundo do das trevas, libertando uma torrente de fogo sobrenatural que transformou o ser furioso numa coluna berrante de vapor. Ele virou o cajado na direção da segunda besta, desfazendo os elos mágicos que mantinham a forma das águas, à medida que ela se abaixava com as mandíbulas bem abertas para arrancar o feiticeiro do convés molhado pela chuva. O ataque chegou ao fim numa explosão de água salgada que jogou Thalis fortemente contra as tábuas.

A terceira e última besta ficou com a garganta presa entre os dentes da serpente, urrando e se jogando de um lado para outro, na tentativa de escapar do domínio do *Yar*. A serpente seguro firme, até que a besta decidiu voltar à sua forma primordial para não encarar uma humilhante derrota. Ela desmoronou na água, retornando ao mar que a trouxera à luz.

Thalis se levantou e, limpando o ardente sal marinho dos olhos, ergueu o cajado bem alto na direção das nuvens trovejantes e gritou: — Eu estou a caminho, Celepha!

Raios cortaram o céu, tornando a noite tão clara quanto o dia. Os trovões fizeram o ar ao redor do navio tremer.

— Celepha continua a zombar de nós — rosnou a serpente, com a enorme cabeça chicoteando para a frente e para trás.

Thalis apertou o punho em torno do cajado. — Celepha está brincando conosco — disse ele. Ele sabia aquilo que ela também deveria saber. Ele era um homem velho, cansado da vida e de viver. Por que um deus haveria de temer alguém como ele?

O cajado de Thalis fora talhado da madeira da primeira árvore que havia sido derrubada para construir a Primeira Cidade.

Os deuses haviam reunido os membros das Doze Tribos que habitavam o mundo e, trazendo-os para a margem do Grande Mar, decretaram que, naquele lugar, seria construída a Primeira Cidade da Atlântida. Um artesão chamado Argon levou seu machado até a grande árvore e a derrubara com doze golpes, grunhindo o nome de cada uma das tribos cada vez que a lâmina perfurava a madeira.

A árvore caiu. Um pedaço de madeira da grossura do antebraço de um homem adulto e cerca de três vezes o comprimento se estilhaçou da árvore quando esta caiu ao chão. Thalis pegou a lasca.

— Eis o elo de toda a magia do Uno — concordou Wynsgar com um aceno de cabeça, aprovando o local para o qual os deuses os haviam levado. — Atlântida prosperará até se tornar grande e poderosa. Seu povo se espalhará pelo mundo, mas seu coração baterá eternamente aqui, nas terras com as quais os deuses nos presentearam.

Thalis retirou sua faca e começou a esculpir, no topo do cajado, o rosto de Atlannis, primeira das doze divindades. Quando acabou de esculpir, Atlannis sorriu para ele. Ao longo dos anos, os rostos do restante do panteão juntaram-se a Atlannis no cajado.

Agora, milhares de anos mais tarde, ele temia olhar para o cajado e descobrir que a mãe de todos os deuses não mais sorria.

Thalis estava mal alojado numa cadeira na cabine, coberto com peles e mantas. Ele não podia, não conseguia se forçar a deitar no beliche. Como poderia fazer isso se não compartilhava a companhia de Kahna?

— Yar — sussurrou ele.

— Sim, Thalis — respondeu o velho amigo.

— Não consigo dormir — disse o velho.

— Talvez seja melhor assim — disse o navio num tom suave, numa voz que lembrava o barulho da água do mar contra a enxárcia. — Pense nos sonhos que deixará de ter.

Thalis fechou os olhos.

Ele viu, nadando à sua frente, os rostos de milhares de pessoas, de Kahna, de Gith, de Shanar, de Wynsgar, de incontáveis outros que ele havia conhecido, amado e perdido. A vida dele atravessara as eras, ensangüentada pela violência e pela destruição. Ele recebera sua quota de ferimentos, encarara a morte vezes demais para se lembrar de todas.

... Mas ele continuava ali.

Quantas pessoas ele conduzira para mortes horrendas e violentas?

Ele podia contar cada um dos rostos que agora passavam à sua frente como espectros das trevas. Então, ele saberia quantos haviam sido.

280

Seus olhos se abriram subitamente, banindo os fantasmas. Ele suspirou. — Ah, bem. Haverá tempo para dormir depois.

Celepha, em seguida, açoitou o mar, formando um redemoinho barulhento e sugador que se abriu no caminho do *Yar*. A serpente urrou, recuando a cabeça, lutando com cada palmo de seu ser enfeitiçado para escapar do redemoinho branco no meio do mar negro. A risada de Celepha era ouvida no vento que empurrava o barco para a mandíbula aberta no oceano.

— Estou presa — rugiu a serpente. Thalis se segurava no mastro, os braços enrijecidos enfrentando grande dificuldade para impedir que ele fosse levado pelo vento. — O mar me capturou, lorde Thalis!

Thalis soltou um rosnado em tom desafiador. Ele finalmente se deixara levar por um sono inquieto. Mas os sonhos eram tranqüilos, belos. Kahna, agora a delicada criada de lustrosos cabelos negros da Cidade do Leão, andava pela superfície brilhante e espelhada de um mar inteiramente calmo. Thalis, um homem velho e experiente, estava em pé no convés do *Yar*, em paz consigo mesmo e com o mundo, e ficou vendo-a aproximar-se.

— É quase chegada a hora, Thalis — disse-lhe ela —, para nós dois.

Ele sorrira perante a beleza palaciana dela. Ao contrário de suas outras encarnações, essa Kahna odiava a violência que cercava a sua vida e era incapaz de colocar as mãos numa arma. Mesmo assim, ele a amava. Com ela, ele aprendeu a sentir ardor e ternura. E se ligou novamente ao seu coração.

Celepha roubara a vida daquela esposa, usando o mar para engolir o iate real no qual ela navegava. A rainha e a corte, mais de duas dúzias de pessoas no total, naufragaram junto com o navio em águas plácidas, mas a intenção fora matar Kahna. Celepha usou a morte dela para instigá-lo a entrar em guerra.

281

Agora, a deusa cadela dos mares a roubava mesmo de seus sonhos.

— Eu a derrotei duas vezes antes — disse o velho para o mar.

— Tenho forças para derrotá-la novamente. Apareça, Celepha!

Ele segurou firme o cajado com os punhos, mantendo-o erguido verticalmente à sua frente e, em seguida, bem devagar, com os lábios fazendo os movimentos das palavras de uma magia mais antiga do que Atlântida, virou o cabo de madeira até posicioná-lo na horizontal. Ele o levantou vagarosamente, bem acima da cabeça. O ar ao seu redor começou a brilhar, a pulsar. Ele foi encoberto por uma trêmula aura azul que se estendeu pelo seu corpo e pelo convés do *Yar*. A partir desse ponto, ela começou a se difundir mais rapidamente, uma crepitante energia azul que se irradiava do mago para o navio, envolvendo o *Yar*, que era jogado de um lado para outro e gemia com o seu abraço.

Logo, com um grunhido, Thalis fez com que o barco pairasse acima das águas, libertando-o do redemoinho sugador, que estava a ponto de engoli-lo.

O *Yar* se ergueu na horizontal até que seu casco curvado ficasse livre mesmo das ondas mais altas, em seguida começou a movimentar-se para a frente. Celepha enviou ventos para jogá-lo de volta na água, mas a magia de Thalis aplacou a fúria deles como se não passasse de água dentro de um copo de cristal. Ele se esgueirou mesmo pelas rajadas mais fortes até se livrar de vez do redemoinho.

A serpente cantou de alegria. — Thalis — perguntou ela —, por que você não nos ergueu antes?

— Não sou mais um homem jovem — arfou o mago por causa do esforço. O *Yar* caiu de volta sobre as ondas com um estrondo.

* * *

282

Esta é a história que Thalis contou para o *Yar*:

— Ela voltou para mim pela última vez há quase mil anos. Era uma arqueira amazona, cega de nascimento, mas treinada para lutar. Ela substituiu o olhar pela audição e por outros sentidos, valendo-se da grande magia de sua mente para compensar a falta de visão. Vê-la andar pelas ruas do mercado sem bater em nada era impressionante. Ela podia armar e atirar com o arco num piscar de olhos, sempre acertando o alvo. Fora batizada Misha ao nascer, mas, no exato momento em que nos conhecemos, sabia que se tratava de Kahna.

"Nós lutamos lado a lado, Kahna e eu. Não havia guerreiro vivo, quer homem, quer mulher, que pudesse derrotá-la numa luta limpa. Com ela ao meu lado, eu sabia que podia ir a qualquer lugar, lutar contra qualquer inimigo e nunca temer pela minha vida.

"Estivemos juntos por oitenta e um anos. Uma praga lançada sobre a cidade pelo pretendente ao trono da Cidade das Estrelas a matou. Tudo que pude fazer foi segurar a mão dela e reconfortá-la, vendo a doença lentamente roubar o sopro daquele corpo magnífico.

"O Rei das Estrelas... a praga dele não era nada que pudesse ser encontrado em algum dos tomos mágicos. Era uma criação da natureza, disse ele, descoberta sem o auxílio da magia. Pelo fato de a magia não ser o seu forte, ele foi o primeiro a se voltar para a ciência, a criar máquinas que não necessitavam da magia para funcionar. Ele era louco, mas há público até para os arroubos de um louco, imagino. Depois de mil anos, a idéia da ciência ainda persiste, na verdade tornou-se mais forte, até que todos, exceto alguns poucos, considerem-na como sua fé."

O *Yar* suspirou como o barulho da corrente da âncora batendo contra o ancoradouro. — Eu, por minha parte, acho a idéia ridícula — disse o barco.

* * *

283

O rei da Primeira Cidade, Primeiro Entre os Pares das Doze Cidades, foi aos aposentos de Thalis. O soberano raramente visitava seus súditos. A presença do jovem rei no quarto inquietava Thalis.

— O conselho decidiu que tiraremos a cidade deste lugar desgraçado — disse-lhe o rei. — Por que devemos ficar aqui, ano após ano, sendo forçados a lutar contra o mar, que continuamente castiga nossas muralhas e mina as estruturas às margens da cidade? Podemos reconstruí-la no interior, em terreno alto, e assim finalmente teremos paz ao invés dos aborrecimentos constantes aos quais a natureza nos submete.

O velho feiticeiro estendeu as mãos, confuso. — Mas meu lorde — disse Thalis. — *Esta* é a terra que os deuses nos mandaram habitar. A magia passa por aqui, por baixo da cidade. Mudar para outro lugar seria amaldiçoar Atlântida.

O rei sorriu tolerantemente. — Pense, Thalis. A magia é algo bom, maravilhoso mesmo, mas não dependemos dela para tudo. Meus engenheiros podem construir máquinas de metal, madeira e tecido para substituir as coisas que a magia não conseguirá mais nos fornecer.

Thalis abaixou as mãos e balançou a cabeça, entristecido. — Majestade — começou a dizer, mas o rei já se virara e estava saindo do quarto. — Já foi decidido, Thalis. Começaremos a construir a nova cidade na lua nova.

Naquela noite, o vento e o mar começaram a sua última investida contra Atlântida.

O *Yar* navegou num bolsão de calmaria no coração da tempestade.

Iradas nuvens negras se levantavam como as paredes de um poço ao redor deles, até as estrelas. A magia de Celepha mantinha a tempestade no encalço deles, mas sua fúria não atingia Thalis e o *Yar*. A deusa do mar criara aquele recanto para eles e, de pé no tombadilho do navio-serpente que navegava pelas águas tranqüilas, só restava a Thalis aguardar.

A serpente varreu o trecho de céu limpo acima deles com os olhos. — Já navegamos bastante — observou ela.

— E ainda falta para chegarmos ao nosso destino — disse Thalis. O cajado pesava em suas mãos. Embora a brisa da noite fosse fria, ele podia sentir gotas de suor em sua testa. Estou demasiadamente velho, pensou ele, mas isso obviamente pouco importava.

Subitamente, a cabeça da serpente se ergueu, alerta.

— Thalis — sibilou ela.

O velho fez que sim com a cabeça. — Estou sentindo o cheiro — disse ele. A magia, o odor do encanto chegou mais forte às narinas dele e, em seguida, como o borrifo gentil de uma chuva de verão caindo sobre um riacho, o oceano cresceu, tomando forma à frente do *Yar*. Ela era prateada e azulada, com trechos esverdeados de água clara, suficientemente grande para encher o céu, a deusa Celepha, mãe dos mares.

Thalis, disse ela, com sua voz borbulhando ao redor dele.

— Celepha — respondeu ele, preparando-se para o combate.

Não precisamos lutar, disse ela.

— Sempre tivemos de lutar no passado — disse ele.

Aquela era uma época diferente, Thalis, quando eu agia contra a vontade do Uno. Agora faço parte do todo, a voz dos deuses unidos.

— O que eles querem de mim? — perguntou o velho.

Celepha parecia avaliar a pergunta. Ela fluía no ar, grande e bela — as criaturas do mar nadando por seu rosto, por seus braços, uma baleia circulando preguiçosamente por seu peito, onde deveria estar o coração. Ela finalmente se pronunciou, dizendo: *Não queremos nada de você, Thalis, você fez o que pôde.*

— Não — disse Thalis. — Não enquanto a Atlântida continuar de pé.

Uma mão aquosa passou languidamente pelo *Yar*. *Em breve, a Atlântida não estará mais de pé,* disse Celepha suavemente. *Por muito tempo, eles renegaram seus deuses e as dádivas que dávamos a eles. Eles inclusive planejam sair das terras sagradas que lhes demos. Eles não são mais o povo de Atlannis, Thalis. Ao nos abandonar, eles abandonaram tudo. Deixe a* ciência *salvá-los de nossa ira!*

— Não — disse Thalis novamente. — Sou o protetor deles. Tenho de...

Já foi decidido, Thalis, disse Celepha. *A terra tremerá e se abrirá, a Primeira Cidade desmoronará e as águas avançarão para cobri-la, arrastando suas torres e cúspides douradas para o mar. Uma a uma, as Doze Cidades restantes sucumbirão aos deuses, pois sem a Primeira Cidade, o coração da Atlântida parará e seu tempo sobre a Terra terá acabado.*

— Você não pode... — gaguejou o velho.

Essa decisão não cabe a você, disse-lhe o mar. *Você não tem outra escolha. Lutaremos... até que seu corpo esteja dormente, sua magia seja exaurida e sua alma clame por paz, e então eu o matarei. Ou então lhe darei três coisas que você aceitará e deixará os deuses livres para prosseguir: a sua vida, para vivê-la como bem entender, nunca mais ser molestado pelo mar ou por qualquer um dos meus comandados e este barco no qual você navega.*

— Três coisas — resmungou Thalis, o coração batendo mais forte com a expectativa. — Você disse três coisas.

Celepha pôs as mãos em concha, cada uma delas maior, em tamanho, do que o *Yar,* e as águas nos dedos dela se aproximaram e recuaram, e lá estava Kahna. A criada, os cabelos dela molhados e penteados para trás, mas ainda tão escuros e sedosos quanto o céu da noite. Thalis ficou boquiaberto.

— Ela é real? — perguntou ele.

Celepha sorriu e começou a abaixar a mão na direção do *Yar*. A serpente balançava a cabeça para a frente e para trás.

— Não, Thalis. O que passou, passou.

O velho feiticeiro sabia disso. Embora sonhasse com as formas em que ela aparecera em vidas passadas, ele também sonhava com ela, como algo que transcendia carne e osso, uma mulher cujo rosto era vazio, mas cuja alma radiante e a grandeza do coração faziam com que ela fosse reconhecível para ele, não importava o rosto que tivesse. Não se tratava dela, não verdadeiramente, embora seu coração batesse mais forte e ele tivesse de lutar contra as lágrimas à medida que a mão de Celepha a aproximava dele. Os lábios e os olhos de Kahna sorriam para ele, os braços de Kahna se abriam largamente para abraçá-lo.

Mas não era ela.

Aquela encarnação de Kahna estava morta. A ligação que unia as almas dos dois deixara a forma que estava na frente dele e retornara, desde então, como a arqueira amazona.

— É chegada a hora, Thalis — sussurrou ela. — Para nós.

O Supremo Lorde Mago da Atlântida soluçou uma vez e balançou o cajado à sua frente. Com os lábios tremendo, ele rosnou as palavras de uma magia. Com os olhos marejados de lágrimas, ele viu a coisa que tentara se passar por Kahna recuar e gritar, a pele alva como a porcelana de seu amor perdido se descascando para revelar a doentia carne púrpura de alguma criatura horrenda das trevas criada por Celepha.

Ele lutara por uma eternidade para manter a Atlântida viva. E estava velho demais, cansado demais para continuar lutando.

Gritou as derradeiras palavras da magia e ficou olhando enquanto a noite explodia em dia, as misteriosas energias uivando pelo ar. Celepha amaldiçoou o que restava da vida de

287

Thalis, e uivou também, conclamando os ventos e a tempestade que ela havia mantido a postos. Uma parede de água se chocou contra o *Yar*, inundando o tombadilho com um dilúvio de água verde. A serpente se virou com dificuldade contra o vento, mas, antes que pudesse se mexer, a mão aquosa de Celepha se abaixou e partiu o pescoço dela com dois dedos, jogando a cabeça, que ainda se contorcia, no mar.

Thalis foi jogado no convés pelas águas violentas que invadiam a amurada. Mas ele nunca diminuiu a força com a qual segurava o cajado, que agora o levantava e o propelia como uma vingativa ave de rapina na direção de Celepha.

Eles não o merecem, lamentou a deusa marítima. Os ventos dela arrancaram o cajado da mão dele e fizeram com que o pedaço de madeira voasse pelo ar até se espatifar contra o mastro principal do *Yar*, estilhaçando-se em mil pedaços que o vento carregou para longe.

Quando ela o arremessou no mar, Thalis estava rindo e gritou para o vento: — Finalmente, é chegada a hora de descansar.

Quando as águas atingiram Atlântida, o povo se arrependeu e gritou, implorando que seu feiticeiro os salvasse. Em algum lugar, Thalis ouviu os gritos , mas isso já não fazia mais qualquer diferença.

AS ÁGUAS SAGRADAS DE KANE

Fiona Patton

As ondas de Peahi se chocavam contra a praia com um rugido quase constante. Os dois jovens em pé no topo do penhasco à beira-mar ficaram observando por um longo tempo, com expressões idênticas estampadas nos rostos.

Kai Malau'a e Makani Kalowai eram amigos desde a infância. Com altura e constituição similares, os dois tinham longos cabelos negros que usavam soltos, pele acobreada e olhos escuros e grandes. Ambos usavam tangas vermelhas e um colar de fios de cabelo cuidadosamente trançados com pequenas conchas, e os dois tinham o hábito de fugir de mansinho quando Peahi os chamava. Mas, naquele dia, a arrebentação estava malhumorada.

Franzindo as sobrancelhas, Kai olhava atentamente para o horizonte, observando cuidadosamente a forma e o movimento de cada nuvem antes de voltar sua atenção mais uma vez para a arrebentação. As ondas pareciam suficientemente uniformes, mas, por baixo delas, ele podia sentir uma corrente cada vez mais forte. Algo estava acontecendo para abalar os espíritos ao redor de Peahi. Não era nada que ele conseguisse identificar ainda, mas a sensação perturbara seus sonhos nos últimos dias.

290

Murmurando, ele pegou uma pedra ovalada pequena e pontiaguda e a jogou de cima do penhasco, observando atentamente enquanto ela se chocava contra as ondas. Algo estava acontecendo.

Encostado numa jovem árvore kukui, Makani esperava que o amigo se pronunciasse, observando-o olhar para as ondas furiosamente, como se elas estivessem de propósito escondendo seus segredos. Dentre todos os jovens na ilha, Kai era o mais talentoso na arte de ler as profecias do céu e do mar. Talvez ele pudesse se transformar num poderoso kahuna kilo algum dia, mas, por ser tão volúvel quanto o próprio oceano — calmo num momento, tempestuoso no seguinte —, o seu temperamento freqüentemente o traía. Ele provavelmente compraria briga com alguém naquele dia, provavelmente com seu professor, Alaula, e, em seguida, se acalmaria. Makani há muito parara de se preocupar com as oscilações de humor radicais de seu amigo. Como uma tempestade de verão, elas duravam pouco tempo.

— E então, o que você acha? — perguntou ele, afinal.

— Entre oito e dez metros e subindo.

— Muito alta para arriscar?

Kai balançou a cabeça afirmativamente. — Somente os Akua estão surfando esta manhã. — Se fizesse um esforço, ele quase poderia ver os deuses se equilibrando nas águas. — Até as baleias mergulharam para as profundezas.

Makani semicerrou os olhos para ver o horizonte. O treinamento dele como kahuna la'au lapa' au envolvia o conhecimento das plantas; nuvens e ondas pouca importância tinham, exceto para o surfe. — Uma tempestade está se aproximando? — perguntou ele.

— Não creio. Mas algo decerto está se aproximando. — Pegando outra pedra no chão, Kai olhou distraidamente para o padrão das marcas esmaecidas em sua superfície, antes de vol-

291

tar o olhar novamente para as águas abaixo. — Ninguém vai surfar hoje — declarou ele em tom amargo.

— Então é melhor irmos para a escola.

— Vá você.

Makani deixou a cabeça cair para o lado. — Alaula o estará aguardando — tentou ele.

O rosto de Kai se contorceu numa careta ao ouvir o nome de seu professor. — Alaula disse que não serei mais seu aluno — grunhiu ele. — Ele disse que nunca serei um kahuna kilo.

— Alaula disse que você não tem a *disciplina* necessária para se tornar um kahuna kilo — corrigiu Makani. — Mas isso não é novidade. Vocês dois estão brigando há anos. Ele vai mudar de idéia.

— Não dessa vez.

Makani estudou o rosto do amigo. — Vocês dois brigaram feio, foi isso?

Kai deu de ombros. — Não foi pior do que o normal. Estou cansado de ficar estudando no topo do penhasco. Leio uma profecia que ele não consegue enxergar e ele caçoa disso; tenho um sonho que ele não teve e ele o ignora. Sou aluno dele há dez anos e é sempre a mesma coisa. Cansei disso.

— Não é a primeira vez que você fala assim.

— Desta vez estou falando sério.

Pegando um galho de ohi'a, Makani o estudou distraidamente enquanto mantinha um olho nas nuvens tempestuosas que encobriam o rosto de seu amigo.

— Então, o que você vai fazer? — perguntou ele, afinal. — Pedir outro professor ao kahuna nui Po'o?

— Não, ele concordaria com Alaula, de qualquer forma. Sinto-me... — Ele olhou para o oceano agitado com um olhar turvo. — Sinto-me como se já tivesse aprendido tudo que tenho para aprender por aqui, como se devesse estar em outro lugar.

— Onde?

— Em Leiawa.

Makani piscou. — Leiawa não passa de um mito.

— Nahele disse que já foi lá.

— Nahele esqueceu a cabeça nas ondas há dez anos.

— Ele disse que existem kahuna kilo em Leiawa que oferecem treinamento em troca de um tipo específico de oferendas.

O rosto de Makani endureceu. — Que tipo de oferenda, Kai?

— Kea limu.

— Não.

— Makani...

— Não, Kai. Já discutimos isso antes. Só existe kea limu na baía de Hamao.

— E daí?

— Daí que ela é assombrada, e você sabe disso. Somente os mais poderosos kahuna la'au lapa'au podem partir em busca de kea limu.

— Parto esta noite.

Makani ficou boquiaberto. — *Você* vai?

Kai balançou a cabeça afirmativamente. — Sonhei com Leiawa ontem à noite. Para chegar lá, preciso de kea limu.

— Então, peça a Okalani para colhê-la para você.

— Eu já pedi. Ele se nega. Ele também não acredita em Leiawa.

— Mas esta é a noite de Kane. O lapu e os Marchadores Noturnos sairão. Nós morreríamos.

Kai deu de ombros. — Não estou pedindo para você vir — respondeu ele com um tom calculado de indiferença.

Makani ficou vermelho de raiva. — Você nunca encontrará a kea limu sem a minha ajuda.

— Eu sei como ela é e a distância que Okalani percorre para colhê-la. Eu o segui no mês passado.

— Mas você não sabe como prepará-la.

— Os kahuna la'au lapa'au em Leiawa saberão como prepará-la.

— Você nem sabe se eles existem. Você arriscará a sua vida para colher uma planta que cresce à noite, em águas amaldiçoadas, para oferecê-la a um kahuna que ninguém a não ser um pescador maluco de oitenta anos viu, somente porque você não tem nenhuma paciência para ouvir Alaula e prefere brigar com ele?

Kai contornou o outro jovem, com olhos negros cintilando.

— Não tem nada a ver com paciência — irritou-se ele. — Desde que eu era um bebê, os kahuna kaula têm dito que meu futuro era indistinto. Alaula diz que é porque eu não devo ser kahuna kilo, embora todos os sinais demonstrem que tenho o talento e o mana para isso. Ele sempre repete tal coisa. Ele quer que eu fracasse.

— Você está se esforçando mais do que ele para que isso aconteça.

Kai se virou. — Eu disse que você não precisava me acompanhar.

— Não pense que vou fazê-lo. Eu escuto os meus professores quando eles me dizem que não estou pronto e, se você tivesse algum juízo, também os escutaria.

— Então, vá escutar o que eles têm a dizer. Ninguém o está prendendo aqui. Não preciso de você. Seu medo provavelmente atrairia os Marchadores Noturnos até nós, de qualquer forma.

Os olhos de Makani se contraíram. — Ótimo, em vez disso, vou sair para colher flores para o seu enterro. — Com um gesto irritado, ele se virou e desceu a trilha. Kai ficou vendo-o se afastar com uma expressão enfurecida no rosto. Em seguida, depois de jogar a segunda pedra do penhasco, subiu a trilha na direção oposta.

* * *

294

Bem abaixo, escondida sob uma espessa camada de espuma marinha, uma criatura, metade homem, metade peixe, observava a conversa dos jovens sem que seus olhos prateados piscassem. Pegando a pedra, ele a estudou cuidadosamente e, em seguida, soprando uma prece para Namakaokaha'i, deixou que ela afundasse abaixo das ondas. Era como a deusa previra: seria naquela noite.

Batendo nas águas com uma longa folha de parreira pohuehue, ele conclamou uma onda para levantá-lo até o litoral. Quando seus pés tocaram na praia arenosa, ele perdeu a aparência pisciforme e, com uma última olhada para o rochedo, embrenhou-se na floresta wauke, desaparecendo de vista.

Naquela noite, Kai saiu sorrateiramente da cabana de sua família. O ar estava quente, mas o vento soprava cada vez mais forte; ele quase sentia os presságios no ar. Algo importante estava para acontecer e ele precisava que a kea limu estivesse pronta, ele sentia isso. Não tinha medo dos Marchadores Noturnos ou do fantasmagórico lapu. O último podia ser afugentado por um barulho súbito, e dizia-se que as procissões sobrenaturais de Akua e dos chefes e sacerdotes mortos há muito tempo eram tão iluminadas e barulhentas que ele teria tempo suficiente para se esconder.

Parando em frente a uma cabana escura, ele esperou por alguns momentos e depois seguiu adiante. Se Makani não quisesse, não era forçado a acompanhá-lo. Ele não precisava dele, e seria melhor assim, de qualquer maneira. Sem olhar para trás, Kai se dirigiu à praia mais próxima.

Estava muito mais escuro do que ele imaginava. O céu nublara ao longo do dia e nem as estrelas mostravam seus rostos. Depois de pisar em falso e sair da trilha duas vezes, Kai tropeçou num galho de kao caído no chão. Levantando-se com uma imprecação, ele subitamente notou uma luz fraca balançando em sua direção. Sua boca secou. Os pés ficaram presos ao solo e tudo o que ele conseguia fazer era olhar enquanto a luz se aproximava, mas, quando esperava ver algum lapu aterrorizante flutuando em sua direção, Makani surgiu detrás das árvores. Ele estava usando uma grande folha ki ao redor do pescoço como proteção e carregando uma lamparina de pedra de noz kukui, que segurava por cima da cabeça para iluminar o caminho.

Respirando cuidadosamente, Kai se encostou numa árvore e olhou para o amigo com o que ele esperava que fosse uma expressão de interesse casual.

— Por que demorou tanto?

Makani o fuzilou com o olhar. — Cale a boca!

Usando a lamparina para guiá-los, os dois jovens se moveram com maior rapidez, chegando à praia da baía de Hamao pouco mais tarde. Protegida de Peahi por um grande e impetuoso pico de lava, a baía estava quase sempre calma e sem ondas, mas poucos pescadores se aventuravam em suas águas. Ela ficava bem abaixo da margem do penhasco, de onde os espíritos dos mortos saltavam para entrar no mundo inferior. À noite, aqueles que já haviam morrido podiam ser vistos flutuando um pouco abaixo das ondas, esperando que seus entes queridos se juntassem a eles. As pessoas vivas que entravam naquelas águas podiam ser confundidas pelos espíritos e afogadas. Somente os mais poderosos kahuna la'au lapa'au e kahuna nui Po'o ousavam mergulhar na baía de Hamao à noite. Quando os pés de Makani tocaram na praia, ele parou abruptamente.

— Nós não devíamos estar aqui, Kai — disse ele com voz assustada.

Kai se virou. — Não se preocupe. Não há luminosidade da lua ou das estrelas. Os espíritos não conseguirão nos ver. — Dirigindo-se até as pedras atrás das quais eles haviam escondido a canoa naquela manhã, começou a arrastá-la na direção do som da arrebentação. Ele parou na beira da água.

— E então, você vem?

Respirando fundo, Makani o seguiu.

Eles atravessaram a baía em silêncio. Makani segurava a lamparina na parte frontal da canoa, olhando nervosamente para a escuridão, enquanto Kai remava. Depois de algum tempo, eles avistaram um brilho fraco na distância e, obedecendo a um gesto do amigo, Kai os levou até ele.

O brilho vinha do centro de um largo trecho com algas marinhas que flutuavam calmamente sobre as ondas. Ele se estendia por vários metros e, enquanto Kai os guiava pelo interior, as algas abriam caminho relutantemente, prendendo-se nas laterais da canoa à medida que ela passava. Ao chegar ao centro, ele parou.

— Você consegue vê-los? — perguntou ele sussurrando, as palavras quase flutuando acima da água.

— Não.

Debruçando-se cuidadosamente sobre as laterais, os dois jovens olhavam fixamente para a massa de plantas flutuantes, mas levou algum tempo até que Makani soltasse um curto assobio.

— Lá — sussurrou.

Kai se juntou a ele.

Aninhados no meio de uma teia viva de algas marinhas comuns, os pálidos caules de uma dúzia de plantas mágicas kea limu estendiam suas folhas delicadas para a brisa noturna. O brilho emanava das raízes flutuantes, iluminando cada veia e sinal, e elas balançavam gentilmente sobre as ondas como pequenas

297

dançarinas de hula. Os dois jovens ficaram olhando para elas, hipnotizados por sua beleza, até que Makani saiu do transe.

— Você quer que eu as colha? — sussurrou ele.

Kai piscou. — Não. A oferenda é minha. Eu o farei.

— Você não pode tocá-las com os dedos, senão elas mucharão. E não pode pegar nem a maior nem a melhor, limitando-se a colher apenas uma.

— Eu sei.

— E você tem de rezar para Hina e para Ma'iola.

— *Eu sei.*

— Você se lembra da prece que lhe ensinei no ano passado?

— Sim.

— Trouxe uma oferenda?

— *Sim.* Você pode se calar, *por favor?*

Retirando uma cabaça do cinto, Kai derramou um fio tênue de líquido entre as plantas. O forte odor de awa tomou suas narinas, fazendo com que ele sentisse vontade de espirrar, mas a mão dele em nenhum momento tremeu antes que a cabaça fosse esvaziada. Em seguida, ele a colocou cuidadosamente no fundo da canoa e desembrulhou um pequeno tecido de casca de árvore. Enquanto ele o colocava no meio das algas marinhas, ao lado de uma das kea limu, a lua enviou um tênue raio de luz para iluminar a tarefa. Ele olhou para Makani com um sorriso afetado.

— Eu não lhe disse? — sussurrou ele.

— Depressa.

Movendo-se de forma deliberadamente vagarosa, Kai levantou a faca para que a luz da lua se refletisse nela e rezou silenciosamente a prece da colheita. Em seguida, sem tocar na planta, fez um talho limpo no caule e deixou que ela caísse no pano de casca de árvore, que ele dobrou e amarrou com um cordão de trepadeira.

— Pronto. Talvez eu deva ser kahuna la'au lapa'au em seu lugar. — Ele endireitou o corpo.

— Kai?

O mundo ao redor deles mergulhou na escuridão quando a lua foi novamente encoberta pelas nuvens.

— O que foi?

— Ouvi um barulho.

Um som extremamente fraco veio da distância. Kai semicerrou os olhos.

— Não é nada — disse ele com o máximo de desprezo que conseguiu exprimir.

— Será que podemos ir para casa agora?

— Sim.

Levantando o remo, Kai manobrou para fora da rede de algas marinhas.

Eles voltaram para a praia sem maiores atropelos. Kai escondeu a kea limu dentro de uma dobra da tanga enquanto Makani arrastava a canoa de volta para o esconderijo atrás das pedras. Em seguida, mantendo-se instintivamente próximos à lamparina, voltaram para a aldeia. Estavam quase chegando em casa quando a noite de repente silenciou.

Makani ficou paralisado.

— Kai?

— Eu sei.

Um barulho leve, semelhante ao de uma vareta batendo contra uma árvore, começou a soar na distância. — O que é isso?

Kai engoliu em seco. — Pássaros — respondeu ele, afinal.

— Não, são... — Makani se virou, o rosto dele pálido sob a luz da lamparina. — São tambores.

— É o vento.

— Não, são... estou ouvindo cânticos, Kai.

— Não está não.

— Estou sim, eles estão... estão vindo de algum lugar lá para a frente, na trilha.

O tom da voz dele aumentou histericamente, e Kai o segurou pelos ombros.

— São pássaros brigando por lugares para fazer ninhos nas árvores — disse ele decididamente. — Agora temos de seguir a trilha para chegarmos em casa. Não há nada lá, portanto, vamos simplesmente... — Ele fez uma pausa.

— Kai?

— Espere.

— O que foi?

Com os pêlos dos braços arrepiados, Kai ficou olhando para a escuridão. Por todos os lados, ao redor deles, podia sentir a floresta prendendo o fôlego enquanto algo primordial se esforçava para surgir no mundo.

— Não foi nada — grunhiu ele. — Vamos.

Arrastando Makani pelo braço, ele deu mais um passo, em seguida a noite explodiu em luzes e sons. Uma enorme procissão surgiu do outro lado da trilha. À frente vinham batedores ditando o ritmo da marcha enquanto que, nas pontas, duas fileiras de imensos guerreiros, armados com longas lanças brilhantes, se movimentavam agilmente pelas árvores. No centro, homens e mulheres altos, vestidos com mantos de penas e brilhantes tangas brancas, caminhavam com os pés flutuando alguns centímetros acima do chão. Eles viram Kai e Makani no mesmo momento em que os jovens os avistaram.

Um grito foi ouvido no meio deles. Makani deixou a lamparina cair e os dois jovens correram, Makani fugindo pela trilha na direção oposta, de volta para a praia, e Kai mergulhando por

300

entre as árvores. Os guerreiros os perseguiram soltando gritos selvagens.

Com os pés impulsionados pelo pavor, a única coisa que passava pela cabeça de Kai era fugir das terríveis criaturas que se aproximavam. A luz que vinha dos marchadores o cercava, os gritos, assustadores, enchiam seus ouvidos. Ele sentiu o assobio de uma lança passando perto de seu ombro direito, arriscou-se a olhar para trás e chocou-se de cara com uma árvore wauke.

Ele via estrelas enquanto era jogado para trás pela força do impacto. Com o sangue correndo pelo rosto, tentou rolar para o lado, mas uma força invisível o levantou e o virou de lado. A ponta da lança mirada para as costas o atingiu entre as pernas. Ela atravessou a tanga e o pano de casca de árvore onde estava guardada a kea limu. Por um instante, ela fez pressão contra a pele dele, enquanto a planta mágica suportava o impacto do ataque fantasmagórico. Em seguida, o guerreiro desapareceu e a força invisível o colocou em pé novamente. Ele vislumbrou os penhascos e o céu, e em seguida estava despencando das pedras escarpadas da margem do abismo.

A última coisa que ouviu foi o grito de Makani.

Uma eternidade parecia ter se passado antes que ele acordasse novamente. O sangue descera pelo seu rosto colando as pálpebras fechadas e deixando poças em torno da boca e do nariz. Ao levantar a mão para limpar o sangue, ele quase desmaiou quando a dor dos machucados o assoberbou. O braço esquerdo estava virado num ângulo estranho, fazendo com que os ombros pulsassem de dor e o local onde a kea limu recebera o golpe da lança ardia como se estivesse pegando fogo. Respirando pela boca, ele se forçou a ficar imóvel e, em seguida, a abrir cuidadosamente os olhos.

Ele estava cerca de três metros abaixo da linha onde começava o pescipício, preso ao tronco de uma árvore nativa tombada. Abaixo de seus pés, podia ver as águas escuras da baía de Hamao e, no alto, o céu noturno. A lua ressurgira por trás das nuvens para rabiscar longas sombras nas pedras e nos arbustos, e foi então que ele notou que um homem estava agachado acima dele, fitando-o com um par de arregalados olhos prata.

Kai ficou paralisado.

— Lapu? — gemeu.

Afastando os longos cabelos negros do rosto, o homem balançou a cabeça negativamente. — Aumakua — respondeu.

— Meu?

— Seu, descendente. Meu nome é Kekoa. A deusa Namakaokaha'i profetizou que você precisaria de mim esta noite e enviou-me para protegê-lo dos Marchadores Noturnos.

A lembrança da fuga pela floresta fez com que Kai quase se engasgasse.

— E Makani?

Os olhos prateados do ancestral se mantiveram firmes.

— Foi levado — respondeu ele.

— Foi levado...?

— Ele está morto, descendente.

— Não!

— Você o ouviu gritando. Eles arrancaram o espírito do corpo dele. Você teve sorte de escapar, mesmo contando com a minha ajuda.

Kai fechou os olhos. — Meu amigo mais antigo foi morto esta noite — respondeu ele mecanicamente. — Como é que tenho sorte?

— Você gostaria de estar junto com ele?

A pergunta tinha um tom sarcástico, mas Kai não conseguia reunir força suficiente para responder a ela com irritação.

— Não — sussurrou ele.

— Você gostaria de salvá-lo, então?

— Como?

— Com as águas de Kane.

Kai piscou para o aumakua. — As águas de Kane são um mito.

— Assim como a ilha de Leiawa.

— Leiawa?

Kekoa fez que sim com a cabeça. — É onde, em uma fonte sagrada, fluem as águas que restauram a vida.

— Sonhei com Leiawa. Eu... — Kai engoliu em seco. — Eu disse a Makani que estava predestinado a ir até lá.

— E você irá. — Kekoa se levantou. — Esta é a noite de Kane — observou ele. — O véu que separa os mundos está tênue. O espírito de Makani ainda pode atender ao seu chamado, mas temos pouco tempo. Se você não trouxer as águas sagradas para ele até o amanhecer, o espírito dele partirá para sempre.

A expressão de Kai mostrava desânimo. — Ela fica muito longe daqui. Eu nunca retornaria a tempo.

Com a luz da lua refletindo em seus olhos, Kekoa balançou a cabeça negativamente. — Existe um caminho — respondeu ele.

— Qual?

— Através do mundo inferior.

— Os mortos nunca permitiriam que passássemos.

— Eles permitiriam se você viajasse sob a proteção de Akua. Venha comigo à presença de Namakaokaha'i. Peça-lhe ajuda. Se ela conceder a sua permissão, nós poderemos chegar a Leiawa a tempo.

— Por que uma deusa marinha haveria de me ajudar? Não tenho nada para lhe oferecer em troca.

O aumakua virou o rosto por um momento, mas, quando voltou os olhos para ele, sua expressão era indecifrável.

— Ela é atraída pela sua natureza. Ofereça-lhe a sua adoração. Se ela quiser algo mais, ela mesma lhe pedirá.

Fortalecido pela esperança, Kai balançou a cabeça afirmativamente. – Está bem.

– Então pegue a minha mão.

Trincando os dentes, Kai estendeu a mão e deixou que o aumakua o levantasse da árvore estendida. Quando ficou em pé, a dor de seus ferimentos fez com que cambaleasse, mas logo conseguiu se equilibrar.

– E agora?

– Pule.

– Devo pular?

Kekoa fez que sim com a cabeça. – Você está acima do mundo inferior, descendente. Pule.

Baixando os olhos, Kai olhou fixamente para as águas da baía de Hamao. Sob a luz da lua, ele mal podia ver os trechos onde as algas marinhas flutuavam sobre as ondas, o brilho leve no centro revelando a presença da kea limu. Mais abaixo, ele podia ver as silhuetas indistintas dos mortos. Ele fechou os olhos. E pulou.

O mar se fechou sobre sua cabeça. Debatendo-se em pânico, sentiu os braços de Kekoa o enlaçarem e abriu os olhos.

Ele estava de pé no fundo do oceano, as ondas da baía de Hamao bem acima da sua cabeça. Não havia nada senão a escuridão ao seu redor, mas, enquanto se mantinha de pé ali, constatou que conseguia enxergar e respirar. À sua frente, uma densa floresta de árvores ki negras, com suas grandes folhas vergadas quase até o fundo, balançava na corrente do oceano. Peixes fantasmagóricos nadavam livremente pelos galhos, a brilhante luz da consciência nos seus olhos revelando que não se tratavam de criaturas ordinárias, mas sim de espíritos e de aumakuas.

A água em torno dele repentinamente se tornou quente e ele se viu rodeado por tubarões. Os corpos longos e esguios esbarravam contra ele e os olhos negros olhavam para os seus como se conseguissem atravessá-lo. Ele se encolheu contra Kekoa, e o aumakua tomou sua mão.

— Não tenha medo, descendente — disse ele, com sua voz deslizando como um fino filamento de alga marinha. — Eles não o machucarão. São apenas espíritos.

Levantando a cabeça, Kai se esforçou para enxergar através dos tubarões para o mar de árvores além. — Fica longe?

— Fica bem perto, mas na metade do caminho para o outro lado do mundo.

— Mas e o amanhecer?

— Aqui não existe amanhecer ou anoitecer. Existimos entre o anoitecer e a alvorada. Venha. — Sem olhar para trás, Kekoa o guiou pelas árvores.

O caminho era ao mesmo tempo íngreme e macio. Kai podia ouvir pessoas cantando ao redor, mas não conseguia enxergá-las; a escura floresta era muito cerrada. Quando ele olhou para Kekoa, com uma expressão inquisitiva, o aumakua balançou a cabeça. — Se você conseguisse enxergá-los, esqueceria tudo o que sabe sobre o mundo dos vivos.

Eles continuaram a caminhar. Depois do que pareceu uma eternidade, e ao mesmo tempo quase nada, ultrapassaram as árvores e se defrontaram com um imenso turbilhão em forma de vácuo. Kekoa parou.

— Ela está aqui.

Esforçando-se para enxergar na escuridão, Kai balançou a cabeça.

— Não estou sentindo nada.

— Mas ela consegue senti-lo. Pronuncie o nome dela e você sentirá sua presença.

Respirando fundo, Kai abriu a boca.

— Namakaokaha'i.

305

A palavra saiu num jato de finas bolhas. Eles avançaram para dentro do vácuo e, subitamente, a deusa surgiu como a explosão de um gêiser submarino. A força jogou Kai para trás e, em seguida, para frente, enquanto a energia dela o atravessava. Quando ela tocou no ponto onde o mana dele ficava guardado, Kai conseguiu sentir a cobiça que ela nutria pelo poder da vida, que se tornava ainda mais encantador graças à presença dele no mundo inferior. Ele por pouco não se esquivou do desejo que ela sentia, mas num derradeiro momento forçou-se a permanecer imóvel. Ela estendeu a mão para a vida dele, em seguida retraiu o braço e ele caiu de joelhos, o corpo inteiro tremendo com a lembrança de seu toque. O oceano ao redor estava revolto devido a uma única dúvida.

O que o trazia até aquele lugar?

Recuperando a voz, contou a ela sobre Makani; sobre as infelicidades daquela noite, da morte precoce de seu amigo e da necessidade do salvo-conduto para pegar as águas de Kane.

O oceano se revolveu ao redor dele com mais uma pergunta.

O que ele daria pela vida de Makani?

Como Kekoa sugerira, ele ofereceu sua devoção. O mar se acalmou e, tão rápido quanto havia surgido, a deusa desapareceu. Kekoa estava parado à frente dele segurando uma cabaça vazia.

— Leve isso até Leiawa — disse ele — e encha-a.

Kai pegou a cabaça. — Isso é tudo o que devo fazer? — perguntou ele.

Os olhos prateados de Kekoa ficaram vazios. — Por enquanto.

Virando-se, ele andou até o vácuo e, depois de hesitar por um instante, Kai o seguiu.

Ele perdeu a noção do tempo que eles passaram andando, mas finalmente começaram a ascender uma trilha íngreme e escorregadia coberta de ervas marinhas. Em pouco tempo, a cabeça de Kai atravessou a superfície das ondas. A súbita visão do luar fez com que ele parasse, mas Kekoa já se encontrava na praia, em cima das pedras.

— Por aqui.

Numa fenda entre duas rochas, Kai encontrou um pequeno riacho.

— São as águas de Kane?

O aumakua balançou a cabeça afirmativamente. — Você trouxe uma oferenda?

Colocando a mão na tanga, Kai retirou os restos esfarrapados de kea limu embrulhados no pano de casca rasgado.

— Eu ia entregar isso para o kahuna em Leiawa — disse ele em tom amargo.

— Não há kahunas em Leiawa, fora você. Ofereça-o para a ilha.

Colocando a planta entre as rochas, Kai a cobriu com algumas pedrinhas, em seguida encheu a cabaça. Mas, ao se levantar, sentiu um fio de água descer por seu braço. Olhando para baixo, notou, com espanto, que estava rachada.

Ele a levantou em silêncio, vendo a água de Kane vazando por uma rachadura na lateral da cabaça. O mundo repentinamente parecia ter ficado escuro.

— Kekoa... — sussurrou ele.

— Estou vendo.

— O que posso... talvez possa tapar o buraco com algas marinhas ou raízes de trepadeira. — Ele começou uma busca desesperada no meio das rochas.

— Não temos tempo.

Algo no tom de voz do aumakua fez com que Kai olhasse para ele asperamente. Os olhos dele se arregalaram.

— Você sabia.

— Eu sabia o quê?

— Você sabia que estava rachada quando a entregou a mim. Por que você fez isso?

— Kai...

— Por quê? — Ele pegou o aumakua pelo pescoço. — Digame, por quê?

Kekoa esticou o braço e removeu as mãos de Kai gentilmente, como se ele não fosse mais forte do que uma criança.

— Fiz a vontade dela — respondeu gentilmente.

— A vontade dela?

— A vontade de Namakaokaha'i. A deusa profetizou que você seria testado esta noite. Se passasse, você se tornaria kahuna nui Po'o, o maior e mais poderoso de todos os kahunas.

— Foi essa a mudança que senti se aproximar?

— Sim. Mas a deusa também viu que suas chances de fracassar eram imensas.

Kai semicerrou os olhos. — Por quê?

— Porque você é arrogante e impetuoso. A Akua enviou-lhe um sonho, mostrando tudo que estava para acontecer. Você só precisava levá-lo para algum kahuna que tivesse o dom de interpretar sonhos. Eles entenderiam do que se tratava, mas você dispensou a ajuda e, sem aconselhamento, arriscou sua vida, assim como a de Makani. Ele pagou o preço pela amizade que tinha por você, deixando-o vivo para pagar o preço da amizade que tinha por ele.

— Qual é o preço, então?

— Você.

— Eu ofereci a minha devoção a Namakaokaha'i.

— Não a sua devoção, Kai, mas você; tudo o que você é e tudo o que você será, todo o seu poder e todos os seus esforços, ofertados ao serviço dela, e somente a ela. Uma oferenda como essa, vinda de um kahuna nui Po'o, é extremamente valiosa para a Akua. Por uma oferenda assim, ela ressuscitaria Makani.

— Por que não me disse isso antes?

— Você levaria em consideração uma oferenda assim se não estivesse desesperado? — Kekoa fez um gesto em direção ao horizonte, que começava a se tornar rosado.

— Então, você está me enganando para que eu ofereça minha vida a ela, *aumakua meu*. — Kai cuspiu amargamente.

— Não, descendente. Eu *roguei* a ela que me enviasse para *salvar* a sua vida depois que você atraiu a ira dos Marchadores Noturnos sobre a sua cabeça. Ela atendeu ao meu pedido e não pediu nada em troca, quer de mim, quer de você. E Namakaokaha'i não é uma Akua gentil que distribua favores em troco de nada; ela é a corrente submarina e o maremoto. Que você tenha se colocado numa posição na qual possa ser explorado por alguém como ela em troca da vida de Makani, que *você* perdeu, não é minha culpa. Estou simplesmente lhe informando o preço que ela cobrará.

Kai ficou olhando fixamente, com uma expressão vazia, para o mar. — Tudo o que sou e tudo o que serei, todo o meu poder e os meus esforços, como kahuna nui Po'o, ofertados ao serviço dela e somente a ela — repetiu ele. Ele se virou para Kekoa. — Não.

— Não?

— Não. Tal promessa aumentaria o poder dela sobre a terra, e, como você disse, ela não é uma Akua gentil. Não trabalharei para impingir esse tipo de perigo ao meu povo. Nem mesmo por Makani.

Virando-se, ele atravessou a praia e começou a subir a face íngreme de Leiawa. Kekoa ficou observando-o com uma expressão de curiosidade no rosto

— Aonde você vai?

— Fazer-lhe outra oferta.

— Que oferta?

Kai olhou para ele. — Minha oferenda como kahuna nui Po'o seria de grande monta para ela, mas não é isso que ela mais deseja. Ela deseja o mana. O meu mana. Tudo o que tenho e que seja oferecido a ela livremente.

Os olhos prateados de Kekoa se arregalaram. Ele começou a subir a colina para acompanhá-lo. — Sem o seu mana, você nunca será kahuna kilo, o que dizer de kahuna nui Po'o.

Tendo chegado ao topo, Kai levantou as duas mãos, dando de ombros. — Sem liberdade, também não vale a pena viver. — Ele olhou para as águas abaixo. — Esta é a entrada de Leiawa?

— Kai...

— É?

Kekoa o fuzilou com o olhar. — Todos os penhascos em Leiawa são entradas — respondeu ele sombriamente.

— Ótimo. — Caminhando até a beira, Kai olhou para trás, para seu aumakua. — Trata-se de uma escolha simples — explicou ele. — O que ela mais deseja, a devoção de um kahuna nui Po'o ou o seu mana? Ofereço a ela qualquer um dos dois, mas meu preço é Makani.

— Você enlouqueceu? Você não pode dar um ultimato a Namakaokaha'i. Ela poderia estraçalhar suas entranhas contra as pedras de Peahi em questão de segundos.

— Então, estarei de volta no mundo inferior antes do amanhecer e ela poderá fazer o que quiser com meu espírito enfraquecido. Talvez ela o guarde em sua cabaça rachada. — Kai lançou um olhar vazio para ele. — Se esta é a vontade dela, Kekoa, então deixemos que ela faça sua escolha. — Dando as costas para seu ancestral, ele se jogou do penhasco.

O oceano negro do mundo inferior o engoliu e longas gavinhas de kea limu se estenderam para prender seus braços e suas pernas. Ele ouviu as risadas e os cânticos dos mortos ao redor,

310

e, em seguida, o poder de Namakaokaha'i o atingiu no peito como uma grande onda. Ela o atravessou, retirando uma parte de seu mana, em seguida o arremessou do mar.

O impacto do corpo ao bater contra o solo fez com que uma onda de dor varasse suas costelas. Ele vislumbrou penhascos e céu e, em seguida, começou a cair. As pedras rasgavam suas mãos e seus pés, o braço esquerdo foi jogado para trás e o barulho dos ossos quebrando arrancou um grito de seus lábios. Por alguns instantes, ele flutuou acima da baía de Hamao; em seguida, os galhos da árvore que antes o salvara se esticaram para pegá-lo. Com a dor irradiando-se a partir do braço e pulsando ao longo dos ombros, Kai levantou os olhos e viu Kekoa agachado acima dele. O aumakua estendeu a mão.

— Venha, descendente, não nos resta muito tempo.

Com muito esforço, Kai conseguiu subir o penhasco. Ele quase desmaiou por duas vezes, mas, em ambas, o aperto de Kekoa em seu braço evitou que ele perdesse a consciência. Quando finalmente chegou ao topo, Kai se deitou respirando com dificuldade, piscando para seu aumakua com manchas de sangue maculando seu olhar. Kekoa o fitou com os olhos prata.

— Você consegue andar?

— Eu terei de andar?

O aumakua deu de ombros. — Está amanhecendo e Makani Kalowai está morto. — Ele estendeu uma cabaça sem rachaduras. — Ou você tinha se esquecido disso?

Cansado demais para responder ao sarcasmo de seu ancestral, Kai pegou a cabaça, sentindo o peso da água dentro dela. Ele se levantou, sentindo muita dor.

* * *

Encontrou Makani estendido sobre a trilha. Seus olhos estavam arregalados e inertes, e quando Kai – com o braço esquerdo preso ao lado do corpo por raízes de trepadeira – mancou até o seu lado, pôde sentir o espírito do amigo flutuando desesperadamente sobre o próprio corpo. Protegendo a vista dos raios da alvorada, Kai abriu o maxilar de Makani à força, com a mão que não estava machucada, em seguida derramou o conteúdo da cabaça, sem cerimônia, goela abaixo do defunto.

Um raio de sol atravessou as árvores wauke. Por alguns instantes, os contornos do corpo de Makani foram iluminados por uma luz dourada e, em seguida, o espírito voltou para seu corpo tão rápido que queimou uma linha no rosto de Kai. Os olhos dele se abriram subitamente. Com os dedos retraídos em garras, ele arranhou a garganta e, finalmente, respirou com um sopro ofegante. Em seguida outro. E outro. Depois de cada um, o corpo se retorcia convulsivamente à medida que a vida reanimava o corpo. Temendo tocá-lo, Kai se limitava a olhar.

As convulsões finalmente cessaram. As mãos de Makani amoleceram e a cabeça virou para o lado. Seus olhos escuros estavam atordoados, mas logo a visão clareou, focando o rosto cansado de Kai. Os dois amigos se entreolharam silenciosamente e, em seguida, com um surto de energia, Makani se levantou, trôpego. O rosto dele ainda estava mortalmente pálido e ele trocava os passos, de um lado para outro. Kai estendeu o braço bom para tocá-lo, mas Makani pulou para trás.

– Você – pigarreou ele. – Não me toque. Nunca mais toque em mim. Nem mesmo... fale comigo... nunca mais. – Virando-se, atordoado, ele tropeçou, batendo contra uma árvore wauke e, em seguida, depois de respirar com força várias vezes, começou a descer vagarosamente a trilha em direção à aldeia. Kai o ficou observando enquanto ele se afastava; em seguida se virou e subiu a trilha na direção da entrada.

Kekoa estava esperando quando ele voltou. Os olhos prateados rastrearam o rosto de Kai e ele balançou a cabeça amigavelmente.

— Sinto muito, descendente.

Agachando-se cuidadosamente, Kai se encostou contra as pedras e deixou a cabeça cair entre as mãos.

— Ele está vivo. Isso é tudo o que importa.

— Ele é seu amigo. Ele ainda há de perdoá-lo.

— Talvez.

— Sua oferenda foi uma burrice — advertiu o aumakua. — Oferecido de graça, o mana é uma oferenda muito sedutora. Você tem sorte por ela não ter aceitado levá-lo todo por causa do seu orgulho. Agora será muito mais difícil para você se tornar kahuna nui Po'o, embora não seja impossível. Com a ajuda dela, você ainda pode chegar lá.

Kai levantou a cabeça. — Com a ajuda dela?

Kekoa deu de ombros. — Você lhe ofereceu sua devoção. Mantenha a sua promessa e ela poderá ajudá-lo, como qualquer Akua o faria. Pedir ajuda não é um sinal de fraqueza, descendente. — Ele caminhou até a beira do despenhadeiro. — Vá até a baía de Hamao. Agora estará a salvo em suas águas. Pronuncie o nome dela e sentirá sua presença. — Ele levantou os braços.

— Espere! Eu o verei novamente algum dia?

O aumakua sorriu. — Você pode até ter amadurecido esta noite, mas não suficientemente, acredito, a ponto de não precisar de mim de novo. Jogue uma pedra contra a arrebentação em Peahi e chame o meu nome.

Tendo dito isso, o aumakua se jogou da borda. Ele sofreu uma transformação enquanto caía na água, tornando-se metade homem, metade peixe, sem deixar sequer uma pequena onda para marcar sua passagem de volta para o mundo inferior. Kai

313

ficou olhando para o local durante um bom tempo. Em seguida, levantou e desceu a trilha lentamente.

Com os movimentos dificultados pelos ferimentos, o sol já se encontrava bem alto no horizonte quando ele pisou na praia de areias negras da baía de Hamao. Enganosas sob a luz do sol, suas águas brilhavam convidativas, e Kai andou pelas ondas até que se chocassem contra o seu peito. Lavando o sangue do rosto e dos cabelos, ele tocou o local no qual o espírito de Makani havia queimado sua face.

— Namakaokaha'i — sussurrou ele. — Ajude-me a consertar esse mal-entendido com Makani e eu a adorarei livremente como uma Akua acima de todas as outras. Empreste-me sua força e sua sabedoria. — Os lábios dele tremeram num leve sorriso. — Mas não o seu temperamento. Isso eu mesmo já tenho.

Um filamento de alga flutuante ficou preso no seu braço bom e ele o retirou das ondas e o colocou ao redor do pescoço, sentindo-o colar-se contra a pele. Em seguida, o mais novo kahuna nui Po'o da ilha se ergueu em meio à arrebentação da baía de Hamao e retraçou os passos que ele e Makani haviam trilhado há muito tempo, na noite anterior.

A FILHA DO OCEANO

Rosemary Edghill

Mykene era a melhor piloto de Lordsdeep a Downbelow. Nos doze anos desde que recebera seus brincos de ouro, nenhum navio no qual ela navegara jamais se perdera.

As pessoas diziam que ela tinha sorte e os capitães clamavam pela presença dela em seus tombadilhos. *Mykene já viajou dos Pillars ao sol poente; ela seria suficientemente afortunada para pilotar um navio até Lostland, se alguém fosse louco o bastante para acompanhá-la.* Era isso que diziam, nas tavernas do Strand, e era algo agradável de se ouvir numa noite de bebedeiras.

Mas isso já não era mais verdade.

— Bom tempo, piloto!
— Bom tempo! — respondeu Mykene.

A prancha foi recolhida estrepitosamente atrás dela e o capitão recebeu permissão para navegar. Os remos foram levantados a meia força e o navio começou a sair vagarosamente do porto. Mykene se virou e caminhou até a proa. O vento puxava seus curtos cabelos negros. Seus dedos do pé enroscavam-se contra a superfície macia e lisa do tombadilho do *Grantine*. Mykene

316

olhou para a ficha de viagem em sua mão, mas a cruz ainda continuava nela.

Ninguém, exceto ela, a vira. Ninguém a veria. Ela fechou os dedos e a jogou o mais distante possível. A ficha brilhou enquanto girava no ar e, em seguida, caiu no espelho verde das águas da baía.

O *Grantine* atravessou a boca da enseada. Os remadores levantavam os remos à medida que os ventos iam enfunando as velas, e o navio se preparou para navegar em águas profundas. Mykene controlava o gurupés, com os pés estribados na aducha da linha de escarpa. O *Grantine* balançava sob seus pés, dançando no vento e na água.

Mykene usava um cordão de ouro com um golfinho dourado oco ao redor do pescoço. O segredo de sua fabricação pertencia à guilda à qual ela era associada, assim como o direito de usá-lo. Ela prendeu a cauda do golfinho dourado entre os dentes e soprou um som agudo que somente um piloto seria capaz de ouvir. Um dos seres submarinos apareceu, dançando na esteira da proa.

"*Que notícias trazes do mar?*", entoou Mykene, e a Filha do Oceano respondeu com um canto de águas calmas e tempo bom.

O pai dela fora um pescador que saía diariamente em seu pequeno barco, quando o tempo estava bom, para pescar peixes nas redes que sua mãe tecia. Mykene tinha seis anos quando correu até a mãe, na praia, para fazer a pergunta que a separaria de sua família para sempre.

— Eu ouço pessoas cantando nas águas, mãe. Por que elas não vêm brincar comigo?

Declarações como aquela tinham de ser investigadas, essa era a Lei — e a honra e a remissão dos impostos em caso de milagre não eram algo a ser desprezado. Os pais de Mykene foram juntos ao capitão do porto para lhe contar sobre as estranhas perguntas que a filha fazia.

O capitão do porto os ouviu e concordou. Muitos navios atracavam em Riverrun para limpar e reabastecer os barris de água. Não seria difícil encontrar um piloto para testar a filha da tecelã.

Ele sempre seria o homem mais bonito que Mykene jamais vira. Seus cabelos negros eram trançados atrás da cabeça e presos com um pano vermelho brilhante. A pele era escura, os dentes brancos e as tatuagens azuis de viagens completadas manchavam-lhe os braços e o peito. Havia cruzes no meio dos círculos, mas ela ainda era muito jovem para saber o significado delas. Os brincos de ouro de piloto batiam contra o seu pescoço.

— E então, o que você iria querer com alguém como eu? — Sua voz era arrastada e ritmada como o sotaque de Lordsdeep, e ele exibia um olhar alegre quando levantou o queixo de Mykene para olhá-la nos olhos.

— Minha filha disse que pode ouvir os seres submarinos cantando — disse o pai de Mykene. Suas mãos descansavam nos ombros dela, grossas e fortes depois dos anos de luta contra o mar.

— É verdade? — perguntou o piloto, dirigindo-se diretamente a Mykene. Uma de suas mãos brincava com um pingente de ouro que ele usava ao redor do pescoço: tinha o formato de um dos seres submarinos, com o corpo curvado para saltar e um anel preso entre as mandíbulas.

Mas Mykene não tinha certeza. Ela se virou e escondeu o rosto no avental da mãe, e sentiu seu pai ficar tenso de raiva. Ela ouviu um embate de vozes acima de sua cabeça e, em seguida, a música: bela, misteriosa, alheia às coisas da Terra.

Com os olhos arregalados e maravilhados, ela se virou para ver o piloto tirar o golfinho dos lábios.

— Deixe-a vir comigo — disse Jarre, sorrindo apenas para Mykene. — Ela já não lhes pertence mais.

Aos quinze anos, Mykene usava o brinco único de ouro dos aprendizes e deixou a sede da guilda para embarcar em sua primeira viagem. Ela usava um golfinho de prata no pescoço e navegava com o capitão que o destino lhe trouxesse, aprendendo sobre as correntes, os arrecifes e os ancoradouros ao redor dos mares.

— Boa viagem, Jarre! — Ela falava numa voz alta e alegre ao cumprimentar o piloto do *Orekonos*. Jarre estava sentado na proa, olhando para o mar, interpretando os ventos, o tempo e a sorte, tal como Mykene aprendera nos anos desde que o conhecera. Ela podia ouvir os seres submarinos cantando enquanto dançavam na enseada; tempo bom até o Point.

Jarre se virou quando Mykene botou os pés na prancha.

— Arrume outro navio.

Mykene parou, ainda em estado de choque. Ela continuaria sendo a aprendiz de Jarre até o fim da viagem do *Orekonos*. Não conseguia imaginar o que poderia ter feito para ofendê-lo tanto.

— Mas... por quê?

Ela ouviu o barulho surdo dos pés calejados andando no convés, e outro idêntico quando Jarre golpeou a prancha. Ele assomou sobre ela, com uma expressão sombria e entristecida.

— Porque quero o seu bem — disse ele secamente. — Agora vá embora!

O estranho comportamento dele a aterrorizava mais do que qualquer vento ou tempo. Mykene recuou desordenadamente, até que seus pés tocaram o cais; a próxima coisa que lembrava era de estar no escritório bolorento do capitão de porto, sentindo-se adoentada, tremendo e balbuciando algo indistinto sobre a sua necessidade de ser colocada a bordo de um novo navio imediatamente.

Ele voltou ao *Orekonos* com ela, embora aquele fosse o último lugar para onde ela quisesse ir, e depois que Jarre e o capitão conversaram brevemente na pequena cabine do piloto, debaixo da coberta de proa, tornou-se claro que não haveria um outro navio para Mykene até o fim da viagem.

No terceiro dia, o *Orekonos* estava navegando perto do litoral. Até então, fora uma viagem estranha; Jarre estava malhumorado e distante, e passava a maior parte do tempo em sua cabine, em vez de passá-lo no largo convés branco, entre o oceano e o céu. Este espaço foi deixado para Mykene, e ela o ocupou. Mas, agora, uma forte tempestade se aproximava.

Mykene conseguia senti-la na pele. O límpido céu azul caçoava dela, mas seu treinamento e seus sentidos não a enganariam. A tempestade chegaria antes que eles ancorassem para passar a noite. Ela sopraria forte e sem aviso e encontraria o *Orekonos* bem longe de um porto seguro.

E Jarre não os alertara.

O fato de muitas coisas fugirem à compreensão de Mykene nunca a inquietara antes. Mas isso era algo pelo qual ela nunca havia passado, e a deixava preocupada, visto que a experiência de um piloto é tudo que existe para manter um navio e sua tripulação a salvo dos caprichos dos deuses submarinos. Disfarçando seus temores, ela procurou Jarre.

A pequena cabine cheirava a sal, a peixe e ao conhaque puro e claro, destilado em milhares de cidades ao longo do litoral.

— Uma tempestade se aproxima.

Jarre se virou ao ouvir a voz dela e colocou a garrafa de conhaque sobre a mesa. Os olhos dele estavam avermelhados pelas lágrimas salgadas e as noites sem sono, e a boca estava retesada e amarga.

— Você nunca se perguntou, Filha do Oceano, qual o preço que pagamos aos deuses submarinos por navegarmos livremente sobre a superfície do mundo deles? — Ele ficou olhando fixamente para a garrafa de conhaque como se tivesse acabado de descobri-la, levantou-a e tomou mais um gole.

— Jarre, uma tempestade se aproxima... uma tempestade violenta!

— Dê-lhe isso — disse ele, jogando um disco prateado sobre a mesa.

Ela decerto o reconhecia. Mykene havia visto fichas de viagem na sede da guilda, onde ela e os outros alunos aprendiam como escondê-las na palma da mão para que ninguém soubesse o destino de um navio, fora o seu piloto. Mykene nunca entendera o motivo para tanto segredo; todas as fichas da tigela do capitão de porto eram idênticas.

Mas aquela era diferente. Uma fenda profunda em forma de X desfigurava as faces de metal.

— Você nunca se perguntou o preço que nós pagamos? — perguntou Jarre novamente, o tom ritmado do sotaque de Lordsdeep, de sua voz amaciada pelo conhaque, e Mykene ficou olhando para ele com um olhar arregalado e cheio de medo. Ele contornou a mesa, retirou a ficha de viagem dos dedos frios e frouxos dela e massageou o pescoço.

— O capitão de porto disse que eu teria de honrar o meu juramento, e farei isso, mas à minha maneira. Este é o meu barco, o barco que devo pilotar, e o barco que devo levar para um porto seguro onde quer que eu o encontre. Agora, dê-me isso — acrescentou Jarre, apontando para o apito prateado em forma de golfinho que Mykene usava.

Perplexa, Mykene o retirou. Jarre apertou-o fortemente dentro da mão e retirou seu pingente de ouro com a corrente.

Um arco graciosamente esculpido, copiado dos corpos fortes dos seres submarinos que, mesmo naquele momento, dançavam nas ondas da proa. Jarre estendeu a mão, jogando o pingente ao redor do pescoço dela, e o apito pesou friamente sobre sua pele, como se não tivesse acabado de estar em contato com um corpo vivo.

– Falta isso – disse ele, retirando um dos brincos de ouro. Uma argola para um aprendiz, duas para um capitão...

– Jarre! O que você está fazendo? – O pressentimento de um desastre era doloroso para os sentidos aprimorados pela guilda; a loucura de Jarre servia apenas para piorar tudo. A tempestade podia chegar a qualquer momento; será que ele queria que ela assumisse o comando do *Orekonos*?

– Segundo a lei, cada navio acima de um certo tamanho leva um piloto. – Ele se aproximou dela, falando sem parar, a sua voz, com um pedantismo exagerado, recitando a lei da guilda sobre sua cabeça. – E cada piloto, antes de embarcar, retira uma ficha no escritório do capitão de porto para saber sua sorte no oceano. Isso também está na lei.

O pino pontiagudo da pesada argola de ouro atravessou a orelha dela, enquanto Jarre o colocava no lugar; Mykene sentiu uma mistura de calor e sangue.

– E a lei das guildas e a lei dos mares estabelecem que um capitão-piloto é obrigado a se salvar em momentos adversos, não importando o que aconteça com o navio dele. Portanto, eu estaria interferindo na salvação do capitão-piloto do *Orekonos*, eles não podem mais alegar que se trata do capitão errado agora, não é? Será que você consegue usar isso para pedir ajuda?

A canção para pedir ajuda aos seres submarinos era a primeira melodia ensinada aos aprendizes. Mykene segurou o apito dourado. – Claro, Jarre, mas...

– Então prossiga, Filha do Oceano.

Mas Jarre entregara o comando tarde demais.

Quando chegaram ao convés, a linha da tempestade se aproximava como um chicote negro no horizonte. Os seres submarinos haviam desaparecido da onda da proa, pressentindo a borrasca. Jarre soltou uma imprecação, com lágrimas nos olhos, mas não importava quão forte ele tocasse a "Ajuda aos Marinheiros" no apito prateado de Mykene, os seres submarinos não reapareciam por conta da melodia.

Ele ficou de pé, olhando para ela com os olhos marejados, e Mykene finalmente se deu conta de que Jarre não os avisara, nunca pretendera avisá-los, e que, de alguma maneira, a ficha de viagem maculada que estava na cabine abaixo significava que o *Orekonos* teria de enfrentar o problema da melhor forma possível, sem contar com a perícia de seu piloto.

Ela abriu a boca para adverti-los, assumindo o lugar dele, mas qualquer som que ela fosse capaz de emitir seria abafado pelos gritos do capitão, ciente, afinal, do perigo que corriam. O navio foi jogado para baixo quando a cabeça da tempestade os atingiu e, em seguida, o *Orekonos* escalou uma parede de ventos enfurecidos, com o convés inundado, e não havia mais tempo para fazer nada senão tentar sobreviver.

Os pés descalços de Mykene escorregaram no convés inclinado; o nariz e a boca estavam cheios de um frio sal marinho. Ela sentiu o capitão virar o *Orekonos,* tentando fugir do vento, e Mykene, que conhecia o litoral, se esforçou para chegar até o timão. O *Orekonos* deveria ser conduzido em direção às águas profundas para se salvar, e não restava ninguém para dizer isso ao capitão.

Um estrondo, como o rufar de um tambor, foi ouvido; uma dissonância desagradável, sentida intimamente como o barulho de ossos se quebrando. O mastro se curvou para a frente e se partiu; Mykene foi jogada para fora do navio num primeiro momento; ela lutou para subir à superfície a tempo de ver o *Orekonos* se dividindo ao meio contra os arrecifes.

Mykene tentou respirar e, em vez disso, engoliu água. O mar afastou-a do *Orekonos*. A última coisa que ela viu foi o convés, separado do casco, deslizando vagarosamente para baixo da superfície.

Leve-me! Leve-me e deixe que os outros vivam!, suplicava ela silenciosamente. Mas, se os severos deuses do vento e da água responderam, Mykene não foi capaz de ouvi-los.

Da tripulação do *Orekonos*, Mykene, a Afortunada, foi a única sobrevivente. Ela demorou seis meses para retornar e aprender a derradeira lição de seu ofício.

Era o sexto dia e Mykene estava de pé no cesto de gávea fazendo a leitura das sondagens para o timoneiro. O tom de voz dela era semelhante ao canto de uma ave marinha. O *Grantine* navegava perto do litoral, para se proteger, um lugar onde as pedras eram traiçoeiras. Quando a maré estava baixa, elas se tornavam visíveis e era fácil desviar delas, mas a maré ficava mais alta a cada ano — mais alta, mas não alta o suficiente para salvar o casco de madeira dos navios que costumavam navegar por aquelas águas. Sem um piloto, ninguém ousaria singrá-las.

Mas a sorte de um piloto tinha o seu preço, e os deuses submarinos tinham de receber seus tributos. Nos doze anos que se passaram desde o naufrágio do *Orekonos*, Mykene nunca questionara essa sabedoria, e devido à fidelidade dela, os deuses concederam-lhe a sorte — em todos aqueles anos passados no mar, ela nunca retirara uma ficha de viagem marcada.

Até aquele momento. Agora, o tributo pago por Jarre teria de ser pago por ela também. Um em cada cinqüenta navios, escolhidos por sorteio, para pagar pela sorte que protegia os outros. Um navio com tudo que ele transportava, para pagar pela clemência dos deuses submarinos e pela ajuda prestada pelos seres submarinos. Um navio, e cabia ao seu piloto levá-lo à destruição, pouco importava como.

Jarre tivera sorte. Ele não tivera de fazer nada, senão entregar o navio para a tempestade.

Mas Mykene teria de fazer mais.

A viagem do *Grantine* não fora obscurecida por sequer uma nuvem perigosa. Ao entardecer do dia seguinte, se tudo continuasse do mesmo jeito, ela atracaria com segurança no porto de Rammage. Mas o *Grantine* fora prometido aos deuses submarinos e restava a Mykene menos de um dia para cumprir o destino que lhe fora imposto no escritório do capitão de porto.

Mykene era uma capitã-piloto, conhecia milhares de maneiras distintas de levar um navio à sua destruição. O fogo, a sabotagem, o envenenamento da tripulação, o enfraquecimento do casco durante uma noite escura e um sem-número de outros truques — tudo para que os deuses submarinos recebessem o sacrifício que esperavam. O fogo era o caminho mais fácil, eles a haviam advertido na sede da guilda — um incêndio, com os seres submarinos na espreita para transportar o piloto, sozinho, do navio incendiado e amaldiçoado para um lugar seguro. Visto que um piloto, segundo a lei da guilda e a lei dos mares, deveria se salvar, independentemente do destino que tivesse o seu navio.

Lá do alto, as águas do oceano pareciam translúcidas. Elas estavam azul-claras, salpicadas com as sombras de arrecifes e peixes que gradualmente davam lugar aos tons de cinza-escuro brilhante das profundezas ao norte. Mykene temia tudo que se movia abaixo da superfície com a força de seu coração supersticioso. Os deuses submarinos existiam. E até o entardecer do dia seguinte, eles receberiam seu tributo – ou seriam ludibriados.

Mykene retirou o cordão de ouro com o apito. Segurou o apito brilhante na mão por um momento, antes de jogá-lo no oceano. Agora compreendia Jarre como nunca o compreendera antes. Aquele era o navio dela. Ela compartilharia o seu destino. Qualquer que fosse.

O *Grantine* passou a noite ancorado. Mykene ficou encolhida, insone, na proa. Um painel estrelado estava pendurado à frente dela, no céu da noite, um turbilhão de estrelas no horizonte e uma luminosidade fosforescente emanava dos corais na forma de feixes de luz. No dia seguinte, o *Grantine* avistaria a baía de Rammage, a viagem chegaria ao fim e ela não seria mais obrigada a fazer uma escolha.

Ludibriar os deuses submarinos seria o equivalente a amaldiçoar todos os navios, ao redor do oceano, que confiavam na perícia de seus pilotos para conduzi-los a um porto seguro. Caso os deuses fossem assim tratados, quais seriam as chances de eles não retirarem a boa sorte que acompanhava os marinheiros até em casa?

Mas mesmo considerando os pilotos e a sorte deles, não se perdiam mais navios a cada ano do que se deveriam perder com o pagamento dos tributos? Os pilotos que sobreviviam tatuavam uma cruz onde deveria estar tatuado um círculo – ela os vira nas tavernas, a pele deles pintada com um jogo-da-velha divino, enquanto a pele de Mykene exibia apenas círculos. Será que os deuses, que viviam levando navios que não deveriam levar, não estariam dispostos a deixar aquele navio escapar?

Será que algum piloto, antes dela, se perguntara isso? Será que algum deles ousara agir com base naqueles pensamentos?

326

Mykene não tinha como saber – não mais do que ela tinha como adivinhar a vontade dos deuses.

Ela adormeceu pouco antes da alvorada e sonhou com Jarre.

Rammage era um porto simples, havia apenas uma entrada e saída, um canal de águas profundas que oscilavam constantemente. Os moradores locais pescavam caranguejos e mariscos nas águas rasas da baía e colocavam bóias de vidro de cores vivas nas bordas do canal. A perícia de um piloto não era necessária para manobrar o barco na baía de Rammage.

Mesmo assim, Mykene permaneceu sentada no cesto de gávea, observando – uma vez que os seres submarinos haviam cantado, ao amanhecer, sobre uma tempestade em Rammage. As tempestades sempre modificavam os contornos do canal e, naquele momento, ao olhar do cesto de gávea, ela notava que não havia bóias visíveis demarcando o caminho para a entrada.

Quando o timoneiro notasse o que ela vira, seria tarde demais. O capitão confiava nela. Se permanecesse em silêncio, ela afundaria o *Grantine* perto da costa, como pretendiam os deuses e a sorte que ela tirara.

Ela sentia a presença de Jarre atrás dela, um espectro fantasmagoricamente silencioso, esperando que ela se sacrificasse; a satisfação de costumes e rituais prescritos havia gerações.

Mas, se os deuses deviam ser pacificados, era porque eles tinham poder. E se possuíam tanto poder...

– Para o lado! – gritou Mykene. – Para o lado! *Não há canal algum!*

O cesto de gávea foi jogado de um lado para outro, enquanto o navio adernava. A amurada da coberta de proa cortou um risco reluzente de espuma na água até o barco se endireitar, o costado entoando um lamento fúnebre de canções marinhas, fazendo a volta em direção ao mar novamente e fugindo do abrigo traiçoeiro. Mykene se segurou no mastro, sangrando com o golpe que este lhe havia desferido, rindo e chorando como uma mulher enlouquecida.

Mykene levou oito horas, num raso navio pesqueiro e usando uma vara com o comprimento de várias braças, para demarcar novamente o canal e conduzir o *Grantine* através dele. Os pescadores apareceram para ajudá-la, mas foi a piloto do *Grantine* que colocou a última bóia e abriu o caminho para ver seu navio deslizar até o ancoradouro.

O capitão de porto veio cumprimentá-la quando ela saltou do barco pesqueiro na praia.

— Mil desculpas, piloto, esse trabalho nunca deveria ter sido feito por você!

Mykene olhou para ele com uma tranqüilidade renovada. A tempestade de Jarre finalmente se consumira e as lembranças que ela tinha dele podiam descansar em paz.

— Este é o meu barco, capitão. Meu para pilotar em segurança até o seu destino.

Daquela vez e para sempre — sempre que a perícia e os conhecimentos de um piloto pudessem vencer o vento e as águas.

Se os deuses quisessem seu tributo, que viessem *pegá-lo*.

O SERVO DO DEUS MARINHO

Mickey Zucker Reichert

Uma brisa oceânica serpenteou pelas docas de Luzare, prenhe com os odores de sal e de samambaias. Ela empurrou o capuz do manto de Alzon para trás, derramando uma juba lisa de cabelos castanhos. Ele passeava vagarosamente pela multidão, ignorando as ásperas trocas entre estivadores e marinheiros, o estalar das enxárcias, a agitação dos panos das velas e o barulho surdo dos grampos batendo contra os mastros. Ele segurava sua mochila encaixada nos braços, prendendo o tremulante tecido azul e branco da roupa e do manto contra o peito. O vento insistia em sacudir a barra do capuz e levantar os cachos de seus cabelos à medida que passava.

Os navios balançavam no ancoradouro. Alzon varria o horizonte com os olhos em busca das velas multicoloridas da chalupa *Salty Rainbow*. As gaivotas guinchavam como sombras cinzentas, rodopiando contra o vívido azul-safira do céu. O sol exibia um brilho dourado, sem a passagem de um momentâneo fiapo de nuvem para obscurecê-lo. Ele encontrou o *Salty Rainbow* sem grandes dificuldades e reajustou suas coordenadas para chegar até ele. Com alguma sorte, eles chegariam ao porto de Vitargo em dois dias. Lá ele esperava conseguir um emprego como mago do cajado da guilda de joalheiros de Vitargo.

Alzon endireitou o capuz na posição correta. Colocou a mochila no chão, ao seu lado, revelando um símbolo em brasão no peito. O unicórnio branco da deusa Telmargin refletia o brilho fogoso do sol em seus olhos. Alguns marinheiros se afastaram, enquanto Alzon se aproximava, e ele podia sentir os olhares deles em suas costas. Magos eram raros e, assim sendo, pessoas simples, como os estivadores, não confiavam neles. Ele escolhera um caminho que não lhe permitiria gozar da mesma privacidade que outros praticantes de magia tinham como certa. Os magos de Telmargin eram tão versados nas artes da deusa dos juramentos, da magia e da luz lunar quanto os praticantes das artes da feitiçaria.

Quando Alzon chegou ao *Salty Rainbow*, encontrou uma pequena fila de marinheiros e passageiros subindo a bordo sob o olhar atento do capitão Melix. Alto e corpulento, com feições polidas pelo sal, o capitão estava em pé, com os braços cruzados na altura do peito. Olhos pálidos estudavam cada homem que cruzava a amurada. Tanto os passageiros quanto os tripulantes pareciam intimidados pelo olhar pétreo. Eles abaixavam a cabeça e arrastavam os pés silenciosamente a bordo, como se temessem que qualquer quebra da rotina pudesse atiçar a fúria do capitão Melix.

Alzon ficou parado, observando as pessoas que se enfileiravam para subir a bordo do *Salty Rainbow*, sem sentir necessidade para se apressar. Quando o último passageiro embarcasse, ele o seguiria, já tendo acertado tudo previamente. Ele reservara uma cabine e planejara passar todo o seu tempo lá, estudando. O balançar dos navios não lhe fazia bem e ele não tinha a mínima intenção de interferir na rotina dos marinheiros. Ele preferia que eles mantivessem a atenção voltada para levá-los com segurança pelo imenso e perigoso oceano até Vitargo. Qualquer coisa que ele fizesse serviria apenas para distraí-los. Uma criança de cerca de dez anos embarcou apressadamente, provavelmente um taifeiro. Alzon enfim se aproximou do costado do navio.

O olhar do capitão Melix percorreu Alzon do topo do capuz azul até os bicos dos pés calçados com sapatos de pano, demorando-se por mais tempo no emblema do unicórnio. Ele pigarreou. — Então, você é o mago.

Alzon mudou a pesada mochila de mão. O comentário não demandava uma resposta, mas o silêncio parecia algo insolente. — Sim, sou — respondeu ele, afinal.

O capitão cuspiu na água. — Duas coisas azaradas a bordo de um navio.

Alzon olhou para o capitão, certo de qual seria uma dessas coisas. — Paguei pela minha passagem e pela minha cabine. O negócio já está fechado.

O capitão Melix prosseguiu como se não tivesse escutado as palavras. — Mulheres e magos.

Alzon batucou com os dedos na mochila, irritado. — Você está recusando a minha passagem adquirida honestamente?

— Não. — A atenção do capitão se voltou para a mochila, embora ele não estivesse questionando o conteúdo dela. Além dele, no convés, vários marinheiros formavam um semicírculo informal, alguns segurando cordas. — Mas sei que nós nos sentiríamos mais tranqüilos se você nos garantisse que não pretende usar essas arapucas mágicas a bordo do *Rainbow*.

Alzon suspirou. Ele não tinha a menor intenção de praticar atos de magia durante a viagem, mas detestava fazer promessas, por uma simples razão. Juramentos verdadeiros, proferidos por um Mago de Telmargin, não podiam ser quebrados, sob o risco de se perder todo o poder mágico. O peso da deusa pairava sobre cada um deles, e àqueles que quebravam juramentos não era dada uma segunda chance. Entretanto, se ele perdesse a viagem, não chegaria a Vitargo a tempo. Ele jogaria fora a chance de arrumar o emprego ideal e a vida razoavelmente normal que este lhe propiciaria. Tinha parado tudo em sua vida para praticar a magia, e finalmente era chegada a hora de se estabelecer, encontrar uma esposa boa e inteligente e ter uma prole encantadora. — Posso concordar em não lançar qualquer magia neste navio ou em sua tripulação ao longo desta viagem.

O capitão Melix não aparentou estar convencido.

— E — prosseguiu Alzon rotineiramente —, como um mago de Telmargin, não posso quebrar uma promessa depois que ela tiver sido feita. — Ele lançou um olhar inquisitivo para o capitão, duro e seco como o do próprio marinheiro, embora soubesse que seus grandes olhos castanhos o amaciariam. — Mas isso serve para me limitar de forma integral, independentemente das circunstâncias. Mesmo que um homem caia ao mar, não poderei salvá-lo. — Ele não estava sendo inteiramente sincero. Alzon poderia quebrar a promessa ao preço de perder seu poder e sua posição, mas manteria o juramento. Ele preferiria morrer a viver o resto de sua vida sem seus poderes; e se aceitaria sacrificar sua própria vida para mantê-los, o que dizer da vida de um estranho.

O capitão Melix olhou para o símbolo do unicórnio e depois para o rosto de Alzon. Em seguida, virou-se para a sua tripulação.

Os tripulantes fizeram acenos com a cabeça. O olhar do capitão fez com que vários partissem apressadamente para cuidar de seus afazeres.

O compromisso firmado pelo juramento dos magos de Telmargin parecia a Alzon algo suficientemente familiar. Entretanto, se o capitão não o conhecesse, sua palavra não teria qualquer valor.

333

— Faça o juramento — grunhiu o capitão.

— Como queira — disse Alzon, dando de ombros. — Juro por Telmargin, minha senhora, que não farei qualquer mágica a bordo do *Salty Rainbow* por toda a duração desta viagem.

Seguiu-se um silêncio profundo.

O juramento pesava sobre Alzon com uma ansiedade profunda e primitiva. Para os outros, porém, não era nada além de palavras.

— Bem-vindo a bordo — disse o capitão, sem a cordialidade que a saudação aparentava comunicar. Ele deu um passo para o lado. — Sua cabine está pronta. Lá embaixo. A terceira na direção da popa.

— Obrigado. — Apesar de se sentir extremamente aliviado, Alzon manteve um tom de voz tão rabugento quanto o do capitão. Esquivando-se do homenzarrão, ele pulou agilmente por sobre a amurada. Segurando-se cuidadosamente nos panos, partiu rápido em direção ao convés de ré.

Os marinheiros voltaram às suas tarefas, amarrando as velas, lançando as cordas do cunho, preparando o lastro. Melix se movimentava como um enorme gato, atravessando o convés ao mesmo tempo em que gritava ordens. — Escore essas cordas, marujo, e prepare a cana do leme! Você sabe que o *Rainbow* tem um leme preparado para suportar tempestades!

Enquanto Alzon adentrava pela escuridão abaixo, ele ouvia os passos martelando o convés, e as ordens do capitão chegavam-lhe aos ouvidos como um som abafado e sem sentido. Ele levaria apenas alguns segundos para acender uma luz mágica; mas, mantendo o seu juramento, preferiu pelejar com a lamparina suspensa, o óleo e o isqueiro. Mantendo a pesada mochila equilibrada, acendeu a lamparina. Cada movimento que ele fazia lançava sombras bruxuleantes sobre o entabuamento.

A primeira porta na direção da popa estava aberta, revelando pilhas de cordas presas com cordões para impedir que se desembaraçassem. Panos de vela estavam caídos em cima de cordames sobressalentes, reforçados com grossos cabos e presos com ripas. Cunhos e malaguetas, pregos e um martelo, descansos de remo e equipamentos de navegação cobriam o chão.

Com a luz da lamparina balançando em círculos irregulares, Alzon passou pela cabine seguinte, que estava fechada, para chegar à sua. Quando ele virou o trinco e puxou a porta, o navio deu uma guinada. Arremessado para o lado, ele bateu com o ombro na porta. Instintivamente, segurou a lamparina com mais força. A mochila se soltou, caindo em cima de seu pé. Uma dor pesada percorreu os dedos. Ele recuou soltando um grito, misto de raiva e dor. Esforçando-se para vencer o incômodo, puxou a mochila para dentro da cabine, enganchou a lanterna na argola de suspensão, bateu a porta e se jogou numa esteira de palha coberta com uma espessa manta de lã. Retirando o sapato de pano, segurou os dedos do pé, balançando o corpo para aplacar a dor.

Ela cedeu lugar gradualmente a um incômodo localizado. Alzon examinou os dedos do pé, flexionando-os cuidadosamente. Ao descobrir que estavam intactos, ele chegou a sorrir ironicamente de sua própria inépcia. Calçou o sapato de novo e examinou a cabine. Era pequena, sem janelas e continha apenas a cama, uma escrivaninha quebrada, uma cadeira de madeira, um urinol e uma arca. Uma bacia de água se equilibrava em cima da arca, deslocando-se levemente com o movimento agora suave do navio.

Alzon examinou a superfície de madeira irregular da escrivaninha. Círculos de água se entrelaçavam ao longo dela e goivas que pareciam vales a maculavam. Feita de madeira, num tom bem mais escuro, a cadeira obviamente não guardava nenhum grau de parentesco com ela. O assento alto faria com que as pernas ficassem desconfortavelmente posicionadas contra o fundo da mesa. Ele suspirou longamente e se recostou na cama de palha para tirar uma soneca antes de começar a estudar. Ele passara boa parte da noite anterior negociando sua passagem. Certo de que os marinheiros gostariam que ele passasse a maior parte do tempo na cabine, algo que ele também gostaria de fazer, com certeza sobraria muito tempo, durante a viagem, para ler. E a escrivaninha não parecia o lugar mais confortável para fazê-lo.

Fechando os olhos, Alzon se aconchegou ao tranqüilo balanço do navio. O som constante do movimento das velas e a caótica música das correntes batendo contra o mastro o embalaram até adormecer.

Alzon acordou sobressaltado por um pânico inexplicável. Abaixo dele, o navio balançava e pinoteava. Ele ouvia o som de pisadas fortes no convés e uma vigorosa imprecação atravessou a madeira.

— O quê?... Por quanto tempo?... — Ele se levantou com dificuldade e foi imediatamente jogado ao chão. Ainda se sentia exausto. Havia se passado um período muito curto para uma mudança tão drástica de tempo. E então, algo pesado se chocou contra o convés, balançando o navio como se quisesse parti-lo ao meio. Escorando-se contra a parede da cabine, Alzon conseguiu se levantar novamente, agora reconhecendo o barulho rítmico da chuva pesada. O som do trovão chegou aos seus ouvidos e ele entreviu um raio de luz através das rachaduras. A lamparina balançava na argola de sustentação, projetando sombras frenéticas na cabine.

Fortemente desnorteado, Alzon lutou para atravessar o corredor até a escotilha. Ele a abriu violentamente, deparando com uma profunda escuridão. A chuva martelava, uma carga fria de pontas de alfinete que penetravam no manto, fazendo com que um tremor percorresse seu corpo. — O que está acontecendo? — gritou ele por sobre o barulho.

Os raios teciam teias no céu, revelando uma rede de nuvens cerradas. No instante seguinte, ouviu-se um trovão.

Um marinheiro passou por ele, correndo desastradamente atrás de uma corda que se soltara. — Nuvens e raios! Surgiram do nada.

Os ventos uivavam pela enxárcia e as velas se enfunavam freneticamente, castigadas por um pé-de-vento inexplicável. Instantaneamente encharcado, com gotas de água salpicando seu rosto, Alzon ficou parado, em estado de choque. As ondas se avolumavam na direção do barco, do tamanho de dragões, e uivando furiosamente como eles. O navio mudou drasticamente de direção, controlado mais pelo mar do que pelas mãos humanas. Os marinheiros apressados atravessavam o convés, gritando uns com os outros, enquanto corriam atrás de cordas soltas e reajustavam o lastro.

Inesperadamente atingido pelas costas, Alzon caiu de joelhos. Depois de apresentar-lhe uma desculpa insincera, o marinheiro explicou: — Tenho de fechar a escotilha.

— Para a popa, para a popa — gritou Melix, empurrando um passageiro auspiciosamente em direção à popa. — Rethalin, maneje o timão. Lessiv, você se esqueceu de fazer o sacrifício? — Soava mais como uma acusação do que como uma pergunta.

Um homem magro, que lutava para agarrar o patarrás, respondeu: — Fui generoso, senhor. Muito generoso. Não há nada que explique a fúria de Merathe.

Uma vaga varou o casco do *Salty Rainbow*, balançando-o da crista ao cavado. Tendo se soltado, o leme enguiçou. O navio guinou violentamente.

— Devagar! — O capitão voltou sua ira para uma nova vítima.

— Acalme o vento. — A água descreveu um arco sobre a popa, levantando espuma e encharcando o embornal. Melix lutava para não perder a razão. — Acalme esse maldito vento.

A mastreação estalou perigosamente. O casco fez um rabo-de-arraia, sendo jogado de costado. O capitão ficou paralisado. Uma única imprecação saiu dos lábios dele.

Alzon olhou ao redor do navio. Desafiando a lógica, as águas atingiam-lhes de todas as direções. A proa balançou, como se quisesse beber profundamente a água do oceano. O casco tremeu e a popa foi jogada para cima.

— Ele vai virar! — gritou alguém.

Por um aterrorizante momento, o navio parecia estar pendurado de lado, congelado no tempo e no espaço. Alzon foi derrubado, rolando pelo convés trepidante. O jato d'água atingiu seus olhos, cegando-o. Ele se levantou com esforço, quando o navio repentinamente se inclinou para trás, e Alzon foi arremessado no convés. Andou de costas, cambaleando desordenadamente e sendo carregado na direção da popa, empurrado contra o corrimão. Ele se esforçava para respirar, arqueando-se. Alguém se chocou contra a amurada ao seu lado. Ofegante, Alzon virou a cabeça e viu um marinheiro robusto. Os olhos verdes do homem brilharam, subitamente conscientes. — É você, mago. É você que Merathe quer.

As palavras não faziam qualquer sentido. Alzon não tinha nenhuma ligação com o deus do oceano, não tinha nenhuma habilidade ou experiência marítima. Antes que pudesse dizer-lhe isso, uma imensa onda se chocou contra o costado do navio, fazendo-o girar incontrolavelmente. A maior parte da tripulação agora se encontrava deitada no convés, derrubada por movimentos que desafiavam mesmo os mais experientes pares de pernas marítimas. O capitão Melix segurava firmemente o timão descontrolado com as juntas dos dedos esbranquiçadas pelo esforço, derramando preces fervorosas sobre a barba.

Como se o tivessem escutado, as ondas cessaram o incansável castigo ao qual submetiam o *Salty Rainbow*. As nuvens se dissiparam como a tinta dentro da água, permitindo a passagem de um único raio de sol que se projetou diretamente sobre o rosto de Alzon.

Cego, Alzon baixou o olhar.

— Peguem-no! — gritou Melix.

A súbita calmaria era quase tão desorientadora quanto haviam sido anteriormente os balanços e as guinadas. O barulho de passos se avolumava na direção do mago. Mãos agarravam o manto por todos os lados. Ele piscava para tentar enxergar, seu campo de visão subitamente preenchido por mãos e corpos. — Esperem... eu não sou... — A necessidade de utilizar sua magia se tornava premente, mas a promessa que ele fizera seria uma fonte igualmente inequívoca de maldição.

Alzon viu seu corpo ser levantado sobre o mar, salvando-se de quebrar seu juramento, mas correndo um perigo iminente. — Não! — Ele vasculhou o bolso, tentando encontrar a pena que sempre escondia naquele lugar. Ele conseguiu retirá-la e gritou as palavras do encantamento do vôo, transformando a inevitável queda num gracioso sobrevôo. Apontando a cabeça para o céu escuro, ele planou para o alto.

Um marinheiro gritou. Num primeiro momento, Alzon presumiu que fosse com ele. Eles o haviam traído por preconceito, colocado nele, e não na anormal tempestade, a culpa por seu azar. Foi quando uma onda monstruosa subiu em direção ao céu, bem na frente dele, avolumando-se acima de sua cabeça e descendo para engoli-lo.

Alzon não teve tempo para proferir as palavras de um encantamento de respiração submarina antes que o componente da onda, a água salgada, se precipitasse sobre ele. Ela o atingiu como uma clava, lançando-o em águas profundas. O mundo ao redor rodava e espumava, sugando-o em enlouquecidas espirais que o privavam de qualquer senso de direção. Ele abriu os olhos e viu uma massa branca de bolhas e dejetos, descobrindo estar inteiramente desequilibrado. Pedaços de conchas cortavam-lhe os olhos e ele os fechou. Incerto sobre a direção que deveria tomar, tentou se movimentar para cima.

Ao longo do que pareceram ser horas, Alzon lutou contra o mar borbulhante, nada encontrando além de água por todos os lados. Entretanto, ele sabia que lutara dentro d'água por menos de quinze minutos. Caso contrário, seria uma evidência de que o encantamento fracassara e ele teria se afogado. Suas pernas pareciam feitas de ferro e os braços doíam por causa de uma batalha inteiramente desprovida de sentido. Ele resfolegava, engolindo a água, contando apenas com sua magia para mantê-lo vivo, e notou que tinha de pôr um ponto final naquilo. A duração do encantamento era contada pelo número de respirações, não pelo tempo. Quanto mais ele se esforçasse para respirar, menos tempo lhe sobraria.

Alzon se forçou a permanecer inerte, embora isso contrariasse todos os instintos. A água parou de borbulhar ao seu redor. Ele abriu os olhos ardentes em pequenas fendas. A visão lhe concedia um maravilhoso panorama. Arbustos verde-claros projetavam-se de uma vasta planície de areia. Pedras se erguiam, do fundo do oceano, como montanhas, e peixes multicoloridos passavam por ele sem lhe dar atenção. A noção do lugar onde estava o encheu com um misto de excitação e desespero. Ele agora sabia a direção para a qual deveria nadar, mas também tomou consciência de que nunca chegaria a tempo. A substância que escoava para dentro de seus pulmões começava a se tornar espessa. Ele teria de prender a respiração ou correr o risco de o ar mágico se transformar em água dentro dos pulmões.

340

Resfolegando ao enchê-los uma última vez, Alzon se preparou para a corrida desenfreada em direção à superfície distante.

Uma sombra pairou sobre Alzon. Ele se virou para encarar uma enorme criatura, metade peixe, metade homem. Cabelos verdes flutuavam na corrente, ao lado do rosto escuro e de olhos e pupilas que aparentavam ser quase todos brancos. Guelras ocupavam o lugar onde deveria estar o nariz e ele tinha uma boca grande, com dentição humana. Também tinha braços, como os de um homem, mas o torso se afunilava até formar um rabo de peixe escamado. Alzon reconheceu o tritão imediatamente: Merathe, o deus do oceano.

Alzon engasgou-se ao respirar na água, em seguida tossiu intensamente. *Estou sofrendo uma alucinação. Só preciso respirar.*

Não, respondeu o tritão calmamente. *Eu não sou uma alucinação.*

Os pensamentos de Alzon se tornaram anuviados e confusos. Ele fechou os olhos e ficou esperando que a morte o levasse. O único encantamento que ele sabia fazer debaixo d'água já perdia seu efeito. Ele não tinha a energia necessária para tentar renová-lo.

Alzon, Mago de Telmargin, jure obediência a mim, como meu servo, e eu o salvarei.

A escuridão envolvia Alzon. Os pulmões dele entravam em convulsão. Sem respirar, ele morreria em questão de segundos. *Morrer ou viver preso a um juramento...* ele não tinha escolha. *Eu juro*, disse ele com a força que ainda lhe restava.

Por Telmargin.

Por minha senhora, Telmargin. E, em seguida, ele perdeu os sentidos.

* * *

341

Alzon acordou numa cama de palha, coberto com uma espessa manta de lã. *Um sonho. Graças aos deuses, não passou de um sonho.* Ele se sentou na cama e abriu os olhos. Ásperas paredes cor-de-rosa emolduravam um quarto de formato irregular contendo uma janela oval. Havia correntes de água ao redor e Alzon ocasionalmente via um peixe nadando. Ele ficou imaginando o que impedia a água de passar pelas paredes, embora se sentisse tão aliviado a ponto de não perder muito tempo pensando sobre isso. O mobiliário consistia em duas arcas e um banco, todos feitos de conchas. Em lugar do manto com o símbolo do unicórnio que costumava vestir, usava um rugoso conjunto de túnica e calça verde-escuro, feio e desconfortável.

Sou um servo, um servo de Merathe. Pensamentos de fuga tomaram a mente de Alzon, mas foram rapidamente descartados. Ele escolhera a servidão à morte e sempre soubera que preferiria morrer a perder seus poderes mágicos. Fizera um juramento. Quer fosse silencioso, quer verbal, não poderia quebrá-lo. Ele pertenceria a Merathe. Para sempre.

Alzon abaixou a cabeça, os desalinhados cachos castanhos, endurecidos pela água salgada, caindo sobre os dois lados da sua face. Colocou as mãos sobre o rosto. O emprego que ele perderia em Virtago parecia um mero detalhe, uma questão insignificante em meio a uma existência que não fazia mais sentido algum. Todas as coisas que ele deixara de lado para aprender a ser um mago — um emprego, uma família, um lar, uma vida —, tudo isso fora afastado do reino das possibilidades. A liberdade, que era algo dado como certo, parecia se tornar um dom supremo. No espaço de algumas batidas do coração, seu tempo, seus desejos e seus sonhos haviam se transformado em fantasias impossíveis.

Ele ouviu uma tímida batida à porta.

342

Alzon abriu os olhos entre as palmas das mãos. Viu o chão arenoso através das frestas entre os dedos, uma desoladora planície cinzenta. — Sim?

A porta foi entreaberta e um único olho azul o observou pela fresta. Fiapos de cabelos louros flutuavam ao redor de um rosto feminino de meia-idade, mas ele não conseguia ver os pés.

Uma *sereia*? As feições pareciam ser demasiadamente humanas. Foi quando Alzon reparou que o corredor além do quarto era tomado pela água. Pouco importava se ela tivesse pés ou um rabo de peixe; enquanto estivesse nadando, seus membros inferiores não tocariam o chão. Ele levantou a cabeça e abaixou as mãos. Aparentemente, o truque que o deus marinho usava para que a água não se precipitasse pela janela também a mantinha represada no corredor. — O que você quer?

A cabeça da estranha recuou momentaneamente e, em seguida, atravessou a soleira da porta. — Chamo-me Laina, sou uma criada. Só estava... imaginando... se você não estaria precisando... — As pausas nervosas terminavam em silêncios.

Alzon não queria companhia, mas aquela mulher parecia ser inofensiva, uma boa pessoa com a qual poderia aprender as regras de sua nova casa. — Entre. Mas feche a porta, por favor. A água represada me deixa tonto.

Laina deu um sorriso fraco. — Você se acostumará. — Ela jogou as pernas para dentro e seguiu as ordens dele. Pequena e magra, ela parecia mais com uma garotinha do que com uma mulher madura. Usava os cabelos em pequenos cachos que já aparentavam estar secos. Usava um vestido simples, feito com o mesmo tecido que as roupas dele. O tecido não estava grudado no corpo dela, como se esperaria de roupas molhadas. Carregava um espanador e um esfregão presos à cintura. — Você acabou de chegar.

— Sim — reconheceu Alzon. — Há quanto tempo você está aqui?

— Há quase vinte anos. — Laina olhou para a simplória mobília ao redor. — Nada de mal poderia acontecer a uma garota de dezesseis anos com a minha sorte, eu assim pensava. Até que resolvi dançar no gurupés do navio de meu pai e caí. Fui levada pela corrente submarina e afundei como uma pedra.

— Então, foi Merathe quem a *levou*?

— *Levou-me*? — Laina retorceu o rosto, confusa.

— Do navio.

— Ah, não. — Laina retirou o espanador e o agitou como se estivesse limpando uma teia de aranha imaginária. Alzon achava difícil de acreditar que existissem aranhas ou teias no oceano. — Eu caí. Eu teria seguramente me afogado, mas ele me salvou. E me trouxe para cá.

Alzon se levantou e se sentou em um dos baús, convidando-a, com um gesto, a se sentar no local mais confortável, a cama. Uma pessoa que passara as duas décadas anteriores naquele lugar provavelmente saberia dizer como era a vida de quem servia ao deus marinho. — Quantos criados ele possui?

Laina deu de ombros. — Isso varia. Normalmente, cerca de cem.

— De onde eles vêm?

— Dos navios, em geral. — Laina deu um sorriso reconfortante para Alzon, com o claro propósito de tranqüilizá-lo. — Pessoas que caem. Que ocasionalmente são jogadas no mar. Que se perdem em tempestades. Às vezes, trata-se apenas de tolos que resolveram nadar em águas agitadas. Conheço até uma que tentou se matar. — Ela sorriu ironicamente. — E tentou outras vezes, desde então. Sem muito sucesso, entretanto. A primeira coisa que nosso mestre faz é nos tornar capazes de respirar.

344

— Respirar dentro d'água?

— Sim, claro. — Laina se inclinou para a frente. A maneira como ele conversava aparentemente também a tranqüilizava. — Não conseguiria viver aqui sem isso. Ele mantém nossos quartos cheios de ar, para que nos sintamos mais confortáveis, acredito. Segundo os rumores, os primeiros servos enlouqueceram por falta de ar. Mas, de resto, só temos água ao redor.

Os pensamentos de Alzon se voltavam recorrentemente para a forma como ele fora posto a serviço de Merathe. — Ele em algum momento... tira pessoas de um navio ou do litoral? Contra a vontade delas?

Laina se recostou novamente, enrolando os pés na beira do estrado. — Ouvi dizer que ele fez isso uma ou duas vezes. Se a pessoa tiver algo... como um dom... que ele realmente queira. Foi assim que conseguimos nosso médico. O mestre simplesmente afundou o pequeno barco dele.

Alzon tentava processar as novas informações, embora isso pouco importasse. Ele procurou direcionar suas perguntas numa linha de questionamento mais pertinente, mas Laina o antecipou:

— Você não vai perguntar como é a vida aqui? Se existe alguma dificuldade para servir nosso mestre?

Alzon deu um sorriso forçado. — Estava para perguntar isso.

— Não é tão ruim assim — disse Laina, amigavelmente. — O trabalho é duro, mas termina quando o sol se põe. — Ela ficou constrangida. — Pelo menos é o que imagino. Nós não conseguimos ver o sol.

O ingênuo comentário calou fundo, trazendo alguma compreensão a Alzon. Ele nunca mais veria o sol, as estrelas, a lua. Os simples prazeres e belezas da vida o haviam abandonado, antes que ele tivesse uma oportunidade de apreciá-los satisfatoriamente. Os anos que ele pretendia gastar correndo atrás dos sonhos que sacrificara por causa de sua busca pelo conhecimento haviam se perdido num único instante.

Ignorando os pensamentos turbulentos de Alzon, Laina prosseguiu: — Na verdade, somos mantidos muito ocupados para nos importarmos com tudo que poderíamos estar perdendo. Ele é duro, mas razoavelmente justo. Nós nos alimentamos bem. — Ela esboçou um sorriso torto. — Espero que você goste de frutos do mar. E ele não bate ou violenta ninguém, e...

— Alguém já conseguiu fugir?

Laina parou de falar e engoliu em seco. — Não o aconselharia a tentar isso.

Alzon balançou a cabeça. — Não está nos meus planos. Não posso fazer isso. Estou preso a um juramento. — Ele não dizia exatamente a verdade. Nunca jurara que não tentaria fugir, mas Telmargin desaprovava o uso da semântica para livrar alguém de um aperto. Ele duvidava de que conseguisse escapar e ao mesmo tempo mantivesse seus poderes mágicos intactos.

— Ah! — Laina ficou observando-o. — Bem. Não foram muitos os que tentaram. Lembro-me de um. Ele permaneceu em liberdade por algum tempo, mas, assim que ousou se aproximar do mar novamente, morreu afogado.

Alzon fez que sim com a cabeça, recordando-se da tempestade sobrenatural que assolou o *Salty Rainbow*.

— Quer saber mais alguma coisa?

Alzon sabia que tinha muitas perguntas a fazer, mas, naquele momento, conseguia verbalizar apenas uma: — O que acontecerá agora?

— Com você?

Alzon olhou para a criada de Merathe, esperando não parecer egoísta. Era difícil se preocupar com o destino dos outros quando o dele estava em jogo. — Sim, diga-me, por favor.

— O mestre o chamará à sua presença para dar-lhe as instruções. Para explicar-lhe as regras. — A expressão de Laina se tornou mais suave, mais simpática ainda. — É um pouco intimidante, mas não é a pior coisa do mundo. Pelo menos você fica sabendo o que ele espera de você de antemão. Serve como auxílio, para que você não saia fazendo as coisas desastradamente e espere que tudo acabe bem.

Alguém bateu mais forte à porta. Laina se levantou e sussurrou: — Deve ser Luke. Ele vai levá-lo até o mestre. — Ela se encolheu no estrado, como se temesse ser pega com ele. — Boa sorte.

Alzon se levantou e caminhou até a porta, mantendo o corpo entre o campo de visão do recém-chegado e Laina, pela eventualidade de ela ter cometido um erro ao visitá-lo. Ele abriu a porta e, confrontado por uma parede de água, recuou instintivamente. Mas a água continuava a fluir calmamente, como se estivesse sendo mantida fora do quarto por uma barreira invisível. Do outro lado flutuava um homem robusto, de feições rosadas, os cabelos negros reduzidos a uma mancha escura. A correnteza puxava um conjunto de túnica e calças idêntico ao que Alzon vestia.

— Meu nome é Luke — disse o homem em tom formal. — Venha comigo.

Alzon instintivamente começou a preparar um encantamento de respiração submarina, mas se conteve. Laina o avisara de que ele conseguiria respirar, e ele não via razão para não tentar. Contudo, ao dar um passo na direção da água, sem sofrer qualquer resistência da suposta barreira que a mantinha represada, notou que tentava segurar a respiração.

Luke não lhe deu muita atenção. Ele se virou, deixando um rastro de bolhas, e deslizou pelo corredor.

Alzon o seguiu, finalmente tentando respirar. A água escoou para dentro dele, sedosa e natural como o ar. Ele acompanhava Luke em silêncio, batendo os pés e ocasionalmente tocando o fundo para tomar impulsos ou o usando como ponto de apoio. Peixes nadavam a favor da corrente e caranguejos fugiam em meio às nuvens de areia levantadas por seus pés. As paredes refletiam os fragmentos de madrepérola e quartzo, e o movimento das águas espalhava o fulgor e o brilho pelos corredores.

Luke finalmente parou em frente a duas enormes portas e bateu. O som parecia distante, difuso, submarino.

— Entre — disse a voz de Merathe, claramente.

A despeito da pressão exercida pelas águas, Luke abriu a porta do lado esquerdo com facilidade, revelando outra sala cheia de ar. Esta tinha uma enorme janela, através da qual via-se uma miríade de espécies marinhas flutuando. Um cardume de cavalos-marinhos a atravessou, acompanhado por um punhado de pequenos peixes âmbar com listras pretas. Diversas cadeiras luxuosas estavam arrumadas num semicírculo, voltadas para a vista marinha, uma delas ocupada pelo deus-tritão que condenara Alzon à servidão.

Abaixando os pés até tocarem o chão, Alzon entrou na sala. A transição abrupta da água densa para o ar livre fez com que ele cambaleasse. Ele caiu de joelhos na frente de seu mestre. A grande porta se fechou silenciosamente atrás dele.

O olhar de Merathe se virou da paisagem para a porta e, em seguida, para o chão. — Não é preciso se ajoelhar. Você não fez nada para me desagradar. — Ele fez um gesto em direção a uma das cadeiras, e Alzon reparou que os dedos do deus marinho eram grudados, como barbatanas, com a exceção do polegar. Era como estar permanentemente vestindo luvas de boxe, pensou Alzon.

O mago se levantou e se sentou na cadeira oferecida. Ele esperava se sentir amedrontado e intimidado. Em vez disso, descobriu que suas mãos estavam cerradas ao lado do corpo. Ele nunca ousaria insultar um deus, mas tampouco via qualquer motivo para mostrar servilismo. — Meu senhor, o que queres de mim? — Enquanto fazia a pergunta, ele já sabia a resposta. O deus marinho o escolhera por um motivo, devido ao único dom verdadeiro que ele possuía. *A minha magia.*

— Sua vida aqui não será difícil. — Merathe começou a falar como se tivesse ensaiado o discurso anteriormente. — Não exigirei...

Alzon não tinha paciência para escutá-lo. — Fiz-lhe um juramento, meu senhor. Não tenho escolha alguma senão cumpri-lo.

O tritão sorriu. — Sábio de sua parte.

— Mas os outros... — Alzon se lembrou de Laina, de quão calada e apavorada ela parecera, a vida dela roubada em plena idade da juventude e da beleza. — Será que você não poderia... quero dizer... que não seria... vantajoso... promover um rodízio entre eles? Meu senhor?

Merathe piscou, aparentemente chocado até o silêncio pela imprudência de Alzon, apesar da cuidadosa escolha de palavras. Em seguida, ele riu. — Preciso de um servo brioso. Ao menos um que seja capaz de controlar a quantidade de poder que planejo fornecer-lhe.

Alzon ignorou o elogio e a revelação, esperando por uma resposta.

O deus bateu com sua cauda. — Você está querendo dizer que devo me livrar de meus servos experientes em prol de servos novos, que terei de treinar a partir do zero de quando em quando?

— Sim, meu senhor.

— Por que eu iria querer fazer isso?

349

— Por uma questão de variedade, meu senhor. — Alzon mantinha a cabeça abaixada. Embora estivesse desafiando Merathe, ele sabia que não devia fazê-lo com aberta hostilidade. — Seus servos talvez se empenhem mais se souberem que os melhores serão recompensados com a liberdade, e assim eles não se sentirão como se o senhor tivesse roubado a vida deles.

Uma nuvem vermelha encobriu o rosto de Merathe, em seguida foi absorvida. — Meus servos andaram reclamando?

Preocupado com a possibilidade de ter colocado Laina em perigo, Alzon balançou a cabeça negativamente. — Só estava lhe apresentando uma idéia, meu senhor.

— Salvo meus servos da morte certa. Devolvo-lhes a vida quando, de outra forma, eles não mais a teriam. Você está me reprovando por isso?

Alzon relaxou os punhos. Merathe apresentava um argumento difícil de ser contestado. — Não, não, meu senhor. Não tenho o direito de julgá-lo. Sou apenas um servo. — Os pensamentos dele se voltaram para a tempestade. Merathe o colocara em perigo antes de salvá-lo. Ele poderia até ter tido clemência para com os outros, mas o deus do oceano roubara a liberdade de Alzon com uma presciência clara e premeditada. A própria arte à qual ele dedicara sua vida, a perícia pela qual ele tanto sacrificara, o tornara valioso para Merathe. E lhe custara sua liberdade pela eternidade. *Ele quer a minha magia.*

O pensamento levou a outro pensamento, e Alzon sorriu. Ele se levantou e o reverenciou fervorosamente. — Meu senhor — disse ele —, quais os serviços que deverei prestar-lhe?

As feições de Merathe voltaram à sua natural coloração marrom-esverdeada e ele se recostou novamente na cadeira, batendo de leve a cauda. Decerto escolhera aquela sala em benefício dos visitantes e novos servos que respiravam ar, e não em seu benefício. — Alzon de Telmargin, meus poderes são vastos, visto que pertencem ao mar.

— Com certeza, meu senhor. Já tive ocasião de experimentá-los.

Merathe deu um sorriso forçado, mantendo a boca fechada.

— Em outros campos, entretanto, eu me torno limitado. Preciso que você me forneça as outras magias das quais necessito em outros tempos e lugares. Para enviar mensagens. Para transportar marinheiros de minha escolha pelo céu a um lugar seguro. Para agir de acordo com a minha vontade além das fronteiras do mar.

Alzon agora tinha consciência de que Merathe não o escolhera apenas por seus dons mágicos, mas também devido ao juramento que o manteria como seu servo, mesmo quando estivesse longe do reino do deus marinho.

— Meu senhor — disse Alzon, pulando da cadeira para reverenciar seu novo mestre —, gostaria de fazer-lhe um juramento.

O sorriso de Merathe se tornou mais amistoso e ele fez um gesto, com a mão em forma de barbatana, para que Alzon continuasse.

— Hoje sou seu servo fiel. Esta noite farei um juramento a Telmargin, minha senhora. Recuperarei minha liberdade.

— Somente se eu a conceder... — começou Merathe a dizer, mas parou em seguida, soltando um guincho de compreensão. — O que você fez?

Alzon deu um passo para trás, deixando o servilismo de lado. — Coloquei a minha magia, minha própria vida, sob a sua misericórdia.

— Não. — A enorme cauda de Merathe bateu contra a areia. — Não!

— Se continuar preso amanhã...

Merathe compreendeu. — Seria sem a magia, por ter quebrado o seu juramento. Você me roubou daquilo pelo qual esperei por décadas. Você me roubou de meu mago! — Os olhos dele se semicerraram. — Você não tem mais qualquer utilidade para mim.

Alzon sabia que apostara muito alto, mas ele tinha de correr o risco. A liberdade dele, como descobrira, significava tanto para ele quanto sua magia, e talvez até definisse o próprio desejo que nutria por ela. O poder proveniente da magia garantia um nível de independência que poucos conheciam.

— Eu devia matá-lo.

Aquela havia sido uma das possibilidades que preocupara Alzon, mas o fato de o deus não tê-lo matado ainda sugeria que ele estivesse disposto a negociar. — Sim, você poderia. Mas, se o senhor me poupar, se me conceder a liberdade de manter a minha magia, trabalharei para o senhor. Só que o farei por vontade própria.

Merathe ficou olhando fixamente para a janela, em silêncio, paralisado, exceto pelo movimento para cima e para baixo de sua cauda. Uma luz gradualmente se acendeu em seus olhos sem íris e o rosto dele foi tomado por uma expressão leve.

— Você vai realizar pequenas tarefas para mim?

— Desde que sejam justas — concordou Alzon.

— Digamos que uma a cada ciclo da lua? — Embora certamente estivesse desacostumado a negociar, Merathe acrescentou: — Permitirei que você continue a poder respirar debaixo d'água. Posso me valer de um especialista... de um especialista... — Ele parou de falar, inseguro de como classificar o novo relacionamento entre eles.

— Que tal "amigo"? — sugeriu Alzon atrevidamente.

— Que tal "enviado"?

Alzon riu diante dos sonhos futuros recuperados numa questão de segundos. — Você não pode me culpar por tentar.

OS ONZE DO OCEANO

Mike Resnick e Tom Gerencer

Woods Hole, Massachusetts, Associated Press — O clima de pânico mundial continua a crescer em meio a confirmações dos relatos de que o oceano Atlântico Norte teria "secado" ou "simplesmente desaparecido do dia para a noite". O desaparecimento ocorreu na terça-feira, aproximadamente às 12h40 (horário da Costa Leste), segundo um porta-voz da Administração Oceanográfica e Atmosférica Nacional, onde surgiram diversas especulações...

... Enquanto isso, o presidente pediu à população das cidades costeiras que mantenha a calma. "Afinal de contas, estamos falando de um trilhão de toneladas de água salgada, barcos e peixes", disse o Primeiro Mandatário durante um discurso de emergência esta manhã. "Ele não pode simplesmente ter se levantado e saído andando."

Mas foi exatamente isso que aconteceu.

Eram 14horas quando o oceano Atlântico Norte esparramou-se no cubículo de Bob Zellinski, molhando o carpete.

— Você quer uma toalha? — perguntou Zellinski.

— Eu quero um emprego.

Zellinski passou um bom tempo olhando para o visitante.

— Pensei que você já *tivesse* um emprego.

354

— Eu era um oceano há duzentos milhões de anos. Eu era um oceano há cinco mil anos. Eu era um oceano na terça-feira passada. Nunca recebi sequer uma promoção.

— Que tipo de promoção você gostaria de receber? — perguntou Zellinski.

— Gostaria de algo mais desafiador.

— Você não acha que tufões e maremotos sejam um desafio?

— *Você* pode ver um maremoto como algo aterrorizante e desafiador — disse o oceano desdenhosamente. — Do *meu* ponto de vista, não passa de um vômito de dejetos.

— Então, que tipo de emprego você *está* procurando? — perguntou Zellinski.

— Acho que eu seria um excelente lavador de pratos — sugeriu ele, folheando o *Inspirador Calendário de Mesa Uma-Página-por-Dia, de Anthony Robbins,* e encharcando todos os arquivos de Bob. — Ou quem sabe um bombeiro. Também tenho anos de experiência trabalhando com ouriços-do-mar. — Sem receber uma resposta, o oceano partiu para uma nova estratégia: — Esta *é a* Agência de Empregos Intellitemp, certo?

— Bem, ainda era quando cheguei aqui hoje de manhã — disse Zellinski.

— E você é um agente de empregos?

Zellinski balançou a cabeça afirmativamente. — Sim, sou. E acredite-me... em momentos como esse, não é um trabalho fácil.

— Como você se chama?

— Bob.

— Nome bacana, Bob — disse, estendendo, para cumprimentá-lo, uma estrela-do-mar capaz de colar-se a ele. — Tem um som leve. Bem flutuante.

— Fico feliz que você o tenha aprovado.

Alguns segundos se passaram. Zellinski finalmente conseguiu abrir a boca novamente. — Você é o Atlântico, certo?

— Sim, bem, Atlântico Norte, na verdade — disse o oceano, afundando-se levemente. — Como foi que você descobriu? Foi por causa das algas ou do cheiro de ar salgado?

Zellinski limitou-se a ficar olhando fixamente para ele.

— Foram as algas, não é? — disse o oceano, soltando um suspiro trágico. — A culpa é sempre das malditas algas.

Na verdade, as algas haviam sido um dos fatores para o fracasso do tênue disfarce do oceano, mas outros pontos também haviam contribuído. (Quais, você pergunta? Bem, as plataformas de petróleo, as reveladoras rotas de comércio intercontinental e a notável proliferação de botos fazendo travessuras em suas baías.)

— De qualquer forma, estou farto de ser um oceano e nunca mais quero sê-lo.

Zellinski continuou a fitá-lo. — Até Jesus chorou — sussurrou ele.

— Jesus estava sob muita pressão — disse o oceano. — Assim como eu. E aí, você vai me arrumar um emprego?

Zellinski explicou-lhe que ficaria muito feliz em auxiliá-lo da melhor maneira possível, mas estava enfrentando dificuldades para entender como ele podia caber dentro de seu cubículo, que era reconhecidamente espaçoso para os padrões da empresa, mas não suficientemente grande (ou assim ele teria anteriormente acreditado) para acomodar um oceano inteiro.

— Eu não sou o Atlântico inteiro — disse o oceano em tom irritadiço. — Sou apenas o Atlântico *Norte*.

— Mesmo assim...

— Andei malhando — explicou o oceano. — E fazendo dieta também, embora provavelmente vá recuperar todo o peso de novo, já que a maior parte do que perdi foi água. A culpa é de Hollywood, para ser sincero — acrescentou ele petulantemente.

— Todos aqueles filmes idiotas do qual participei... Puxa, a câmera nos engorda pelo menos uns sete quilos.

— Então, explique-me como é que um oceano sabe falar minha língua? — perguntou Zellinski.

— Curso por correspondência — disse o mar. — Embora ainda tenha dificuldades com os ditongos. Quer uma lula?

Ele esticou um cefalópode que se debatia, mas Zellinski recusou, mencionando o recente horário de almoço e uma carninha mastigada às pressas.

— Você é quem sabe — disse o oceano. — Mas as lulas têm pouco colesterol. — Ele fez uma breve pausa. — Então, podemos voltar ao assunto? — perguntou o oceano. — Estou com um pouco de pressa. Meu aluguel vence na sexta-feira.

— Aluguel? — repetiu Zellinski. — Você paga aluguel à plataforma continental?

— É claro que não. Já lhe disse: cansei de ser um oceano. Aluguei um quarto de apart-hotel na esquina da Cinco com a Periwinkle até dar um jeito em minha vida.

O oceano, em seguida, disse-lhe, enquanto Zellinski segurava firmemente a escrivaninha pelo senso de realidade que isto lhe dava, que lamentava muito pelo lixo hospitalar que acabara de derramar em cima da impressora dele.

— Não se preocupe — disse Zellinski, concluindo que o melhor a fazer seria arrumar um emprego para o oceano o mais rápido possível para tirá-lo do escritório dele. — Que tipo de experiência você tem? Fora a de ter sido um oceano, quero dizer.

— Trabalhei como cozinheiro. Mas não gostei muito da experiência.

— Quando foi isso? — perguntou Zellinski, tentando imaginar o Atlântico Norte grelhando bifes ou virando panquecas.

— Há cerca de um mês — disse o oceano. — Na franquia da Burger World, na Park Street. — Eu me acostumei facilmente ao mau humor e à rabugice, mas os bonés de papel ficavam encharcados o tempo todo. E o gerente vivia me dando bronca por colocar algas marinhas nos hambúrgueres.

— Por que você fazia isso? — perguntou Zellinski, sem conseguir esconder a curiosidade.

— Porque é mais saudável... mas pelo visto eles pouco se importam com isso na Burger World. E quando tentei substituir os hambúrgueres de peixe por deliciosas lulas frescas, o gerente se queixou, embora os clientes tivessem aprovado.

— Eles aprovaram? — perguntou Zellinski, já que tudo parecia um pouco difícil de acreditar.

— Bem, ou isso ou as *lulas* gostaram dos clientes — disse o oceano reflexivamente. — Às vezes, é difícil distinguir. — Ele deu de ombros, encharcando Zellinski com uma borrifada de sal finíssimo, em seguida o perscrutando com seus diversos olhos: os das baleias, os dos peixes, os das lontras e o de um furacão.

— Enfim — continuou ele —, depois disso, eles me colocaram no *drive-thru* e tudo correu bem, até eu destruir três fones de ouvido por curto-circuito... e uma mulher dirigindo um Buick ser atacada por um tubarão-martelo.

— Ficou tudo bem? — perguntou Zellinski, preocupado.

— Com o tubarão-martelo?

— Com a mulher.

— Fisicamente, está ótima — respondeu o oceano —, mas dizem que ela jamais será capaz de olhar para um cheeseburguer sem entrar em pânico.

Ele subitamente parecia não ter mais o que dizer.

— Então, você vai me arrumar um emprego? — disse ele depois de uma breve pausa.

— Bem, nos pediram, ontem, alguém para trabalhar como manobrista num estacionamento.

358

O oceano balançou a cabeça negativamente. — Esse foi o meu segundo emprego.

— E?

— A água do mar não combina muito bem com luxuosos bancos de couro. — Ele fez uma careta. — Além disso, não sei dirigir carros com marchas.

— Lamento muito — disse Zellinski compreensivamente.

— E, um dia, fiquei em casa, de cama, sabe, com uma forte maré de mau jeito, e aqueles escroques simplesmente aproveitaram para me demitir.

O oceano prosseguiu, contando para Zellinski como fracassara em oito empregos adicionais desde que resolvera se aventurar no mundo dos humanos, incluindo cargos de processador de dados (durante o qual uma secretária foi mordida por um linguado), contador (a água borrou a tinta das páginas do livrorazão), fazendeiro (algo que ele resumiu com a previsível frase: "Porcos não sabem nadar") e um incompreensível posto como salva-vidas numa piscina pública.

— Imaginei que você daria um ótimo salva-vidas — disse Zellinski.

— Eu também — concordou o oceano. — Mas um sistema de baixa pressão chegou à região no horário infantil e aquela multidão de pré-adolescentes foi parar no teto da praça de alimentação.

Zellinski ouviu os relatos serenamente. Ao final, valendo-se de sua experiência, pediu que o oceano preenchesse um questionário de aptidões, com o qual este se enrolou, visto que não parava de pingar sobre as folhas e um molusco comeu dois lápis. Mas ele finalmente terminou e Zellinski apurou o resultado.

— E aí? — perguntou ansiosamente. — O que o futuro reserva para mim? Um emprego como piloto de testes? Jogador de terceira base dos Red Sox? Astro de Hollywood?

— Com base nos resultados desse questionário — respondeu Zellinski —, sua melhor colocação seria como um imenso corpo de água salgada num lugar entre a América do Norte, a Europa e a Costa do Marfim.

— É mesmo? Quanto vou ganhar? — perguntou o oceano, animando-se... mas ele voltou a se acalmar quando Zellinski lhe informou que se tratava do cargo que havia acabado de deixar vago.

— Deixe-me mostrar-lhe o meu currículo — sugeriu o oceano, subitamente expelindo centenas de quilos de peixes e mamíferos. — Aquele golfinho ali é um dos meus melhores trabalhos.

— Tire essa coisa de cima de mim! — disse Zellinski, referindo-se à criatura grande e feia que puxava a manga de sua camisa.

— É, não me orgulho do diabo-marinho — reconheceu o oceano tristemente. — Devia ter me esforçado mais ao criá-lo, mas eu estava passando por uma fase difícil na época.

— Veja bem, você é um oceano — disse Zellinski, tentando manter a calma. — Talvez não esteja satisfeito com isso, mas eu também não estou satisfeito com o fato de ser baixinho, gordo, careca e de ter um sobrenome que começa com a última letra do alfabeto. Segundo suas palavras, você trabalhou em dez empregos diferentes e se deu mal em todos.

— Hércules conseguiu arrumar doze trabalhos — observou o oceano.

— Hércules os cumpriu — respondeu ele. — Você não!

— Você realmente sabe como levantar o astral de um cara — disse o oceano de mau humor.

— Olhe só, vou fazer um trato com você — disse Zellinski. — Vou arrumar uma única colocação para você. E só. Não vou perder o meu tempo, já que nós dois sabemos que o que você faz melhor é ser o oceano Atlântico Norte.

— Qual é o emprego?

— Primeiro, o trato. Quero que você me prometa que, caso fracasse nesse emprego, voltará a ser um oceano.

Seguiu-se uma pausa longa e pensativa. — Está bem — respondeu o oceano, finalmente.

— Está bem — ecoou Zellinski. — A McNair & Sons está precisando de um eletricista. Você tem experiência com enguias elétricas. O que acha?

— Aceito!

Dois dias mais tarde, toda a energia dos geradores da companhia elétrica local num raio de setenta e cinco quilômetros pifou. Zellinski não precisou perguntar a ninguém o que havia acontecido.

Zellinski levantou os olhos quando viu o rio Amazonas entrar no escritório dele.

— Como posso ajudá-lo? — perguntou ele.

— Estou cansado de ficar descendo até o mar — queixou-se o rio. — Não me importa o tipo de trabalho que você me arrume, desde que seja para cima.

— Engraçado que você tenha vindo me procurar justo agora — disse Zellinski. — Tenho uma vaga para um vendedor de carros empreendedor, especializado em DeLoreans. Ninguém os conhece bem: ninguém conhece você bem. Vai cair como uma luva.

— Os DeLoreans sobem o rio? — perguntou o Amazonas.

— Nas raras ocasiões em que saem da garagem.

— Parece interessante.

Eles conversaram sobre os detalhes do emprego — salário, dias de licença por enfermidade, férias (e Zellinski prometeu negociar quatro dias de folga por ano para que o lodo se dissolvesse depois das chuvas da primavera) — e finalmente trocaram um aperto de mãos no qual Zellinski por pouco não teve o dedo decepado por uma piranha.

Em seguida, enquanto o rio Amazonas saía para se encontrar com seu novo empregador, Zellinski arrumou a escrivaninha para receber o deserto do Saara, que insistia teimosamente em se mudar para um lugar de clima mais ameno.

Impresso no Brasil pelo
Sistema Cameron da Divisão Gráfica da
DISTRIBUIDORA RECORD DE SERVIÇOS DE IMPRENSA S.A.
Rua Argentina 171 – Rio de Janeiro, RJ – 20921-380 – Tel.: 2585-2000